① 莫欺少年穷

天蚕土豆 著

图书在版编目（CIP）数据

斗破苍穹 . 1 / 天蚕土豆著 . -- 杭州：浙江文艺出版社，2025. 3. -- ISBN 978-7-5339-7829-7

Ⅰ．Ⅰ247.5

中国国家版本馆CIP数据核字第2024H5Y338号

策划统筹　许龙桃　周海鸣
责任编辑　周海鸣
营销编辑　宋佳音
封面设计　嫁衣工舍
版式设计　吕翡翠
责任印制　吴春娟

斗破苍穹1

天蚕土豆　著

出版发行	浙江文艺出版社
地　　址	杭州市环城北路177号
邮　　编	310003
电　　话	0571-85176953（总编办）
	0571-85152727（市场部）
制　　版	浙江新华图文制作有限公司
印　　刷	浙江新华数码印务有限公司
开　　本	710毫米×1000毫米　1/16
字　　数	212千字
印　　张	15
插　　页	2
版　　次	2025年3月第1版
印　　次	2025年3月第1次印刷
书　　号	ISBN 978-7-5339-7829-7
定　　价	49.00元

版权所有　侵权必究

目录

001　第一章　陨落的天才

014　第二章　云岚宗

029　第三章　药老

042　第四章　坊市

056　第五章　修炼

068　第六章　筑基灵液

081　第七章　风卷诀之争

093　第八章　七段斗之气

104　第九章　一雪前耻

114　第十章　罪恶感

122	第十一章 天才归来
134	第十二章 愤怒的萧炎
144	第十三章 斗气阁
155	第十四章 突破九段
166	第十五章 拍卖风云
177	第十六章 异火榜
189	第十七章 神奇的焚诀
200	第十八章 成为炼药师
216	第十九章 大手笔
231	第二十章 萧家的反击

第一章
陨落的天才

"斗之气：三段！"

望着测验魔石碑上面闪亮得甚至有些刺眼的五个大字，少年面无表情，唇角带着一抹自嘲，紧握的拳头因为太过用力，导致略微有些尖锐的指甲深深地刺进了掌心之中，带来一阵阵钻心的疼痛……

"萧炎，斗之气：三段。级别：低级。"测验魔石碑之旁，一位中年男子看了一眼碑上所显示的信息，语气漠然地将之公布了出来。

中年男子的话音刚刚落下，便不出意外地在人头攒动的广场上带起了一阵嘲讽的骚动。

"三段？嘿嘿，果然不出我所料，这个'天才'这一年又是在原地踏步！"

"唉，这废物真是把家族的脸都给丢光了。"

"要不是族长是他父亲，这种废物，早就被逐出家族，任其自生自灭了，哪还有机会待在家族中白吃白喝？"

"唉，昔日那闻名乌坦城的天才少年，如今怎么落魄成这般模样了啊？"

"谁知道呢，或许做了什么亏心事，惹得神灵降怒了吧……"

周围的不屑嘲笑以及惋惜轻叹，传进那如木桩般待在原地的少年耳中，宛如一根根利刺狠狠地扎在心脏，使得少年呼吸微微急促。

少年缓缓抬起头来，露出一张清秀稚嫩的脸，漆黑的眸子木然地在周围那些嘲讽自己的同龄人身上扫过，他嘴角的自嘲似乎变得更加苦涩了："这些人，都如此刻薄势利吗？或许是因为三年前他们曾经在自己面前露出过最谦卑的笑容，所以，如今想要讨还回去吧……"萧炎苦涩地一笑，落寞地转身，安静地回到了队伍的最后一排，孤单的身影与周围的环境格格不入。

"下一个，萧媚！"

听到测验员的喊声，一名少女快速地从人群中跑出。少女刚刚出场，附近的议论声就小了许多，一道道略微火热的目光，牢牢地锁定少女的脸颊。

少女年龄不过十四岁，虽然算不上绝色，但是那张稚气未脱的清纯小脸蕴含着淡淡的妩媚，使她成为全场瞩目的焦点。

少女快步上前，小手轻车熟路地触摸着漆黑的测验魔石碑，然后缓缓闭上眼睛……

在少女闭眼片刻之后，漆黑的测验魔石碑上再次亮起了光芒。

"斗之气：七段！"

"萧媚，斗之气：七段！级别：高级！"

"耶！"听着测验员喊出的成绩，少女脸上漾起了得意的笑容。

"啧啧，七段斗之气，真了不起！按这进度，恐怕顶多需要三年时间，她就能成为一名真正的斗者了吧！"

"不愧是家族中种子级别的人物啊！"

听着人群中传来的一阵阵羡慕声，少女脸颊上的笑容更是多了几分。虚荣心是很多女孩都无法摆脱的。与平日要好的几个姐妹互相笑谈着，萧媚的视线忽然掠过周围的人群，停在了人群外的那一道孤单身影上。皱眉思虑了一下，萧媚还是打消了过去的念头，现在的两人，已经不在同一个阶层。以萧炎最近几年的表现，成年后，他顶多只能作为家族中的下层人员，而天赋优秀的她，则会成为家族重点培养的强者，前途可以说是不可估量。

"唉……"她轻叹了一口气，脑中忽然浮现出三年前那意气风发的少年的形象：四岁炼气，十岁就拥有九段斗之气，十二岁突破十段斗之气，成功凝聚斗之气旋，一跃成为家族百年之内最年轻的斗者！当初的少年，自信而且潜力不可估量，不知让多少少女对其芳心暗许，当然，也包括以前的萧媚。

然而天才的道路总是曲折的。三年前，这个名声达到巅峰的天才少年，却突然间受到了有生以来最残酷的打击，不仅辛辛苦苦修炼数载才凝聚的斗之气旋在一夜之间化为乌有，而且体内的斗之气也随着时间的流逝变得越来越少，十分诡异。

斗之气消失的直接结果，便是少年的实力不断后退。从天才的神坛上，一夜跌落到连普通人都不如的地步。这种打击让少年失魂落魄，天才之名也逐渐被不屑与嘲讽所替代。站得越高，摔得越狠，这次跌落，或许他就再也没有爬起的机会了。

"下一个，萧薰儿！"

喧闹的人群中，测验员的声音再次响了起来。

随着这个名字被唤起，人群忽然安静了下来，所有的视线霍然转移。在众人视线汇聚之处，一个身着紫色衣裙的少女正淡然站立，平静稚嫩的俏脸并未因为众人的注目而改变分毫。少女气质清冷，犹如青莲初绽，小小年纪却已有脱俗气质，难以想象日后长大，少女将会如何地倾国倾城。论起美貌与气质来，这名紫裙少女比先前的萧媚无疑还要胜上几分，也难怪在场的众人都凝神打量。

莲步微移，名为萧薰儿的少女行到测验魔石碑之前，伸出小手轻触着石碑，镶着黑金丝的紫袖滑落而下，露出一截娇嫩的皓腕。微微沉静，魔石碑之上，刺眼的光芒再次绽放。

"斗之气:九段!级别:高级!"

望着魔石碑上的字,场内陷入一阵寂静。

"竟然到九段了,真是恐怖!家族中年轻一辈的第一人,恐怕非薰儿小姐莫属了。"寂静过后,周围的少年都不由自主地咽了一口唾沫,眼神充满敬畏。

斗之气,是每个斗者的必练之功。初阶斗之气分一至十段,当修炼者体内斗之气到达十段之时,便能凝聚斗之气旋,成为一名受人尊重的斗者!

人群中,萧媚皱着浅眉盯着魔石碑前的紫裙少女,脸颊上不禁闪过一丝嫉妒。

望着魔石碑上的信息,一旁的中年测验员漠然的脸上竟然罕见地露出了一丝笑意,对着少女恭敬地说道:"薰儿小姐,半年之后,你应该便能凝聚斗之气旋。如果你成功的话,那十四岁就能成为一名真正的斗者,你将是萧家百年内的第二人!"

是的,第二人。那个第一人,便是褪去了天才光环的萧炎。

"谢谢。"少女微微点了点头,平淡的小脸并未因为他的夸奖而露出喜悦。她安静地转过身,然后在众人炽热的注目中,缓缓地行到人群最后面的颓废少年面前。"萧炎哥哥。"在经过少年身旁时,少女停下了脚步,对着萧炎恭敬地弯了弯腰,俏脸上露出了让周围少女嫉妒的清雅笑容。

"我现在还有资格让你这么叫吗?"望着面前这颗家族中最璀璨的明珠,萧炎苦涩地问道。她是在自己落魄后,极少数对自己依旧保持着尊敬的人。

"萧炎哥哥,你曾经与薰儿说过,要能放下,才能拿起,收放自如,才是自在人!"萧薰儿微笑着柔声说道,嗓音略微稚嫩却暖人心扉。

"哈哈,自在人?我也只会说说而已。你看我现在的模样,像自在人吗?而且……这世界,本来就不属于我。"萧炎自嘲地一笑。

面对着颓废的萧炎,萧薰儿纤细的眉毛微微皱了皱,认真地说道:"萧炎哥哥,虽然薰儿并不知道你究竟是怎么回事,不过,薰儿相信,你会重新站起来,取回属于你的荣耀与尊严……"话到此处，微顿了顿，少女白皙的俏脸头一次露出淡淡的绯红："当年的萧炎哥哥，的确很吸引人。"

对于少女毫不掩饰的坦率话语，少年尴尬地笑了一声，却未再说什么，他现在实在没这份资格与心情。他落寞地转过身，向着广场之外缓缓行去。站在原地望着少年那恍如与世隔绝的孤独背影，萧薰儿踌躇了一会儿，然后在身后一道道嫉妒的目光中，快步追了上去，与少年并肩而行。

月如银盘，漫天繁星。

山崖之巅，萧炎斜躺在草地之上，嘴中叼着一根青草，微微嚼动，任由那淡淡的苦涩在嘴中弥漫开来。他举起白皙的手掌挡在眼前，透过手指缝隙，遥望着天空上那轮银月。

"唉！"想起下午的测试，萧炎轻叹了一口气，懒懒地抽回手掌，脑袋枕着双手，眼神有些恍惚。

"十五年了呢……"低低的自喃声，忽然毫无征兆地从少年嘴中轻吐了出来。

在萧炎的心中，有一个仅有他自己知道的秘密：他并不是这个世界的人，或者说，萧炎的灵魂并不属于这个世界。他来自一个名叫地球的蔚蓝星球，至于为什么会来到这里，他无法解释。不过在这儿生活了一段时间之后，他才后知后觉地明白了过来：他穿越了！

随着年龄的增长，萧炎对这块大陆也有了些大致的了解。大陆名为斗气大陆，大陆上并没有小说中常见的各系魔法，斗气才是大陆的唯一主调！在这片大陆上，斗气的修炼，已经在数代人的努力下，几乎发展到巅峰，而且斗气不断壮大，最后甚至扩散到民间。这也导致斗气与人们的日常生活息息相关，如此，斗气在大陆的重要性更是其他事物无法超越的！

因为斗气之法极其盛行，导致从这条主线中分化出无数条斗气修炼之法，

所谓手有长短，人有高低，分化出来的斗气修炼之法，自然也是有强有弱。

经过归纳统计，斗气大陆将斗气功法的等级由高到低分为天、地、玄、黄四阶，而每一阶又分初、中、高三级。斗气功法等级的高低，是决定修炼者日后成就高低的关键，比如修炼玄阶中级功法的人，自然要比修炼黄阶高级功法的同等级的人强上几分。

在斗气大陆上，分辨强弱，取决于三种条件。

首先，最重要的当然是自身的实力。如果本身实力只有一星斗者级别，那么就算你修炼的是天阶高级的稀世功法，也难以战胜一名修炼黄阶功法的斗师。

其次，便是功法。同等级的强者，如果你的功法等级较对方要高级许多，那么在比试时，会处于绝对优势。

最后一种，名叫斗技。顾名思义，这是一种能够发挥斗气的特殊技能。斗技在大陆上也有着等级之分，总的说来，同样分为天、地、玄、黄四级。

斗气大陆斗技数不胜数，不过一般流传出来的大众斗技，大多只是黄级，想要获得更高深的斗技，必须加入宗派或者大陆上的斗气学院。当然，也有一些人依靠奇遇得到前人遗留下来的斗技，或者有自己所特有的斗技。这种由功法衍变而出的斗技，互相配合起来，威力要更强一些。

高级斗气的修炼功法常人很难得到，流传在普通阶层的功法，顶多只是黄阶功法。一些比较强大的家族或者中小宗派，应该有玄阶的修炼之法，比如萧炎所在的家族，最顶层的功法为狂狮怒罡，只有族长才有资格修炼。这是一种风属性、玄阶中级的斗气功法。

玄阶之上便是地阶了，不过这种高深功法，或许只有那些超然势力与大帝国方才可能拥有。至于天阶，已经几百年未曾出现了。

从理论上来说，常人想要获得高级功法，基本上难如登天。然而事无绝对，斗气大陆地域辽阔，万族林立：大陆之北，有号称力大无穷、可与兽魂合体的蛮族；大陆之南，也有各种智商奇高的高级魔兽家族，更有那以诡异阴狠而著名的黑暗种族；等等。

也有很多不为人知的无名隐士，性子孤僻的他们或许会将平生所创功法隐于某处，在生命走到尽头之后，等待有缘人取之。斗气大陆上流传着一句话：如果某日，你摔落悬崖，掉落山涧，不要惊慌，往前走两步，或许你将成为强者！此话并不假，大陆近千年历史中，并不乏这种依靠奇遇而成为强者的故事。这种故事，造就了大批每天等在悬崖边、准备跳崖获得绝世功法的怀梦之人。当然了，这些人大多是断胳膊断腿，狼狈而归。

总之，这是一片充满奇迹，以及创造奇迹的大陆！

当然，要想修炼斗气秘籍，至少需要成为一名真正的斗者方才够资格。而现在的萧炎，离那目标似乎还很遥远。

"呸，"吐出嘴中的草根，萧炎忽然跳起身来，面目狰狞，对着夜空失态地咆哮道，"让老子穿越过来当废物玩吗？"

在前世，萧炎只是庸碌众生中极其平凡的一员，金钱、名利这些东西与他根本就是两条平行线，永远没有交叉点。然而，来到这片斗气大陆之后，萧炎却惊喜地发现，因为两世的经验，他的灵魂竟然比常人要强许多！

要知道，在斗气大陆，灵魂是天生的，或许它能随着年龄的增长而稍稍变强，可是从没有什么功法能够单独修炼灵魂，就算是天阶功法也不可能！这是斗气大陆的常识。

灵魂的强化，造就出萧炎的修炼天赋，同样也造就了他的天才之名。

当一个平凡庸碌之人，在知道他有成为无数人瞩目的天才的本钱之后，若是没有足够的定力，很难把握本心。很显然，前世仅仅是普通人的萧炎，并没有这种超人般的定力。所以，在他开始修炼斗之气后，他选择了成为受人瞩目的天才之路，而非在安静中逐渐成长！

若是没有意外发生的话，萧炎或许还真能够顶着天才的名头越长越大，不过，很可惜，在他十一岁那年，天才之名被突如其来的变故剥夺而去，而天才

也在一夜间,沦落成路人口中耻笑的废物!

在咆哮了几嗓子之后,萧炎的情绪缓缓地平复下来,再次恢复了平日的落寞。事已至此,不管他如何暴怒,也找不回辛苦修炼得来的斗之气旋。

苦涩地摇了摇头,萧炎心中其实有些委屈,毕竟他对自己的身体究竟发生了什么事一概不知,平日检查,也没有发现丝毫不对劲的地方。随着年龄的增长,灵魂也越来越强大,而且吸收斗之气的速度,比几年前巅峰时的状态还要快几分。这些都说明自己的天赋从不曾减弱。可那些进入体内的斗之气,却无一例外地消失得干干净净。诡异的情形,使萧炎黯然神伤。

黯然地叹了口气,萧炎抬起手掌,看着手指上那枚黑色戒指。戒指很古朴,不知是何材料所铸,上面还绘有一些模糊的纹路,这是母亲临死前送给他的唯一礼物。从四岁到现在,他已经戴了十一年。对母亲的遗物,萧炎有一份深深的眷恋。手指轻轻抚摸着戒指,他苦笑道:"这几年,还真是辜负母亲的期望了……"

深深地吐了一口气,萧炎忽然转过头,对着漆黑的树林温和地笑道:"父亲,您来了?"

虽然斗之气只有三段,但是萧炎的灵魂感知比一名五星斗者还要敏锐许多。刚才想起母亲的时候,他便察觉到树林中有一丝动静。

"哈哈,炎儿,这么晚了,怎么还待在这上面呢?"静了片刻后,树林中,传出男子的关切笑声。树枝一阵摇摆,一个中年人跃了出来,脸上带着笑意,凝视着自己那站在月光下的儿子。中年人身着华贵的灰色衣衫,龙骧虎步间颇有几分威严,一对粗眉更为其添了几分豪气。他便是萧家现任族长,同时也是萧炎的父亲——五星大斗师萧战。

"父亲,您不也还没休息吗?"望着中年男子,萧炎脸上的笑容更浓了一分。虽然自己有着前世的记忆,不过自出生以来,面前这位父亲便对自己百般宠爱,在自己落魄之后,宠爱不减反增,这让萧炎十分感动,打心眼里认可了这位父亲。

"炎儿，还在想下午测验的事呢?"萧战大步上前，笑道。

"哈哈，有什么好想的，意料之中。"萧炎少年老成地摇了摇头，笑容却有些勉强。

"唉……"望着萧炎那依旧有些稚嫩的清秀面孔，萧战叹了一口气，沉默了片刻，忽然道，"炎儿，你十五岁了吧?"

"是，父亲。"

"再有一年，似乎……就该举行成年仪式了。"萧战苦笑道。

"是的，父亲，还有一年!"手微微一紧，萧炎平静地回答道。成年仪式意味着什么，他非常清楚。只要经过了成年仪式，没有修炼潜力的他，就会被取消进入斗气阁寻找斗气功法的资格，从而被分配到家族的各处产业之中，为家族打理一些普通事务。这是家族的族规，就算他的父亲是族长，也不可能改变。而且，若是在二十五岁之前仍然没能成为一名斗者，那将不会被家族认可!

"对不起了，炎儿，如果一年后你的斗之气达不到七段，那么父亲也只得忍痛把你分配到家族的产业中去。毕竟，这个家族，并不是父亲一人说了算，那几个老家伙，可随时等着父亲犯错呢!"望着平静的萧炎，萧战有些歉疚地叹道。

"父亲，我会努力的，一年后，我一定会达到七段斗之气的!"萧炎微笑着安慰道。

"一年，四段?哈哈，如果是以前，或许还有可能吧，不过现在……基本没半点机会。"虽然口中在安慰着父亲，萧炎心中却自嘲地苦笑了起来。

同样非常清楚萧炎底细的萧战，也只叹息着应了一声，他知道一年修炼四段斗之气有多困难。轻轻拍了拍萧炎的脑袋，萧战忽然笑道:"不早了，回去休息吧。明天，家族中有贵客，你可别失了礼数。"

"贵客?谁啊?"萧炎好奇地问道。

"明天就知道了。"萧战对着萧炎挤了挤眼睛,大笑而去。

"放心吧,父亲,我会尽力的!"抚摸着手指上的古朴戒指,萧炎抬头喃喃道。

在萧炎抬头的一刹那,手指上的黑色古戒忽然亮起了一抹极其微弱的诡异亮光,亮光眨眼便逝,没有引起任何人的察觉。

床榻之上,少年闭目盘腿而坐,双手在身前摆出奇异的形状,胸膛轻微起伏,一呼一吸间,气息形成完美的循环。而在气息循环间,有淡淡的白色气流顺着口鼻,钻入他的体内,温养着骨骼与肉体。

在少年闭目修炼之时,手指上那古朴的黑色戒指,再次诡异地微微发光,随即沉寂。

缓缓地吐出一口浊气,少年乍然睁开双眼,一抹淡淡的白芒在漆黑的眼中闪过,那是刚刚被吸收,而又未被完全炼化的斗之气。

"好不容易修炼而来的斗之气,又在消失……该死!"凝神感应了一下体内,少年猛然愤怒了起来,声音有些尖锐地骂道。

拳头死死地攥在一起,半晌后,少年苦笑着摇了摇头,身心疲惫地爬下床,舒展了一下有些发麻的脚踝与大腿。仅仅拥有三段斗之气的他,可没有能力无视各种疲累。简单地在房间中活动了下身体,萧炎就听见房间外传来一个苍老的声音:"三少爷,族长请你去大厅!"

萧炎在家中排行老三,上面还有两个哥哥,不过他们早已经外出历练,只有到年终才会偶尔回家。总的来说,两个哥哥对萧炎这个亲弟弟很不错。

"哦。"随口应了声,换了一身衣衫,萧炎走出房间,对着房外的一名青衫老者微笑道,"走吧,墨管家。"

望着少年稚嫩的脸,青衫老者和善地点了点头,转身的刹那,浑浊的老眼掠过一抹不易察觉的惋惜:"唉,以三少爷以前的天赋,恐怕他早该成为一名出色的斗者了吧，可惜……"

萧炎跟着老管家从后院穿过，最后在肃穆的迎客大厅外停了下来，恭敬地敲了门，方才轻轻地推门而入。

大厅很宽敞，里面的人也不少，坐在最上方的几位便是萧战与三位脸色淡漠的老者。三位老者是族中的长老，权力不比族长小。在四人的左手下方，坐着家族中一些有话语权且实力不弱的长辈；在他们的身旁，坐着在家族中表现杰出的年轻一辈；另外一边，坐着三位陌生人，想必他们便是昨夜萧战口中所说的贵客。

萧炎有些疑惑地在陌生的三人身上扫视。三人之中，有一位身穿月白衣袍的老者，老者满脸笑容，神采奕奕，一双有些细小的双眼却是精光偶现。萧炎的视线微微下移，停在了老者胸口上，心头猛然一颤——在老者的衣袍胸口处，赫然绘有一弯银色浅月，在浅月周围还点缀着七颗金光闪闪的星辰。

"七星大斗师！这老人竟然是一位七星大斗师？真是人不可貌相！"萧炎心中大感惊异，这老者竟然比自己的父亲还要高出两星。能够成为大斗师的人，至少是名动一方的强者，足以让任何势力奉为上宾。忽然间看见一位如此等级的强者，也难怪萧炎会感到诧异。

老者身旁坐着一对年轻的男女，他们身上同样穿着月白袍服，男子年龄在二十岁左右，相貌英俊，身材挺拔，很有魅力。当然，最重要的还是其胸口处所绘的五颗金星，这代表着青年的实力：五星斗者！能够以二十岁左右的年龄成为一名五星斗者，说明青年的修炼天赋很不一般。

英俊的相貌，加上不俗的实力，这名青年让家族中不少少女为之心动，就连那坐在一旁的萧媚，美眸在移向这边之时，也微放着异彩。

然而此时，这名青年正将所有的注意力，集中在自己身旁的美丽少女身上。这名少女年龄和萧炎相仿，让萧炎有些意外的是，她的容貌竟然比萧媚还要美上几分。在这家族之中，恐怕也只有那犹如青莲一般的萧薰儿能够与之相比，

难怪这男子对族中的其他女子都不屑一顾。

少女娇嫩的耳垂上吊着绿色的玉坠，微微摇动间，发出清脆的声响，隐隐现出一抹娇贵。另外，少女的胸前绘有三颗金星。

"三星斗者，这女孩如果没有靠外物激发的话，那便是一个绝顶天才！"轻轻地吸了一口凉气，萧炎的目光只是在少女冷艳的小脸上停留了瞬间便移开了。不管怎么说，在他幼稚的外貌下，拥有一个成熟的灵魂。

萧炎的这个举动似乎令少女略感诧异，虽然她并不是那种以为世界围着自己转的女孩，但是她也十分清楚自己的美貌与气质。

"父亲，三位长老！"萧炎快步上前，对着坐在上位的萧战四人恭敬地行了一礼。

"哈哈，炎儿，来了啊，快坐下吧。"见萧炎到来，萧战止住了与客人的笑谈，冲着他点了点头，挥手道。

萧炎微笑点头，只当作没有看见一旁三位长老投来的不耐烦以及淡淡的不屑目光，回头在厅中扫了扫，却愕然发现竟然没自己的位置。

"唉，自己在这家族中的地位，看来还真是越来越低了啊，现在竟然当着客人的面给我难堪，这三个长老啊……"心头自嘲地一笑，萧炎暗自摇头。

望着站在原地不动的萧炎，周围的族中年轻人都忍不住发出讥笑之声，显然很喜欢看他出丑的模样。

此时，上面的萧战也发现了萧炎的尴尬，脸上闪过一抹怒气，对着身旁的老者皱眉道："二长老，你……"

"咳，实在抱歉，竟然把三少爷给忘记了。哈哈，我马上叫人准备！"被萧战瞪住的黄袍老者，淡淡地笑了笑，"自责"地拍了拍额头，只是其眼中的那抹讥讽，却并未有多少遮掩。

"萧炎哥哥，坐这里吧！"少女淡淡的声音忽然在大厅中响了起来。

三位长老微愣，目光移向角落中安静的萧薰儿，嘴巴嚅了嚅，竟然都不敢再说话。在大厅的角落处，萧薰儿微笑着合拢了手中厚厚的书，气质淡雅从容，对着萧炎可爱地眨了眨眼睛。望着萧薰儿那微笑的小脸，萧炎迟疑了一下，摸着鼻子点点头，然后在众多少年嫉妒的目光中走过去，挨着她坐了下来。

"你又帮我解围了。"嗅着身旁少女的淡淡体香，萧炎低笑道。

萧薰儿浅浅一笑，小脸上露出可爱的小酒窝，纤细的指尖再次翻开手中那本古朴的书，小小年纪，却有一种知性的美感。眨动着修长的睫毛在书中徜徉了片刻，萧薰儿忽然幽幽道："萧炎哥哥有三年没和薰儿单独坐在一起了吧？"

"呃……现在薰儿可是家族中的天才了，想要朋友还不简单吗？"瞧着少女有些幽怨的光洁侧脸，萧炎干笑道。

"在薰儿四岁到六岁的时候，每天晚上都有人溜进我的房间，然后用一种很笨拙的手法以及并不雄厚的斗之气，温养我的骨骼与经脉，每次都要把自己弄得大汗淋漓后，方才疲惫离开。萧炎哥哥，你说，他会是谁？"薰儿沉默了半晌，忽然偏过头，对着萧炎嫣然一笑，少女独有的眼神，让周围的少年眼睛有些放光。

"咳……我，我怎么知道？那么小，我们都还在地上爬呢，我哪知道！"心头猛地一跳，萧炎讪笑了两声，旋即有些心虚地将目光转向大厅内。

嘻嘻！望着萧炎的反应，萧薰儿泛起了柔和的笑意，目光转移到书本之上，口中喃喃道："虽然知道他是好意，可薰儿不管怎么说也是女孩子吧？若是薰儿寻出了那人，哼……"

咧了咧嘴角，萧炎有些心虚，眼观鼻，鼻观心，不言不语。

第二章
云岚宗

　　大厅中，萧战以及三位长老，正在颇为热切地与那位陌生老者交谈着，不过这位老者似乎有什么难以启齿的事情，每每到口的话语，都会有些无奈地咽回去。而每当这个时候，一旁的娇贵少女都忍不住地瞪老者一眼。

　　倾耳听了一会儿，萧炎便有些无聊地摇了摇头。

　　"萧炎哥哥，你知道他们的身份吗？"就在萧炎无聊得想要打瞌睡之时，身旁的薰儿，纤指再次翻开古朴的书页，目不斜视地微笑道。

　　"你知道？"好奇地转过头来，萧炎惊诧地问道。

　　"看见他们袍服袖口处的云彩银剑了吗？"薰儿微微一笑道。

　　"哦？"心头一动，萧炎目光转向三人袖口，果然发现了一把云彩形状的银剑。

　　"他们是云岚宗的人？"萧炎惊讶地低声道。

　　虽然并没有外出历练，不过萧炎在一些书中看过有关这剑派的资料。萧家所在的城市名为乌坦城，隶属于加玛帝国，虽然此城因背靠魔兽山脉，跻身帝

国的大城市之列,但是也仅仅居于末座。

萧炎的家族在乌坦城颇有分量,不过并不是一枝独秀,城中还有另外两大家族,其实力与萧家相差无几,三方明争暗斗了几十年,也未曾分出胜负。

如果说萧家是乌坦城的一霸,那么萧炎口中所说的云岚宗,或许应该说是整个加玛帝国的一霸!这之间的差距犹如鸿沟,也难怪连平日严肃的父亲,此时在言语上都很是敬畏。

"他们来我们家族做什么?"萧炎有些疑惑地低声询问道。

移动的纤细指尖微微一顿,薰儿沉默了一会儿,方才道:"或许和萧炎哥哥有关……"

"我?我可没和他们有过什么交集啊!"闻言,萧炎一怔,摇头否认。

"知道那少女叫什么名字吗?"薰儿淡淡地扫了一眼对面的娇贵少女。

"什么?"眉头一皱,萧炎追问道。

"纳兰嫣然!"薰儿小脸浮现出古怪之色,斜瞥着身子有些僵硬的萧炎。

"纳兰嫣然?加玛帝国狮心元帅纳兰桀的孙女纳兰嫣然?那个……那个与我指腹为婚的未婚妻?"萧炎脸色僵硬地说道。

"嘻嘻,爷爷当年与纳兰桀是生死好友,而当时恰逢你与纳兰嫣然同时出生,所以,两位老爷子便定了这门亲事。不过可惜,在你出生后的第三年,爷爷便因与仇人交战重伤而亡,而随着时间的流逝,萧家与纳兰家的关系也逐渐地淡了下来……"薰儿微微顿了顿,望着萧炎那瞪大的眼睛,不由得轻笑了一声,接着道,"纳兰桀这老头儿不仅性子桀骜,而且极其在乎承诺,当年的婚事是他亲口应下来的,所以就算萧炎哥哥最近几年名声极差,他也未曾派人过来悔婚。"

"这老头儿还的确桀骜得可爱。"听到此处,萧炎忍不住笑着摇了摇头。

"纳兰桀在家族中拥有绝对的话语权,他说的话,一般都没人敢反对。虽然他也很疼爱纳兰嫣然这孙女,但是想要他开口解除婚约,却是有些困难。"薰儿

微弯美丽的眼睛，戏谑道，"可五年之前，纳兰嫣然被云岚宗宗主云韵亲自收为弟子，五年间，纳兰嫣然表现出绝佳的修炼天赋，更是让云韵对其宠爱不已。当一个人拥有了改变自己命运的力量的时候，她会想尽办法将自己不喜欢的事解决掉……很不幸，萧炎哥哥与她的婚事，便是让她最不喜欢的事！"

"你是说，她此次是来解除婚约的？"脸色一变，萧炎心头猛地涌出一股怒气，这怒气并不是因为纳兰嫣然对他的歧视，说实在的，对面的少女虽然美丽，但就算与她结不成秦晋之好，萧炎也顶多只是有些遗憾而已。可如果她真的在大庭广众下对自己的父亲提出了解除婚约的请求，那么父亲这族长的脸可就算是丢尽了！

纳兰嫣然不仅美丽娇俏，地位显赫，而且天赋绝佳，任何人在说起此事时，都会认为他萧炎是癞蛤蟆想吃天鹅肉不成，反被天鹅踏在了脚下。如此的话，日后不仅是他萧炎，就连他的父亲，也将会沦落为他人的笑柄，威严大失。

轻轻地吸了一口冰凉的空气，萧炎握紧藏在袖间的手掌，思索道："如果自己现在是一名斗师，谁又敢如此践踏我？"的确，如果萧炎此时拥有斗师实力，那么就算纳兰嫣然有云岚宗撑腰，也不可能做出如此行径。年仅十五岁的斗师，在斗气大陆这么多年的历史中，唯有寥寥数人而已，而且这几人都早已经成为斗气修炼界中的泰山北斗！

一只娇嫩的小手悄悄地穿过衣袖，轻轻地按着萧炎紧握的拳头，薰儿柔声道："萧炎哥哥，她若真如此行事，只是她的损失而已。薰儿相信，她会为今日的短浅目光而后悔！"

"后悔？"嗤笑了一声，萧炎脸上满是自嘲，"现在的我，有那本事？"

"薰儿，你对他们似乎知道得很清楚。你先前所说的一些东西，或许连我父亲也不知道吧？你是如何得知的？"轻轻摆了摆手，萧炎话锋忽然一转，问道。

薰儿一怔，却是含笑不语。萧炎只得无奈地撇了撇嘴。薰儿虽然也姓萧，但是与他没有半点血缘关系，而且薰儿的父母，萧炎也从未见过。每当他为此事询问父亲时，满脸笑容的父亲会突然闭口不语，显然对薰儿的父母很是忌讳，甚至……惧怕！在萧炎心中，薰儿的身份极为神秘，可不管他如何从侧面询问，这小妮子都会机灵地以沉默应对，让萧炎无计可施。

"唉，算了，懒得管你，不说就不说吧。"摇了摇头，萧炎的脸色忽然阴沉下来，因为在对面纳兰嫣然不断示意的眼色下，那位老者终于站起来了。

"呵呵，借助云岚宗向父亲施压吗？这纳兰嫣然，真是好手段哪！"萧炎心头响起了愤怒的冷笑。

白袍老者轻咳一声，站起身来对着萧战拱了拱手，微笑道："萧族长，此次前来贵家族，主要是有事相求！"

"葛叶先生，有事请说便是，如果力所能及，萧家应该不会推辞。"对这位老者，萧战可不敢怠慢，连忙站起来客气地说道。不过因为不知道对方到底所求何事，所以也不敢把话说得太满。

"萧族长，你可认识她吗？"葛叶微微一笑，指着身旁的少女问道。

"呃……恕萧战眼拙，这位小姐……"闻言，萧战一愣，上下打量了一下少女，有些尴尬地摇了摇头。

当年纳兰嫣然被云韵收为弟子之时，年仅十岁，在云岚宗中修炼了五年时间，女大十八变，好多年未见，萧战自然不知道面前的少女，便是自己未过门的儿媳妇。

"她的名字叫纳兰嫣然。"

"纳兰嫣然？纳兰老爷子的孙女纳兰嫣然？"萧战先是一怔，紧接着心中大喜，想必是记起了当年的那件事，急忙对着少女露出温和的笑容，"原来是纳兰侄女，萧叔叔可有好多年未曾与你见面了，别怪罪叔叔眼拙啊。"

看到忽然出现的一幕，众人略微一愣，三位长老互相对视了一眼，眉头不由得皱了皱。

"萧叔叔，侄女一直未曾前来拜见，该赔罪的可是我呢，哪敢怪罪萧叔叔？"

纳兰嫣然甜甜地笑道。

"哈哈，纳兰侄女，以前便听说你被云韵大人收入门下，当时还以为是流言，没想到竟然是真的，侄女真是好天赋啊！"萧战笑着赞叹道。

"嫣然只是好运罢了。"浅浅一笑，纳兰嫣然有些吃不消萧战的热情，放在桌下的手轻轻扯了扯身旁的葛叶。

"萧族长，在下今日所请求之事，便与嫣然有关，而且此事，还是宗主大人亲自开口。"葛叶轻笑了一声，在提到"宗主"二字时，脸上的表情略显郑重。

脸色微微一变，萧战也收敛了笑容，云岚宗宗主云韵可是加玛帝国的大人物，自己这小小的一族之长，可是半点都惹不起，可是以云岚宗宗主的实力与势力，又有何事需要萧家帮忙？葛叶说是与纳兰侄女有关，难道……

想到某种可能，萧战的嘴角忍不住抽搐了几下，硕大的手掌微微颤抖，不过好在有袖子遮掩，所以未曾被发现。强行压下心头的怒火，萧战嗓音有些发颤地凝声道："葛叶先生，请说！"

葛叶脸色忽然出现了一抹尴尬，不过想起宗主对纳兰嫣然的疼爱，只得咬了咬牙，笑道："萧族长，您也知道，云岚宗门风严厉，而且宗主大人对嫣然的期望也很高，现在基本上已经把她当作云岚宗下一任的宗主在培养。而因为一些特殊的规矩，宗主传人在未成为正式宗主之前，都不可与男子有纠葛。宗主大人在询问过嫣然之后，知道她与萧家还有一门亲事，所以……所以宗主大人想请萧族长，能够……解除这婚约。"

咔！萧战手中的玉石杯，轰然化为粉末。大厅之中，瞬间有些寂静，上方的三位长老也被葛叶的话震惊，不过片刻之后，他们望向萧战的目光中，已经多出了一抹讥讽与嘲笑："嘿嘿，被人上门强行解除婚约，看你这族长以后还有什么威望管理家族！"

一些少男少女并不知晓萧炎与纳兰嫣然的婚约，不过在向身旁的父母打听一番之后，他们觉得这个场面顿时变得精彩起来，将讥诮的嘲讽目光投向了角

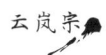

落处的萧炎。

望着萧战那阴沉至极的脸色,纳兰嫣然不敢再抬头,将头埋下,手指紧张地绞在了一起。

"萧族长,我知道这要求有些强人所难,不过还请看在宗主大人的面上,解除婚约吧。"无奈地叹了一口气,葛叶淡淡地道。

萧战拳头紧握,淡淡的青色斗气逐渐地覆盖了身躯,最后竟然隐隐约约地在脸颊处汇聚成一个虚幻的狮头。这是萧家顶级功法狂狮怒罡!等级玄阶中级!

望着萧战的反应,葛叶的脸色也顿时凝重起来,身体挡在纳兰嫣然身前,鹰爪般的双手手指猛地曲拢,青色斗气在鹰爪中汇聚而起,散发着细小而凌厉的剑气。这是云岚宗高深功法青木剑诀!等级玄阶低级!

随着两人气息的喷发,大厅之中,实力较弱的少年脸色猛地一白,旋即觉得胸口有些发闷。

就在萧战的呼吸越发急促之时,三位长老的厉喝声,宛如惊雷在大厅中响起:"萧战,还不住手!你可不要忘记,你是萧家的族长!"

身子猛地一僵,萧战身体上的斗气缓缓地收敛,最后完全消失。一屁股坐回椅子上,萧战脸色淡漠地望着低头不言的纳兰嫣然,声音有些嘶哑地说道:"纳兰侄女,好魄力啊,纳兰肃有你这女儿,真是很让人羡慕啊!"

娇躯微微一颤,纳兰嫣然喃喃道:"萧叔叔……"

"呵呵,叫我萧族长就好,叔叔这称谓,我担不起。你是未来的云岚宗宗主,日后也是斗气大陆的风云人物,我家炎儿不过是资质平庸之辈,也的确配不上你。"淡淡地挥了挥手,萧战语气冷漠地说道。

"多谢萧族长体谅了。"闻言,一旁的葛叶大喜,对着萧战赔笑道,"萧族长,宗主大人知道今天这要求很不礼貌,所以特地让在下带来一件礼物,当作赔礼!"

说着,葛叶伸手摸了摸手指上的一枚戒指,一只通体泛绿的古玉盒子在手

中凭空出现。他小心地打开盒子，一股异香顿时弥漫大厅，闻者皆精神为之一畅。

三位长老好奇地伸过头，望着玉匣子内，身体猛地一震，惊声道："聚气散？"

古匣子内，一枚通体碧绿、龙眼大小的药丸，正静静地躺卧，而那股诱人的异香，便是从药丸中发出的。在斗气大陆，想要成为一名真正的斗者，前提是必须在体内凝聚斗之气旋，而凝聚斗之气旋，却有着不低的失败率。失败之后，九段斗之气便会降回八段，有些运气不好之人，说不定需要凝聚十多次才有可能成功，而如此重复的凝聚，也会让人错过最好的修炼时间。聚气散的作用，便是能够让一个九段斗之气的人，百分之百地成功凝聚斗之气旋！这种特效，让无数想要尽早成为斗者的人，都对其垂涎不已，日思夜想而不可得。

说起聚气散，便不得不说制造它的人——炼药师！在斗气大陆，有一种凌驾于斗者之上的职业，被人们称为炼药师！

炼药师，顾名思义，他们能够炼制出种种提升实力的神奇丹药，任何一名炼药师，都会被各方势力不惜代价地竭力拉拢，他们的身份地位显赫至极！

炼药师能够拥有这般待遇，自然与他们的稀少、实用有关。想要成为一名炼药师，条件异常苛刻。首先，必须自身属性属火；同时，火体之中还必须夹杂一丝木气，以作炼药催化之效。要知道，斗气大陆人体的属性，取决于他们的灵魂，一个灵魂永远都只具备一种属性，不可能掺杂其他属性。所以，一个躯体拥有两种强弱不同的属性，基本上是不可能的。当然事无绝对，亿万人中，总会有一些变异的灵魂，而这些拥有变异灵魂之人，便有潜力成为一名炼药师！

不过单单拥有火木属性的灵魂，依然不能成为一名真正的炼药师，因为还有另外一个必要条件，那便是灵魂的感知力！也称为灵魂塑造力！

炼制丹药，最重要的三个条件：材料，火种，灵魂感知力！

材料，自然是各种天材地宝。炼药师毕竟不是神，没有极品的材料，他们

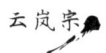

也巧妇难为无米之炊。所以，好的材料非常重要！

火种，也就是炼药时所需要的火焰。炼制丹药，不能用普通火，必须使用由火属性斗气催化而出的斗气火焰。当然，世间充斥着天地异火，一些实力强的炼药师也会取而用之。用这些异火来炼药，不仅成功率会高上许多，而且炼出的丹药，也比普通斗气火焰炼出的丹药，药效更强！

由于炼药是长时间的事，因此极其消耗斗气。每一位杰出的炼药师，其实也是实力强大的火焰斗者！

最后一个条件，便是灵魂感知力！

在炼药之时，火候的大小是重中之重，有时候只要火候稍稍大点，整炉丹药都将会化为灰烬，导致前功尽弃，所以，掌控好火候，是炼药师必须学会的。然而想要将火候掌控好，那便必须有强悍的灵魂感知力，失去了这一点，就算前面两点做得再好，也不过是无用之功！

在这种种苛刻的条件之下，有资格成为炼药师的人，当然是凤毛麟角。炼药师少了，那些神奇的丹药，自然也是少之又少。物以稀为贵，造就了炼药师那尊贵得甚至有些畸形的身份。

大厅之中，听着三位长老的惊叹声，厅内的少男少女眼睛都猛地瞪大起来，一道道炽热的目光，死死地盯住葛叶手中的玉匣子。

坐在父亲身旁的萧媚，轻轻舔了舔红唇，盯着玉匣子的眸子眨也不眨。

"这是本宗名誉长老古河大人亲自炼制的，想必各位也听过他老人家的名讳吧？"望着三位长老失态的模样，葛叶的心头忍不住有些得意，微笑道。

"此药竟然出自丹王古河之手？"闻言，三位长老不禁动容。

丹王古河在加玛帝国中影响力极大，一手炼药之术神奇莫测，无数强者想对其巴结逢迎都无路可寻。古河不仅炼药术神奇，而且其本身实力早已进入斗王之阶，名列加玛帝国十大强者之一。如此一位人物，亲手炼制的聚气散，恐怕价值将会翻上好几倍。

　　三位长老喜笑颜开地望着玉匣子中的聚气散，如果家族有了这枚聚气散，恐怕又能出现一名少年斗者了。

　　就在三位长老在心中寻思着如何为自己孙子把丹药弄到手之时，少年那压抑着怒气的淡淡声音，在大厅中突兀地响了起来："葛叶老先生，您还是把丹药收回去吧，今日之事，我们不会答应！"

　　大厅蓦然一静，所有目光都齐刷刷转移到角落中那扬起清秀面孔的萧炎身上。

　　"萧炎，这里哪有你说话的份儿？给我闭嘴！"一位长老脸色一沉，怒喝道。

　　"萧炎，退下去吧，我知道你心里不好受，不过这里我们自会做主！"另外一位年龄偏大的老者，也淡淡地说道。

　　"三位长老，如果今天他们悔婚的对象是你们的儿子或者孙子，你们还会这么说吗？"萧炎缓缓站起身子，嘴角噙着嘲讽。三位长老对他的不屑是显而易见的，所以他也不必给他们面子。

　　"你……"闻言，三位长老一滞，脾气暴躁的三长老，更是眼睛一瞪，斗气缓缓附体。

　　"三位长老，萧炎哥哥说得并没有错，这事，他才是当事人，你们还是不要跟着掺和吧。"少女轻灵的嗓音在厅中响起。

　　听到少女的话语，三位长老的气焰顿时消了下来，无奈地互相对视一眼，旋即点了点头。

　　萧炎转过头，深深地凝视了一眼笑吟吟的萧薰儿："你这妮子，究竟是什么身份，怎么会让三位长老如此忌惮？"压下心中的疑问，萧炎大步行上，先是对萧战恭敬地行了一礼，然后转过身面对着纳兰嫣然，深呼吸了一口气，平静地问道："纳兰小姐，我想请问一下，今日悔婚之事，纳兰老爷子，可曾答应？"

　　先前瞧得萧炎忽然出声阻拦，纳兰嫣然心头便有些不快，现在听到他的询问，秀眉更是微微一皱："这人，初时看来倒也不错，怎么却也是个死缠烂打的讨厌人，难道他不知道两人间的差距吗？"心中责备萧炎的她却未曾想过，她这当众悔婚之举，使萧炎及他的父亲，陷入了何等尴尬的处境。

站起身来，凝视着身前这本该成为自己丈夫的少年，纳兰嫣然语气平淡娇柔："爷爷不曾答应，不过这是我的事，与他也没关系。"

"既然老爷子未曾开口，那么还望包涵，我父亲也不会答应你这要求。当初的婚事，是两家老爷子亲自约定，现在他们没有开口解除，那么这婚事，便没人敢解，否则，那便是亵渎长辈！我想，我们族中应该没人会干出这种忤逆之事吧？"萧炎微微偏过头，冷笑着盯着三位长老。

被萧炎这么大一顶帽子压过来，三位长老顿时不吭声了，在规矩森严的家族里，这种罪名，足以使他们失去长老的位置。

"你……"被萧炎一阵抢白，纳兰嫣然一怔，却寻不出反驳之语，当下气得小脸有些铁青，重重地跺了跺脚，常年被惯出来的大小姐脾气被激了出来。纳兰嫣然厌恶地盯着面前的少年，心中烦躁的她直接把话挑明："你究竟要怎样才肯解除婚约？嫌赔偿少？好，我可以让老师再给你三枚聚气散。另外，如果你愿意，我还可以让你进入云岚宗修习高深斗气功法。这样够了吗？"

听着少女口中蹦出来的一个个诱人条件，三位长老顿时感觉呼吸变得急促起来，大厅中的少年，更是咽了一口唾沫——进入云岚宗修习？天哪，那可是无数人梦寐以求的啊！

说完这些条件之后，纳兰嫣然微扬着雪白的下巴，骄傲地等待着萧炎的回答，在她的认知中，这些条件足以让任何少年疯狂。不过，与纳兰嫣然所期待的有些不同，在她说完之后，面前的少年，身体猛地剧烈颤抖了起来，缓缓地抬起头，那张清秀的稚嫩小脸，现在却是狰狞得有些恐怖。虽然三年中一直遭受着嘲讽，不过在萧炎的心中，仍有属于他的底线。纳兰嫣然这番高高在上、犹如施舍般的举动，正好狠狠地踏在萧炎隐藏在心中那仅剩的尊严之上。

"啊……"被少年的狰狞模样吓了一跳，少女急忙后退一步，一旁的那个英

俊青年猛然拔出长剑，目光阴冷地直指萧炎。

"我……真的很想把你宰了！"在萧炎颤抖的牙齿间，泄露出杀意凛然的字句，他拳头紧握，漆黑的眼睛燃烧着暴怒的火焰。

"炎儿，不可无礼！"首位之上，萧战也被萧炎的举动吓了一跳，连忙呵斥。现在的萧家可得罪不起云岚宗啊。

萧炎微微垂首，片刻之后，他又慢慢地抬起头来，只不过，先前的那股狰狞恐怖，已经化为平静。三年中，虽然受尽了歧视与嘲讽，但是也锻炼出萧炎那远超常人的隐忍。

面前的纳兰嫣然，是云岚宗的宠儿，如果自己现在真对她做了什么事，恐怕会给父亲带来无尽的麻烦，所以，他只得忍！

望着面前几乎是骤然间收敛了内心情绪的少年，葛叶以及纳兰嫣然心中忽然感到有些发寒。

"这小子，日后若一直是废物，倒也罢了，如果真让他拥有了强者的力量，绝对是个危险人物。"葛叶在心中凝重地暗暗道。

"萧炎，虽然不知道为什么我的举动让你如此愤怒，不过，你……还是解除婚约吧！"轻轻地吐了一口气，纳兰嫣然平复了心情，小脸微沉地说道。

"请记住，此次我前来萧家，是我的老师——云岚宗宗主，亲自首肯的！"抿着小嘴，纳兰嫣然微偏着头，有些无奈地说道，"你可以把这当作胁迫，不过，你也应该清楚，现实就是这样，没有什么事是绝对公平的，你也清楚你与我之间的差距，我们……基本没什么希望！"

听着少女宛如神灵般的审判，萧炎嘴角溢出一抹冷笑："纳兰小姐，你应该知道，在斗气大陆，女方悔婚会让对方有多难堪。哈哈，我脸皮厚，倒是没什么，可我的父亲，他是一族之长！今日若是真答应了你的要求，他日后如何掌管萧家？还如何在乌坦城立足？"

望着暴怒的少年，纳兰嫣然眉头轻皱，眼角瞟了瞟首位上那忽然间似乎衰

老了许多的萧战，心头有些歉意。她轻咬嘴唇，沉吟片刻，灵动的眼珠微微转了转，忽然轻声道："今日的事，的确是嫣然有些莽撞了，今天，我可以暂时收回解除婚约的要求，不过，我需要你答应我一个约定！"

"什么约定？"萧炎皱眉问道。

"今日的要求，我可以延迟三年。三年之后，你来云岚宗向我挑战，如果你输了，我便当众将婚约解除。到那时候，想必你也进行了家族的成年仪式，所以，就算是输了，也不会让萧叔叔太过难堪，你可敢接？"纳兰嫣然淡淡地说道。

"哈哈，到时候若是输了，的确不会再损害父亲的名声，可我，或许这辈子都得背负耻辱的失败之名了吧，这女人还真狠哪！"心头悲愤一笑，萧炎的面庞满是讥讽。

"纳兰小姐，你又不是不清楚炎儿的状况，你让他拿什么向你挑战？如此这般侮辱他，有意思吗？"萧战一巴掌拍在桌面上，愤然而起。

"萧叔叔，悔婚这种事，总需要有人去承担责任。若不是为了保全您的面子，嫣然此刻便会强行解除婚约，然后公之于众！"几次受阻，纳兰嫣然也有些不耐烦，转过头对着沉默的萧炎冷喝道，"你既然不愿让萧叔叔颜面受损，那么便接下约定！三年之后与现在，你究竟是选择前者还是后者？"

"纳兰嫣然，你不用做出如此强硬的姿态，你想退婚，无非认为我萧炎是废物，配不上你这天之骄女。说句刻薄的话，你除了美貌之外，其他的本少爷根本瞧不上半点！云岚宗的确很强，可我还年轻，有的是时间，我十二岁就已经成为一名斗者，而你，纳兰嫣然，你十二岁的时候，是几段斗之气？没错，现在的我的确是废物，可我既然能够在三年前创造奇迹，你凭什么认为我不能再次翻身？"面对着少女咄咄逼人的态势，沉默的萧炎终于如火山般爆发，小脸冷肃，一席话语将大厅之中的所有人都震得发愣。谁能想到，平日那沉默寡言的少年竟然如此厉害。

纳兰嫣然嚅动着小嘴，虽然被萧炎的话气得俏脸铁青，但是无法申辩。萧

炎所说的确是事实，不管他现在如何废物，当初十二岁成为一名斗者，却是真真切切的，而当时的纳兰嫣然，不过八段斗之气。

"纳兰小姐，看在纳兰老爷子的面上，萧炎奉劝你几句话，三十年河东，三十年河西，莫欺少年穷！"听到萧炎的铮铮冷语，纳兰嫣然的娇躯轻颤了一下。

"好，好一句莫欺少年穷！我萧战的儿子，就是不凡！"首位之上，萧战双目一亮，双掌重重砸在桌面之上，茶水洒落。

咬牙切齿地盯着面前冷笑的少年，纳兰嫣然常年被人娇惯，哪曾被同龄人如此教训，当下气得脑袋发昏，略带着稚气的声音也变得有些尖锐："你凭什么教训我？就算你以前的天赋无人能及，可现在的你，就是一个废物！好，我纳兰嫣然就等着你再次超越我的那天。三年之后，我在云岚宗等你，有本事，你就让我看看你能翻身到何种地步！如果到时候你能打败我，我纳兰嫣然今生为奴为婢，全都由你说了算！当然，三年后如果你依旧是个废物，那解除婚约的契约，你也给我乖乖地交出来！"

望着小脸铁青的少女，萧炎笑着嘲讽道："不用三年，我对你，实在是提不起半点兴趣！"说完，他也不理会那俏脸冰寒的纳兰嫣然，猛然转身，快步行到桌前，奋笔疾书！

墨落，笔停！萧炎右手骤然抽出桌上的短剑，锋利的剑刃在左掌之上猛然划出一道血口。沾染鲜血的手掌，在白纸之上，留下刺眼的血印！

轻轻拈起这份契约，萧炎发出一声冷笑，来到纳兰嫣然面前，将之重重地砸在了桌面上："不要以为我萧炎多在乎你这什么天才老婆，这张纸，不是解除婚约的契约，而是本少爷把你逐出萧家的休书！从此以后，你，纳兰嫣然，与我萧家，再无半点瓜葛！"

"你……你敢休我？"望着桌上的血手休书，纳兰嫣然美丽的大眼睛瞪得老大，有些不敢置信。以她的美貌、天赋以及背景，竟然会被一个小家族中的废物给直接休了？这种突如其来的状况，让她觉得太不真实了。

冷冷地望着纳兰嫣然错愕的模样，萧炎忽然转过身，对着萧战屈腿跪下，重重地磕了一个头，紧咬着嘴唇，却倔强地不言不语。

虽然名义上是他把纳兰嫣然逐出了家族，但是这事传出去之后，别人可不会这么认为。不清楚状况的人们只会认为，是纳兰嫣然以强横的态度，强行使萧家退婚。毕竟，以纳兰嫣然的天赋、美貌、以及背景，配萧家一废柴少爷，那绝对是绰绰有余，没有人会认为萧炎会有魄力休掉一位云岚宗未来的掌舵人。作为萧炎的父亲，萧战定然会受到无数讥讽。

望着跪伏的萧炎，萧战明白他心中极为歉疚，但还是淡然一笑，道："我相信我儿子不会废物一辈子，区区流言蜚语，日后在现实面前，定会不攻自破。"

"父亲，三年之后，炎儿会去云岚宗，亲自为您洗刷今日之辱！"眼角有些湿润，萧炎重重地磕了一个头，然后径直起身，毫不犹豫地向着大厅之外走去。

路过纳兰嫣然之时，萧炎脚步一顿，稚嫩的话语冰冷吐出："三年之后，我会找你！"少年的背影在阳光的照耀下，被拉扯得极长，看上去孤独而落寞。

纳兰嫣然小嘴微张，有些茫然地盯着那道逐渐消失的背影，手中的那纸休书，忽然变得重如千斤。

"三位，既然你们的目的已经达到，那便请回吧。"望着少年离去的背影，萧战脸色淡漠，掩藏在衣袖中的拳头，却攥得手指泛白。

"萧叔叔，今日之事，嫣然向您道歉了，日后若是有空，请到纳兰家做客！"恭身对着脸色漠然的萧战行了一礼，纳兰嫣然也不想多留，起身向着大厅之外走去。后面，葛叶与那名英俊的青年急忙跟上。

"聚气散也带走！"萧战手掌一挥，桌上的玉匣子，就被他冷冷地甩飞了出去。

葛叶手掌向后一探，稳稳地抓住玉匣子，苦笑了一声，将之收进戒指内。

"纳兰家的大小姐，希望你日后不会为今日的举动而感到后悔。再有，不要以为有云岚宗撑腰便可横行无忌。斗气大陆很大，比云韵强横的人，也并不

少。"在纳兰嫣然三人即将出门的一刹那，少女轻灵的嗓音带着淡淡的冷漠，忽地响了起来。

三人脚步猛地一顿，目光投向了角落中那轻轻翻动着书本的紫裙少女。阳光从门窗缝隙中投射而进，刚好将少女包裹其中，远远看去，少女宛如在俗世中盛开的紫色莲花，清净优美，不惹尘埃。

似是察觉到三人的目光，少女从古朴的书页中抬起了精美的小脸，那双宛如秋水的美眸，忽然涌出一丝细小的金色火焰。望着少女眸中的金色火焰，葛叶身体猛地一颤，惊恐的神色顷刻间覆盖了那苍老的面孔，干枯的手掌仓皇地抓着正疑惑的纳兰嫣然和那名青年，然后逃命般地跑出了大厅。

瞧着葛叶的举动，大厅内除了少数几人之外，其他人都是满脸错愕。

第三章
药 老

表情淡漠地离开大厅，有些魂不守舍的萧炎按照平日的习惯，慢慢地攀上了家族的后山，坐在山壁之上，平静地望着对面笼罩在雾气之中的险峻山峦，那里是加玛帝国闻名遐迩的魔兽山脉。

"哈哈，实力呀……在这个世界，没有实力，连一坨狗屎都不如，至少，狗屎还没人会去踩！"肩膀轻轻地耸动，少年那低沉的自嘲笑声带着悲愤，在山顶上缓缓地徘徊。

十指插进一头黑发之中，萧炎牙齿紧紧地咬着嘴唇，任由那淡淡的血腥味在嘴里散开。虽然在大厅中他并没有表现出软弱的情绪，但是纳兰嫣然的那一句句话，犹如刀子一般插在心头，使萧炎浑身战栗。

"今日的侮辱，我不想再受第二次！"摊开那有着一道血痕的左手，萧炎的声音嘶哑却坚定。

"嘿嘿，小娃娃，看来你需要帮助啊！"就在萧炎在心中立下誓言之时，一道苍老的怪笑声，忽然传进了萧炎的耳朵。

脸色一变,萧炎猛然转身,如鹰般锐利的目光在身后一阵扫视,却未曾发现半个人影。

"嘿嘿,别找了,在你手指上呢。"就在萧炎以为只是错觉之时,那怪笑声再次传来。

眼瞳一缩,萧炎的目光,陡然停在了右手之上的黑色古朴戒指上。"是你在说话?"萧炎强忍住心头的惊恐,努力让自己的声音平静下来。

"小娃娃定力还不错,竟然没被吓得跳下去。"戒指之中,响起戏谑的笑声。

"你是谁?为什么在我的戒指之中?你想干什么?"略微沉默之后,萧炎口齿清晰地问出了关键问题。

"我是谁你就先别管了,反正不会害你便是。唉,这么多年,终于碰见个灵魂强度过关的人了,真是幸运。嘿嘿,不过还得先谢谢小娃娃这三年的供奉啊,要不然,我恐怕还得继续沉睡。"

"供奉?"疑惑地眨了眨眼睛,片刻之后,萧炎那张小脸骤然阴沉下来,森冷的字眼从牙齿间艰难地蹦了出来,"我体内莫名其妙消失的斗之气,是你搞的鬼?"

"嘿嘿,我也是被逼无奈啊,小娃娃可别怪我啊。"

"不可能!"一向自诩沉稳冷静的萧炎,此刻忽然宛如疯子般暴跳起来,小脸布满狰狞,也不管这是母亲留给自己的遗物,不假思索地立马扯下手指上的戒指,然后向着陡峭山崖奋力掷了出去。戒指刚刚离手,萧炎心头猛地一惊,急忙伸手欲抓,可戒指已经径直掉下了悬崖。

愣愣地望着那消失在雾气中的戒指,萧炎愕然片刻,缓缓地平静下来,懊恼地拍了拍额头:"蠢货,太莽撞了,太莽撞了!"刚刚知晓自己三年来受辱的罪魁祸首竟然是一直佩戴的戒指,也难怪萧炎会失控成这模样。

在悬崖边坐了好一会儿,萧炎这才无奈地摇了摇头,站起来,转过身,眼瞳猛地一缩,手指颤动地指着面前的东西——在萧炎的面前,此时正悬浮着一

枚漆黑的古朴戒指，最让萧炎震惊的，还是戒指的上空，正飘荡着一个透明的苍老人影。

"嘿嘿，小娃娃，用不着这么暴怒吧？不就是吸收了你三年的斗之气嘛。"透明的老者笑眯眯地盯着目瞪口呆的萧炎，开口说道。

嘴角一阵抽搐，萧炎的声音中压抑着怒气："老家伙，既然你躲在戒指之中，那么也应该知道你吸收了我的斗之气，给我带来多少嘲笑和辱骂吧？"

"可在这三年的嘲笑和辱骂中，你也成长了不是？如果没有这三年的磨砺，你能拥有现在这般的隐忍与心智吗？"老者不置可否地笑了笑，淡淡地说道。

眉头一皱，萧炎的心情逐渐平复下来。暴怒之后，欣喜随之而来，既然知道了斗之气的消失之谜底，那么现在，他的天赋定然也将归来！只要一想起终于有机会摆脱废物的头衔，萧炎的身体就犹如重生般舒畅，面前那可恶的老头儿，看起来也不太讨厌了。

有些东西，只有失去了，才知道它的珍贵！失而复得，会让人更加珍惜！

轻轻舒展了一下手腕，萧炎长长地吐了一口气，仰头道："虽然不知道你究竟是谁，不过我想问一句，你以后是不是还想依附在戒指中吸取我的斗气？如果是那样的话，我劝你还是另找宿主吧，我养不起你。"

"嘿嘿，别人可没有你这般强横的灵魂感知力。"老者捋着一绺胡须笑了笑，说道，"既然我选择现身，那么以后在未得到你的许可之前，自然不会再吸收你的斗之气。"

萧炎翻了翻白眼，冷笑不语，他已打定主意，不管这老东西如何花言巧语，都不会再让他跟在自己身边。

"小娃娃，想变强吗？想受到别人的尊崇吗？"虽然已经打定主意要将老者甩掉，但是在听到这番话时，萧炎的心头还是忍不住地跳了跳。

"现在我已经知晓了斗之气消失的缘故，凭我的天赋，变强还需要你吗？"缓缓地呼吸了一口气，萧炎淡淡地说道。他心中知道，天下没有免费的午餐，

莫名其妙接受一个神秘人的恩惠，可不是什么明智的决定。

"小娃娃，你的天赋固然很好，但你得知道，你现在已经十五岁了，而你的斗之气，却才三段。你明年就该举行成年仪式了吧？你认为，你能在短短一年之内，光靠勤奋修炼便飙升至七段斗之气？而且你刚刚还和那少女定下三年之约，那女娃娃的天赋，可不比你低多少，你想追上她并且超越她，哪有这么容易？"老者那皱纹满布的老脸，此刻犹如一朵盛开的菊花。

"要不是你吸收我的斗之气，我能被她如此羞辱？你个老浑蛋！"被老者捅到痛处，萧炎的小脸再次阴沉，咬牙切齿地大骂起来。

一通大骂过后，萧炎又萎靡下来，事已至此，再如何骂也于事无补。斗气的修炼，基础尤为重要，当年自己四岁炼气，修炼了整整六年，才具备九段斗之气，即使现在自己的天赋已经恢复，可想要在一年时间内修炼至七段斗之气，基本上没有可能。

沮丧地叹了一口气，萧炎瞟了瞟那故作高深模样的透明老者，心头一动，撇嘴道："你有办法吧？"

"或许吧。"老者含糊地怪笑道。

"你帮助我在一年时间内达到七段斗之气，你之前吸收我三年斗之气之事，便一笔勾销，怎么样？"萧炎试探地问道。

"嘿嘿，小娃娃好算计呀。"

"如果你对我没什么帮助，那我何必带个拖油瓶在身边？我看，您老还是另找个倒霉蛋吧！"萧炎冷笑道。聊了片刻，他也看出了这透明的老者似乎并不能随便吸收别人的斗之气。

"你可一点儿都不像个十五岁的少年，看来这三年，你真的成长了许多。"望着油嘴滑舌的萧炎，老者一愣，随即有些哭笑不得地摇了摇头。

萧炎摊了摊手，淡淡地说道："想让我继续供奉你，你总得拿出一些诚意来。"

"真是个牙尖嘴利的小娃娃，好，好，谁让老头儿我还有求于你这小家伙呢。"无奈地点了点头，老者身形降落地面，目光在萧炎身上打量了几番，一抹奸计得逞的怪笑在脸上飞速浮现，旋即消散。迟疑了一会儿，他才极其不情愿地开口问道："你想成为炼药师吗？"

"炼药师？"闻言，萧炎一怔，旋即眉头大皱，"在斗气大陆，只要是个人，都想成为炼药师，可炼药师是随便什么人都能当上的吗？那些苛刻的条件——"话音忽然一顿，萧炎猛地抬头，张大着嘴，"我达到了？"

非常欣赏萧炎这副震撼中夹杂着期盼与狂喜的神色，老者捋着胡子想了片刻，又上下打量了萧炎一番，似乎有些为难地叹道："虽然只是勉强够格，但是谁让我欠你一个人情啊，唉，罢了，就当是还人情债吧。"

斜瞥着一脸勉强的老者，萧炎的心中总觉得这老家伙所说的有点儿假，不过此时他也懒得深究，只是在欣喜之余，还有着几分怀疑："就算我满足了条件，可炼药师一般都是由老师手把手地亲自教导，你，难道是一位炼药师？"

望着萧炎那满是怀疑的小脸，老者嘿嘿一笑，胸膛微微挺了起来，声音中隐隐透出一股自傲："没错，我就是一名炼药师！"

眼睛一眨，萧炎望向老者的目光，顿时亮堂了起来："炼药师啊，那可是相当稀有的啊！"

"老先生，请问一下，您以前是几品炼药师？"萧炎舔了舔嘴唇，稚嫩的声音中多了几分客气。

在斗气大陆，炼药师也有明确的等级制度，由低到高，分为一至九品，先前葛叶提到的古河，便是一名六品的炼药师，在加玛帝国的炼药界中，堪称第一人。

"几品？嘿嘿，记不得咯……欸，小家伙，你究竟学不学啊？"摇晃着脑袋，老者忽然有点儿不耐烦地问道。

"学，学！"萧炎不再犹豫，急忙点动小脑袋。炼药师，即使是云岚宗那种

庞大势力,也是要奉为上宾的啊。

"嘿嘿,愿意?愿意那就拜师吧。"老者在一块青石之上盘起了双腿,奸诈地笑道。

"还要拜师吗?"

"废话,你不拜师便想让我倾囊相授,做梦呢?"老者翻了翻白眼。显然,性子有些迂腐的老头儿,很是在乎这种师徒关系。

无奈地撇了撇嘴,为了成为一名尊贵的炼药师,萧炎也只得恭恭敬敬地对着老者行了拜师礼。

瞧着萧炎一板一眼地将礼数做全了,老者这才满意地点了点头,声音中也多了几分亲切:"我名为药老,至于我的来历,现在还是先不和你说,免得你分心。你只需要知道,像那什么号称丹王的货色,其实……其实也就是个小人物罢了。"

嘴角一阵抽搐,萧炎望着老者那随意的模样,刚要出口的话,又给生生地咽了下去:"这老头儿到底是什么来历?名震加玛帝国的丹王古河,他都不放在眼里。这话如果传出去,恐怕会被整个加玛帝国嘲笑成神经病吧?"

轻呼吸了一口气,压下心中的震惊,萧炎眼珠一转,涎着小脸,嘿嘿道:"不知老师打算怎么让我在一年时间内,达到七段斗之气?"

"虽然这三年时间,你的斗之气一直在倒退,但是也正因为如此,你根基比常人更扎实。斗气修炼,根基是重中之重!日后你便能察觉到,这三年实力倒退给你带来了多大的好处!"药老脸上的笑容缓缓收敛,正色道。

萧炎有些愕然,他还真不知道,实力倒退能给他带来什么好处。

"那什么时候教我炼药术啊?"转动着眼珠的萧炎,将主意打到了最重要的东西上面。

"想要成为炼药师,就必须有火焰斗气的支撑。所以,在学习炼药术之前,你至少得成为一名斗者,并修炼一门火属性的斗气功法!"

"火属性功法？嘿嘿，老师，既然我是你的弟子，那你拿本天阶火属性功法给我修炼吧！"萧炎伸出手，笑着讨要道。

"鬼扯，你当天阶功法是地上的野薯啊？亏你开得了口！"闻言，药老脸皮一抖，哭笑不得地骂道。

"老头儿，既然入了你的门下，你总不能还让我去族中找功法吧？我们家族中最顶尖的火属性功法，我记得不过才黄阶高级，这也太寒碜人了吧？"萧炎一张小脸很是郁闷。

"小崽子，是老师，不是老头儿！"被萧炎的称呼气得直翻白眼，药老没想到才刚刚拜完师，这小家伙就爬到头上来了。

"哼，既然入我门下，自然不会委屈你，天阶功法，我没有！不过我倒是有种比天阶功法还要诡异的功法，你学不学？"轻哼了一声，药老浑浊的老眼中，忽然间阴谋盎然。

"比天阶功法还要诡异？"心头一跳，萧炎咽了口唾沫，黑色的眸子，不经意间悄悄炽热起来，"那是什么级别的功法？"

"黄阶低级。"药老的话让萧炎的小脸顿时拉了下来。

"老头儿，你耍我？"片刻之后，山顶之上响起了少年愤怒的咆哮。

望着面前小脸气得扭曲的小家伙，药老得意地笑了起来。能够把这冷静得像小妖怪的萧炎气成这副模样，他还真是挺有成就感的。

"那功法有什么诡异的？"盯着药老戏谑的脸，萧炎忽然冷静了下来，皱眉询问道。

"它能进化！"略微沉默，药老微笑道。

瞳孔猛地一缩，萧炎双眼眨也不眨地盯着面前的药老，半晌之后，方才摇了摇头："不可能！我可从没听说过有什么功法具有进化的能力！"

"喊，你这小家伙知道什么！斗气大陆辽阔无比，奇人异事数不胜数，在你这从未出过加玛帝国的小家伙眼中，不可能的东西，海了去了。"药老不屑地嘲

讽道。

萧炎一滞,旋即不服地说道:"难道你听说过别的功法能够进化?"

药老笑容微僵,片刻后干笑着摇了摇头,道:"就是因为没有,才能显出我这功法的独特啊!"

"真能进化?"瞧着药老认真的面孔,萧炎忍不住再次开口问道。

"真能进化!"药老非常肯定地点头。

"你修炼过?"萧炎再次问道。

"呃……没有。"药老干笑着摇了摇头。

"那别人修炼过?"

"呃……没有。"

萧炎额头之上的青筋鼓动,拳头紧握,强忍住想一拳轰过去的冲动,问道:"没人修炼过,那你怎么知道它能进化?"

"功法上,是这么介绍的。"药老讪讪地笑道。

眉头紧紧地皱起,萧炎踌躇了一下,然后转着漆黑的眼珠子,道:"能让我看看吗?"

"嘿嘿……"怪笑着扫了一眼满脸好奇的萧炎,药老嘴角一咧,却是话音一转,"算了,现在你看了也没什么用,还是等你成为一名斗者之时,我再传授于你吧。"

萧炎嘴角狠狠地抽搐了半晌,方才从牙缝中挤出两字:"你狠!"

畅快地大笑了几声,药老无视萧炎那充斥着怒火的黑色眸子,笑道:"现在的任务,还是在一年内,先把你的斗之气修炼至第七段吧。"

"你有什么办法?"萧炎强行压下心中对那神秘功法的好奇,咬着牙问道。

"初段斗之气的修炼,主要是扩经锻体,强化脉络,为以后体内凝聚斗之气打下根基。因为人体在这个阶段,体内脉络最脆弱且最具有可塑性,所以,这个修炼过程,必须循序渐进,不能借助半点外力,否则日后体内斗之气逐渐强

大，脉络会因为经受不起强大的斗之气冲击，而最终导致脉断人亡的下场！"药老脸色凝重地说道。

对于这点，萧炎倒是明白，在他成为废物的三年中，他的父亲因为心急，几次都想强行向其体内灌注斗之气，不过每次都在紧要关头刹了车。

药老瞟了一眼小脸平静的萧炎，满意地点了点头，笑道："对其他人来说，的确如此，可你则不同。你体内的基础，早在三年前就已牢固可靠，而且这几年你也很坚定，从未落下过一天的修炼。所以，为师可以毫不客气地说，现在你的基础，非常棒！"

"你难道是想用外力拔高我的实力？比如吃丹药？"萧炎眼珠转了转。

"差不多吧，不过，以你现在脉络的坚韧程度，可经受不起任何一种丹药能量的冲击，即使是最低级的聚气散，那也不行！"药老淡淡地笑道。

"最低级的聚气散……"手指颤了颤，萧炎有些想翻白眼。那在加玛帝国被炒成天价的奇药，到了自己这神秘老师口中，竟然成了最低级的东西。

"那您的办法？"深呼吸了一口气，萧炎恢复平静，皱眉低声道。

"呵呵，丹药效力太猛，容易伤了脉络，所以我们必须采取更加温和的方式！"药老微微一笑，道，"明日，你准备三株完整的紫叶兰草，年份越久越好。还有两株洗骨花，这东西年份随意。哦，对了，还有一颗木系的一级魔核。这些都是低级材料，想必你能搞到……有人上来了，我先回戒指了！另外，别让任何人知道我的存在，包括你最亲近的人。"说完，药老也不顾嘴巴越张越大的萧炎，径直闪进了黑色戒指之中，戒指微微一颤，又准确地套在了萧炎手指上。

"三株完整的紫叶兰草？两株洗骨花？一颗一级木系魔核？老家伙，你有没有搞错？你当我是哪个皇室的王子不成？这几样东西加起来，起码要上千金币啊！我这么多年省吃俭用，也不过才四百金币的存款，这才刚刚够买一颗一级魔核啊！"萧炎捧着戒指，瞪着眼大骂道。

"那是你的事。嘿嘿，我配置的温养灵液，别人有钱还买不到呢！只让你出

点材料钱，就心疼成这模样。"药老那戏谑的笑声，在萧炎的心中响了起来。

"炼药师配置出来的东西，果然只有有钱人才用得起。"萧炎无奈地苦笑了一声。他在萧家每月的零花钱并不少，足有二十枚金币。这些钱，放在外面，能够让一个平民家庭饱饱地过上一年，可拿这些钱去买药老先前所说的那些材料，却仅仅是九牛一毛而已。

"唉，只能找人去借了。"郁闷地叹息一声，萧炎缓缓收敛了情绪，小脸恢复以往的平静，转头望向山路上。那里，一道紫色的倩影宛如精灵一般，正轻灵跃来。

脚尖在山岩之上轻轻一点，萧薰儿宛如一只紫色蝴蝶一般，曼妙的身姿画出诱人的弧线，轻灵地跃上了山顶，微偏着头，目光扫向悬崖边的少年。

望着少年，薰儿微微一愣，虽然只是半天不见，但是她觉得，现在的萧炎，似乎比先前多了点什么。当两双眸子在山风摇曳间相遇之时，薰儿终于察觉到少年多出了什么，那是……自信！

时隔三年，昔日少年身上最闪亮的光环，终于再次归来。

有些迷醉于少年嘴角那若隐若现的笑容，萧薰儿俏美的脸颊，浮现出可爱的小酒窝，浅笑道："看萧炎哥哥现在的模样，似乎并不需要薰儿来宽慰了。"

"人经历了打击，总得成长不是?"萧炎耸了耸肩，笑道。

"她一定会后悔的。"薰儿抿着小嘴轻笑道。

萧炎淡淡一笑，随意理了理衣衫，走向少女。走得近了，萧炎瞧着已经和自己差不多高的萧薰儿，目光再次扫向那张略显稚嫩的美丽小脸，他心头忽然有些恍惚。当年那流着鼻涕、光着屁股跟在自己后面瞎晃悠的小东西，如今竟然也出落得这般水灵动人。

轻轻地笑了笑，少年目光温醇，毫不客气地在少女惊愕的目光中捏了捏那娇嫩的小脸，笑道："薰儿也长大了啊，不过还好，没忘记萧炎哥哥小时候为了给你摘果子摔得满身青肿的狼狈模样。"

愣了好半晌，亮晶晶的灵动眸子盯着那双不含杂质的漆黑眼瞳，薰儿在心中轻轻地笑了。

小时候，他就喜欢捏着自己胖嘟嘟的小脸，可自从三年前的那件事之后，他便犹如在心里筑起了围墙，将所有人都挡在外面，就算自己再如何努力靠近，都会被他那不冷不热的态度给刺得黯然离去。

"他真的回来了……不过，他似乎还是把我当成小时候的跟屁虫，真是块木头……"轻轻地噘了噘小嘴，随即薰儿又有些责怪自己的贪心。

"薰儿，这三年，可别怪萧炎哥哥，那段时间，我活得浑浑噩噩的，不过还好，有你在身边陪着。"萧炎有点儿尴尬地挠了挠头，致歉道。

薰儿甜甜一笑，三年中所受的一切委屈，在少年生涩的道歉声中，顿时烟消云散。

"对了，薰儿……你手上还有多少钱啊？"萧炎忽然干笑着问道。

在家族中，除了父亲，便只有薰儿与他关系最好，今天给父亲丢了那么大的面子，他可没脸再去找父亲借钱，所以只能把念头打在薰儿身上了。

"钱？"眨巴了一下亮晶晶的大眼睛，薰儿愕然道，"萧炎哥哥需要钱吗？"

"咳……要买点东西，还缺一点儿。"萧炎小脸通红，前生今世，这都是他第一次找女孩子借钱啊。

头一次看见萧炎哥哥露出这副窘迫的模样，薰儿顿时觉得大开眼界，捂着小嘴娇笑道："我还有一千多枚金币，够吗？如果不够的话……"在说着话的同时，薰儿那背在身后的一只纤手屈指轻弹，一张紫金色的卡片突然出现在了纤纤双指间，卡片之上闪烁着五道不同颜色的波纹。

五纹紫金卡，在斗气大陆上，至少需要斗灵的实力，才有资格办理这种金卡，当然，一些超然势力也具备这种资格。

"够了，够了……"萧炎欣喜地点了点头，"放心吧，以后我会把钱尽数还你的。"拍了拍胸口，萧炎承诺道。

"谁稀罕你还呢……"小嘴微撇,薰儿背后的紫金卡,也被她快速地收了起来。

"走吧,天晚了,明天我带你去逛逛乌坦城。"萧炎对着少女挥了挥手,率先向着山下兴奋地跳跃而去。

立在原地,薰儿微笑着盯着那恢复了三年前飞扬洒脱的少年,轻轻一笑,低声喃喃道:"纳兰嫣然,我究竟是该恨你,还是该谢你?"

清晨的阳光从窗户间照射进来,照在床榻之上盘腿修炼的少年身上,暖洋洋的。

静坐许久之后,萧炎长长地吸了一口气,一股肉眼可见的淡白气流,顺着口鼻灌入了体内,温养着骨骼。眼睛乍然睁开,眼中白芒掠过,萧炎缓缓地伸了一个懒腰,满脸的迷恋与陶醉:"就是这种感觉,三年了啊,变强的感觉,终于再次回来了。"

萧炎慢吞吞地爬下床,活动了一下筋骨,然后换了一身衣衫,门外传来了薰儿那动听的轻灵嗓音:"萧炎哥哥,还没起来?"

"这丫头,来得真早。"无奈地摇了摇头,萧炎转身在柜子中翻腾了一会儿,最后抱出个小匣子,小心翼翼地将之打开,顿时一片金光射了出来,萧炎的眼睛微微眯起。

"这可是我全部的家当啊。"抱起小匣子,萧炎苦笑着摇了摇头。

推门走出,萧炎望着门口的青春少女——今天的薰儿换了一身得体的淡绿色裙装,清淡的颜色更让她多了几分清纯。现在的薰儿,很像地球上的妙龄少女,充满着青春气息。当然,不得不说,那股独特的淡雅气质,却是萧炎从未在其他女孩身上见过的。

"喏,你需要的东西。"瞧着萧炎出来,薰儿笑吟吟地递过来一张黑色卡片,这是普通的存金卡,最大值不能超过五千金币。

随手接过黑卡，萧炎打趣道："小妮子穿这么漂亮想干什么？难道和别人有约吗？"

"是啊，是啊，这可是萧炎哥哥三年来第一次邀请我一起出去呢，薰儿可是受宠若惊，当然要打扮得漂亮一点儿。"萧炎的亲昵取笑，让薰儿的眼睛弯成了浅浅的月牙，她俏皮地娇笑道。

心情大好的萧炎，也笑着回了几句，两人笑谈着向家族之外行去。半路上，也遇见了一些族人，他们在瞧得他与薰儿亲昵谈笑的模样之后，都不由得面露奇异之色。

现在的薰儿，无论是美貌还是天赋，都是家族年轻一辈中最耀眼的明珠。平日在家族中，她虽然看似温雅和气，但是在那淡淡的微笑之下，却隐含着一股冷漠。他们和她打个招呼，容易，想要深聊，很难。

没有理会这些族人的神色，萧炎领着薰儿直接出了家族，然后放慢了速度，悠闲地在人来人往的大街之上游荡着。

乌坦城不愧是加玛帝国的大型城市之一，人气极高，虽然现在烈日炎炎，但是大街上依然人流汹涌，甚至偶尔还能看见一些奇异的种族。

或许是由于萧炎的陪伴，出了家族后，薰儿变得活泼了许多，拉着萧炎，不断在各处摊贩前乱窜。少女轻灵的娇笑声，令处在烈日暴晒之下的街道清凉了几分。

在薰儿玩倦之后，萧炎这才带着她到了附近的药材店，花了九百多枚金币，买下了三株二十年的紫叶兰草以及两株五年的洗骨花，这些都是低级材料，只要花些钱，便能够在药材店中买到。当然，如果还需要更高级的材料，那就只能自己去寻找，或者去坊市、拍卖会等地方了。

望着手中急速缩水的财产，萧炎苦笑着摇了摇头，现在，他终于明白钱在斗气大陆有多重要了。

药材已经到手，唯一还缺的，便是一颗一级的木系魔核了！

第四章
坊市

　　魔核，在斗气大陆之上，也被称为魔晶、灵丹药的雏形等等。顾名思义，这是魔兽体内的一种能量晶核，其内充斥着极为狂暴的天地能量。就算是一名斗王，也不敢冒着爆体的危险，将这种能量强行吸入。

　　魔核虽然并不能直接供人吸收，不过它却是炼药师炼药时必不可缺的主材料。炼药师用秘法炼制过的魔核，会被一些神奇的药草中和掉狂暴属性，摇身变为无数人垂涎至极的各种提升实力的灵药，身价顿时暴涨！

　　再有，魔核也能加持在武器之上。加持了魔核的武器，破坏力不仅会更胜一筹，而且还具备增强斗之气的诱人特效。当然，除了武器，魔核也能加持在盔甲等物品之上，给主人带来强悍的防御力，让人在面对危险之时，更多几分生命的保障。

　　如此众多的特效，自然使得魔核当之无愧地成为斗气大陆最受欢迎的主流材料，不仅斗者，就连那些尊贵的炼药师，也常常会屈身满世界寻找高等级的魔核，以炼制更高级的丹药。

在这种潮流的带动之下，大陆之上的魔核，几乎常年处于供不应求的境地，高等级的魔核只要一出现在拍卖会等地，立马就会被人高价收走。

魔核的昂贵，催生出了大批专以捕杀魔兽为业的佣兵团，不过，魔核的获得，却并不是一件容易的事。

首先，魔兽不仅实力强悍，并且异常狡诈。因为凶狠的本性以及特殊的攻击方式，魔兽往往比同等级的人类要强上几分，想要单独猎杀同等级的魔兽，没有过人的实力，很容易偷鸡不成蚀把米。

其次，并不是所有的魔兽体内都具有魔核这种能量结晶。有时候，当一个佣兵团以半个团人员的伤亡击杀了一头魔兽，说不定到头来却仍是两手空空，这种事在斗气大陆屡见不鲜，并不算稀奇。

萧炎带着薰儿在宽敞的街道上拐了几拐，最后进了位于城市偏南的一处中型坊市。这种中型坊市，在乌坦城有好几个，分别被城市中的三大家族把持着，萧炎所来的这处坊市，便由他们萧家掌控。

说是掌控，其实还不如说是维持坊市的秩序与安全，而作为报酬，在坊市中摆摊交易的佣兵或者商人，就得向家族缴纳一些佣金。这都是斗气大陆一直以来的规矩，倒也很少见到什么人来犯浑捣乱。

从坊市大门进入，门口处，还有两名萧家的护卫，他们显然也认识萧炎二人，瞧得他们到来，都是一愣，旋即略微躬身。

微微点头，萧炎径直走进，站在大门边，望着里面那川流不息的人流，忍不住咂了咂嘴，难怪家族对坊市的掌管如此严格，这种人气所带来的利润，恐怕不会小。

"三少爷，薰儿小姐，你们来坊市，是想购买点什么吗？"就在两人被人流晃得有些眼花的时候，恭敬的声音从身后传来。

萧炎回过头，七八名身着萧家统一服饰的大汉正站在身后，而说话者，则是领头一名三十岁左右的壮年男子。男子胸口有一道徽章，徽章上绘着六颗金

星，显然，他是一名六星斗者。

瞧着萧炎疑惑的眼神，男子憨厚一笑，恭声道："三少爷，我叫佩恩，是族长大人亲自任命的护卫队长，专门护卫坊市的安全。哈哈，少爷去年过生日，佩恩还来见过……"

"哦，原来是佩恩大叔啊。"萧炎眨巴了一下眼睛，虽然对这位大汉没什么印象，但是刚才他的介绍语让萧炎小脸上扬起了笑容。既然是父亲亲自任命的，那么自然是父亲的直系属下，忠诚度应该不会有什么问题。

萧家虽然并不是什么超级大势力，但是家族中也同样分为几派，如果面前的大汉是另外几位长老派系的人，那他也懒得理会。

"在族中待得无聊，所以出来逛逛。佩恩大叔去忙你的吧，如果有事，我叫你就是。"萧炎稚嫩的声音并没有少爷的骄横，反而客气温和，让人闻之心情舒畅。

一声大叔敬称，让佩恩脸上的笑容顿时浓了几分，同时也更热切了一些。佩恩挠了挠脑袋，点头笑道："那三少爷便随意逛吧，坊市中到处都有我们的人，如果有事，喊一声就行。"

礼貌地点了点头，萧炎拉着薰儿，钻进人流之中，然后便消失了。

"帕里，带两个人跟着三少爷，警告一下坊市中的那些金手指，谁要是敢把主意打到三少爷与薰儿小姐身上，以后就不要在这里混了。"望着少年与少女消失的背影，佩恩回头轻喝道，脸上的憨厚瞬间化为精干。

"是，队长！"一名大汉沉声点头，手一挥，带着两名汉子混入了人流。

"哈哈，三少爷待人还是这般温和，真是让人舒坦。"望着汇入人流的三人，佩恩笑了笑，旋即又惋惜地叹道，"这么好的少年，可惜，唉……"遗憾地摇了摇头，佩恩带着手下巡街去了。

慵懒地跟在随意闲逛的萧炎身后，薰儿不着痕迹地瞟了一眼后面的人流，淡淡地微笑道："萧炎哥哥，那佩恩还不错。"

萧炎轻嗯了一声，目光在身旁一个小摊中扫了扫，他的灵魂感知力较正常人强上许多，所以后面跟来的护卫，他也知晓得清清楚楚。收回目光，萧炎放缓速度，和身旁的少女并排而行，偏头戏谑道："九段斗之气，却能感应到三名精通隐匿的护卫，薰儿，很不一般嘛。"

　　薰儿学着萧炎的模样，可爱地耸了耸肩，再次拿出撒手锏：微笑，沉默！

　　凝望着少女闭口不语的模样，萧炎唇边泛起温醇的笑意，手掌轻轻拍了拍少女的小脑袋，低声笑道："虽然并不清楚你究竟是何身份，有何背景，不过，我只知道，你是我萧炎的妹妹，不管日后如何，记住，站在哥背后，风浪，哥帮你挡！"轻轻一笑，萧炎再次轻拍少女的小脑袋，加快脚步向前行去。

　　顿住脚步，薰儿扑闪着美丽的灵动大眼睛，盯着那说完话后，便潇洒往前走的少年。在原地愣了好半晌，薰儿才回过神，嘴角柔和的笑意逐渐扩大，最后将那张精致小脸渲染得极为美丽。

　　"妹妹吗？薰儿可是很贪心的女孩子呢！"偏着小脑袋，薰儿轻轻呢喃了一声，随即抿嘴淡笑，莲步微移，跟上了前面的悠闲少年。两人兜兜转转，慢慢地进入了坊市深处。坊市深处售卖之物，较外面一般要珍贵许多，所以，能来到此处的客户，在乌坦城也算是有几分实力。

　　趁着萧炎埋头苦找魔晶的空当，薰儿也无聊地来到一处干净的小摊前，伸出娇嫩的皓腕，拿起一条淡绿手链。手链材质普通，只是加了一些冰银，别致清雅，让人触之冰凉，很适合夏天佩戴。随意把玩了一番，薰儿刚欲购买，便记起自己早将所有钱借给了萧炎。略微偏过头，她看着那埋头忙着自己事的少年，只得无奈地摇了摇头，冲着老板歉意一笑，放下手链，再次前行。性子平淡的她，很少会主动要求别人给自己买什么东西，即使那人是萧炎。

　　往前走了不远，有些无聊的薰儿刚打算回去陪着萧炎，一道清朗的笑声，忽然从前面传来。

　　"咦，这不是薰儿小姐吗？哈哈，没想到竟然会在此处遇见，真是缘分啊。"

纤细的眉头轻轻一皱，薰儿循声而望，见到一堆人正拥过来。在人群中，有一个被众人众星捧月般簇拥着的衣着华贵的青年。青年年龄在二十岁左右，样貌颇为英俊，不过脸色却有些苍白，一双眼睛牢牢地盯着不远处那亭亭玉立的少女，目光中夹杂着不加掩饰的爱慕。

望着那满脸欣喜的英俊青年，薰儿纤细的柳眉微微皱了皱，也不理会他的叫喊，转身就走。

"薰儿小姐！"瞧着薰儿转身，那名英俊青年顿时急了，脚步加快几分，最后横身挡在了薰儿面前。

被青年拦住，薰儿只得停下脚步，一双狭长的秋水眸子带着些懒意微眯着，不言不语。

"薰儿小姐……"被少女盯住，常年游走于美人丛中的青年，平日的伶牙俐齿，似乎也在此刻失去了作用。

"加列奥少爷，如果没事，就请让开吧，我还有事。"薰儿终于开口了，少女娇嫩软腻的嗓音，让对面青年苍白的脸上，顿时涌上一股有些病态的红潮。

"薰儿小姐，你到坊市可是想购买点什么？在下刚好闲着，不如一起逛逛吧？"深呼吸了一口气，加列奥脸上的笑容灿烂而温和，这种笑容配合着他的身份与模样，曾使得他几度成功抱得美人归。

"加列奥少爷，我已经说过，我有事！能请你让开吗？"薰儿小嘴微微抿起。

被薰儿一口回绝，加列奥嘴角抽了抽，不过脸上的笑容却依旧保持着，他伸出手在怀中掏了掏，最后摸出一条手链。手链呈淡蓝金色，链条材质是金蓝铁，在手链的连接处，吊坠着一颗被磨成了圆珠形状的绿色魔晶，淡淡的绿光从中透出，将链子渲染得美丽无比。看来，这小巧的手链，定然价格不菲。

"哈哈，薰儿小姐有事，加列奥再阻拦倒是有些强人所难了。"加列奥小心地握住手链，殷勤地笑道，"这是刚刚在坊市中特意购买的木灵手链，虽然算不上什么贵重之物，不过它上面陪衬了一颗一级的木系魔晶，对斗之气的恢复有很好的增强作用。薰儿小姐现在还未成为斗者，这对你来说，简直是再合适不过的首饰。小小心意，薰儿小姐可千万不要拒绝，不然，加列奥在自己属下面前，可真有点儿丢人了。"

望着加列奥的举动，薰儿秀眉再次一皱，心中对这牛皮糖实在有些无奈。

刚想回绝，目光却忽然停在手链连接处的那颗绿色魔晶之上，想起先前萧炎辛苦寻找木系魔晶的模样，薰儿不由得眨了眨眼，清冷的小脸似乎也柔和了一些。

瞧着薰儿有些心动的模样，加列奥心头一喜，急忙将木灵手链向前递了递，笑道："薰儿小姐不必客气，加列家族与萧家同列为乌坦城三大家族，互相送点小东西，没人会说什么的。"

"拿到手链，把魔晶取给萧炎哥哥，那手链……趁他不注意，丢了。"心头闪过有些俏皮的念头，薰儿不再迟疑，刚欲伸手，一只手掌却把她的小手一把抓住。

薰儿一愣，体内斗之气急速流动，刚想挣脱，少年轻轻的哼声，却让她乖乖地停下了挣扎。目光微移，薰儿瞧见了那忽然来到身后的萧炎，视线移上点，却瞥见了一张脸色有些难看的稚嫩小脸。

"这家伙是什么货色，你难道还不知道吗？"狠狠地瞪了薰儿一眼，萧炎心中暗自责怪了一声。旋即他抬头微笑道："加列奥少爷，你的好意，薰儿心领了，抱歉，东西还是收回去吧。"

气氛被破坏，加列奥眼瞳中闪过一抹怒意，不过佳人面前，为了保持风度，他只得皮笑肉不笑地道："萧炎少爷，我只是看薰儿小姐未戴半点首饰，所以想尽点心意而已，难道你不想让一些小小的饰物，为薰儿小姐更添几分美丽吗？"

无奈地叹了一口气，萧炎斜瞥了一眼加列奥手中的木灵手链，也伸手在怀中掏出一条淡绿色的手链，没好气地道："很喜欢手链？喏，给你，别有事没事地收别人的东西。都和你说了，无事献殷勤，非奸即盗。你这傻乎乎的模样，指不定被人家卖了，还不知道为什么。"

听着萧炎这指桑骂槐的话,加列奥脸上涌上冷意,不过当他目光扫到萧炎手上的手链时,却有些愕然地失笑。萧炎手中的手链,从材质上看,明显只是一个不会超过五枚金币的地摊货,而他的木灵手链,却是正宗的魔晶首饰,在购买时,足足花费了一千多枚金币。两条手链,不论式样、价格,还是实用程度,都是天差地别,毫无半点可比性。加列奥看着萧炎竟然给薰儿如此寒碜的首饰,出言讥诮道:"萧炎少爷,虽然早知道你在自己家族中地位不高,但……但你也不用如此对待薰儿小姐吧?"

没有理会加列奥的讥笑,萧炎对盯着手链发呆的少女扬了扬手,有些不耐烦地道:"到底要不要啊?不要就丢了,反正就两三个金币而已。"

听完萧炎的话,不仅加列奥失笑,就连其身旁的一群属下,也都哄笑起来。然而哄笑并未持续多久,笑声便戛然断在了喉咙处,众人张着嘴巴惊愕的模样极为滑稽。

原本发愣的少女被萧炎的话语惊醒过来,双手几乎是在潜意识的支配下,迅速抢过了手链。手链到手之后,薰儿这才回过神来,自己表现得似乎太急切了。白皙的精致小脸上浮现一抹淡淡的绯红,不过薰儿也非常人,在略微羞涩之后,便落落大方地将手链套在了光洁的皓腕之上,抬头对着萧炎露出清雅的娇笑:"谢谢萧炎哥哥。"

脸色有些不自然地望着在萧炎面前露出少女情态的薰儿,加列奥脸上闪过嫉妒的神色,干笑道:"呵呵,没想到薰儿小姐的爱好如此与众不同,我倒是有点儿失算了。"

萧炎瞟了一眼面前的加列奥,目光在其胸口处的一枚金星上扫过,心头不由得有些诧异:"去年见到这家伙,他应该是九段斗之气吧?没想到今年竟然成功凝聚斗之气旋了。不过二十一岁才成为一名一星斗者,这天赋,勉强只能算作上等吧。"

见到这家伙还没有离开的打算,萧炎撇了撇嘴,萧家与加列家族关系本来就不好，所以他也没必要虚与委蛇。摸了摸鼻子，萧炎淡淡地道："加列奥少爷，你的风流习性，整个乌坦城都知道，薰儿还小，没空和你玩早恋的游戏。"

"以后离他远点。"说完这话，萧炎也不管脸色难看的加列奥，转头又对薰儿老气横秋地教训道。

"哦。"薰儿灵动的眸子眨了眨，点了点头。加列奥对她来说，不过是个有过几面之缘的陌生人而已，而萧炎对她来说，却是无人可替代的，既然他说远离，那就远离吧。这种选择题，对薰儿来说，并不困难。

瞧着薰儿竟然点头，加列奥嘴角一阵抽搐，拳头握得嘎吱作响，目光阴鸷地狠狠盯着面前一脸平淡的少年。

加列奥身后的一群属下，看见自家主子那难看的脸色，非常识相地向前踏了一步，隐隐地将萧炎、萧薰儿两人包围其中，扫视的目光中不怀好意。

坊市深处，人流同样不少，瞧见这边的变故，人们都不由得好奇地围了过来。萧炎与加列奥在乌坦城也是小有名声，萧炎是因为他的废柴之名，而加列奥，则是那始乱终弃的风流之名。

望着对方的举动，萧炎挑了挑眉尖，稚嫩的小脸上浮现出一抹戏谑，微偏过头，对着坊市的一处，轻吹了一声口哨。众人好奇转头相望，却见到坊市的护卫队，正在队长佩恩的率领下，气势汹汹地冲过来。佩恩手掌一挥，手下的护卫顿时凶悍地将加列奥那群人反围了起来，一时之间，双方剑拔弩张。

"三少爷，可是出了什么事？"来到萧炎身后，佩恩先是扫了一眼对面的加列奥等人，旋即恭声问道。

萧炎微微一笑，偏头望着脸色难看的加列奥，漫不经心地说道："加列奥少爷，这所坊市，可是我萧家的地盘，你想在此处动手？"

加列奥目光有些忌惮地看了佩恩一眼，然后转头对着萧炎冷笑道："你难道就只会依靠家族势力？如果你是个男——"

"如果我是个男人，就和你来一场公平的比试是不是？"萧炎忽然摆了摆手，

笑着打断了加列奥的话。

加列奥冷笑一声，挑衅道："没错，你可敢？"

萧炎有些无奈地叹了一口气，手掌摸了摸额头，片刻后，方才抬头，微微耸了耸肩，一脸的纯真与无辜："加列奥少爷，我想问问，你今年多少岁了？"

加列奥嘴角一扯，阴着脸不说话。

"大哥，你今年二十一岁了，我多少岁？十五岁！你竟然让我这个连成年仪式都未举行的小孩和你决斗？你难道不觉得自己的要求，很让人脸红吗？"萧炎叹道，小脸上的那副无奈模样，让身旁的薰儿忍俊不禁，抿嘴轻笑。

听完少年这番话，坊市深处一些摆摊的佣兵以及商人，顿时失笑出声。的确，以萧炎此时的年龄，顶多只能算是一个乳臭未干的稚嫩少年，而加列奥却早已成年，这种挑战，实在是让众人不得不在心中有些鄙视。周围讥讽的目光犹如一盆凉水，让加列奥恢复了些清醒。萧炎所表现出来的成熟与淡然，总是会让人不自主地忽视他的年龄，加列奥这才记起，面前的少年年仅十五岁。

恶狠狠地咬了咬牙，加列奥望了望那群正虎视眈眈地站在萧炎身后的萧家护卫，知道自己今天已经没有出手教训萧炎的机会，只得悻悻地摇了摇头，阴鸷地道："再有一年，你就该举行成年仪式了吧？嘿嘿，我看你这废物，恐怕成年仪式一过，就得被安排到那些穷乡僻壤去了，以后连进入乌坦城的资格都没有，真是可怜。"

萧炎微微一笑，不置可否地耸了耸肩。

不知道为何，加列奥只要一看见面前少年脸上的淡定从容，就满腔怒火：你一个废物，没事给我装什么高深莫测啊。强行压抑住心头的怒火，加列奥冷哼了一声，手掌一挥，带着手下挤出人群。

"哦，对了，"脚步忽然一顿，加列奥似乎想起了什么，转过头讥笑道，"萧炎小少爷，听说你们萧家，被纳兰家族的纳兰嫣然强行解除婚约了？嘿嘿，其实也没什么，以你的修炼天赋，也的确配不上纳兰小姐，哈哈……"说完这些，加列奥这才大笑着离去。

萧炎目光有些阴森地瞥着离去的加列奥，伸出手，一把拉住薰儿，淡淡地说道："一条疯狗而已，它咬了你，你难道还想咬回来？"

"可他……太过分了，难道就这么放过他？"薰儿皱着纤细的秀眉，愤愤不平道。

"会有机会的。"萧炎眯着眼睛笑了笑，嘴角噙着的阴冷，令旁边的佩恩心头略微发寒。一头咬人的狮子，并不可怕，可怕的是，这头狮子懂得隐忍。

"佩恩大叔，麻烦你们了。"萧炎转头，对着佩恩等人和善地笑道，先前那有些阴森的气息，瞬间化为少年的朝气与坦率。

心头有些感叹萧炎对情绪的把握程度，佩恩的笑容中，多出了一分发自内心的敬畏："且不论萧炎的修炼天赋，仅仅是这份心智，日后的成就，恐怕也不会太低。"

"哈哈，三少爷说笑了，这里本来就是我们萧家的地盘，哪能容加列家族的人放肆？"佩恩笑了笑，望着萧炎东张西望的模样，告辞后，就极为自觉地带人退去。

望着离去的佩恩等人，萧炎这才转过身，手掌狠狠地揉了揉薰儿的长发，佯怒道："你个蠢妮子，一颗一级的魔晶，就让你动心了？那家伙是什么货色，你还不清楚吗？你收了他的东西，那家伙立马打蛇随棍上。"

噘着小嘴，理了理被揉乱的长发，薰儿无奈地摊了摊手："送上门来的东西，不要白不要嘛。"

萧炎翻了翻白眼，有些哭笑不得："那又不是什么珍贵东西，你可是萧家的天才少女啊！"萧炎拉着少女的手，再次向坊市深处的一些摊位走去。

走过了好几家摊铺，萧炎这才停下脚步，弯下身子望着摊上那一颗还沾有一些血丝的绿色晶体，松了一口气，笑道："终于找到了。"

刚想抓起魔晶的萧炎，手猛地一僵，心中忽然涌上一股奇异的感觉。舌头

舔了舔嘴唇，萧炎一把抓起了魔晶，然后目光似是毫不在意地在摊上扫了扫。片刻之后，萧炎的目光，停留在那颗魔晶旁边的一块黑色铁片之上。黑色铁片很是古旧，上面布满了锈斑，而且还附有一些未曾洗净的黄泥，看上去很像是从土中掘出来不久的物品。

"嘿，小炎子，把那黑铁片买上，好东西哦！"就在萧炎有些为自己的感应感到奇怪的时候，药老的声音忽然在心中响了起来。

萧炎双眼眨了眨，不着痕迹地点点下巴。萧炎并没有立即拿起那块黑色铁片，他轻轻抛了抛手中沾有血丝的绿色魔晶，冲着摊后那一个看上去有些贼眉鼠眼的佣兵男子笑道："这是哪种魔兽的魔晶？"

"嘿嘿，少爷好眼力，这是一阶魔兽吞木狐的魔晶，在一阶魔晶中，这可算是极品了。为了获得这颗魔晶，我们尖牙佣兵团，可足足守了三天，杀了五只吞木狐，才得到这么一颗。"见萧炎衣着不凡，那名佣兵男子赶忙殷勤地介绍道，"如果少爷看上了的话，只需要五百金币。嘿嘿，为了猎杀吞木狐，我们有几个兄弟受了不轻的伤。"

萧炎用手指擦了擦魔晶上的血丝，微微点了点头，瞟了一眼对方胸口上的两枚金星，随意地道："贵了，一般一级魔晶的价格，在四百到四百五十枚金币之间，而且吞木狐攻击力不太高，你的那些队员，不会连斗者级别都没达到吧？"

嘴角抽了抽，佣兵男子干笑了两声，显然没想到面前这少年竟然对市价和魔兽如此了解，只得讪笑道："四百七吧，不能再少了，毕竟我们兄弟也得生活不是？"

"唉……"在佣兵男子忐忑的目光中叹了一口气，萧炎弯下身子，在摊铺上一阵乱抓，刚好那古怪的铁片也在其中，扬了扬手中的一把东西，说道，"四百七，一起吧。"

佣兵男子扫了一眼萧炎手中的物品，悄悄地松了一口气，还好都是便宜东西："成！"

爽快地丢出一小袋金币，萧炎二话不说，拿起东西转身就走。

"嘿，小炎子，不错嘛，买个东西还这么小心翼翼。"转身的一刹那，药老在萧炎心中戏谑地笑着。

"这些家伙都是奸商，只要一看见你对什么东西表现得很有兴趣，立马就地加价，我可不想当冤大头。"在心中平淡地回了一句，萧炎也不再管戒指中古怪的老头儿，陪着薰儿悠闲地逛出坊市，然后慢慢地回到家族之中。

与薰儿分开后，萧炎心急火燎地回到自己的屋子，然后谨慎地关好门窗。回过头，望着那不知何时出来的药老，萧炎从怀中掏出所购买的药物与魔晶，有些急切地说道："东西都搞到了，还要怎么弄？"

药老嘿嘿一笑，目光随意地扫了扫桌上的材料，忽然道："你不看看那黑铁片吗？"

"呃？"萧炎一愣，赶忙掏出那枚黑铁片，上上下下仔细地看了一遍，皱眉道，"这东西，干什么的？"

药老顺手接过黑铁片，笑道："这里面似乎存了一种斗技。制造铁片的人或许也是炼药师，所以，这铁片内的东西，只有灵魂感知力过人的人才能感应到。"

"斗技？"闻言，萧炎眼睛一亮，急忙问道，"什么级别的？"

在斗气大陆之上，人们对斗技的重视程度，丝毫不比斗气功法小。一门高深的斗技，能够让人在战斗之时，发挥出远超自身的强横力量。

斗技和功法一样，也分天、地、玄、黄四阶。流传在民间的斗技，顶多只是黄阶高级，一些高等级的斗技，只能去一些学院或者宗派，才有可能获得。当然，斗气大陆辽阔至极，总有一些前人的斗技，因为种种缘故失传遗落，最后被某些幸运的人所得。

药老翻了翻黑铁片，片刻后方才笑道："吸掌，玄阶低级！"

"玄阶低级？"小脸微喜，萧炎没想到这随意买来的破烂货，竟然还隐藏了

一个玄阶的斗技。要知道，自己家族中最高深的斗技，也不过是玄阶中级，而且只有族长才有资格学习。

"吸掌，炼至大成，可吸千斤巨石，若是遇敌，狂猛吸力能将人体血液强行扯出！"

"将血液扯出身体？"萧炎一惊，咽了口唾沫，有些惊异地道，"这……太牛了吧？血液若是离了体，谁还能活下来？"

"这东西只能对付实力比你弱或者实力相同的对手，若是遇到比你还强的，人家直接借力近身，倒霉的，还是你！"药老将黑铁片随意地丢了过来，淡淡说道，看来他对这斗技的评价并不高。

药老是大人物，眼界自然高。可在萧炎眼中，这可是高级斗技啊，他当下乐不可支地拿起黑铁片，笑道："不管怎么样，这吸掌总比家族中那些普通斗技要好许多，以后，就学它了。"

"就你那三段斗之气，能吸起一根树枝就很了不起了，还想吸人血？"药老摇了摇头，撇嘴道。

翻了翻白眼，萧炎也懒得理会这古怪的老头儿，自己抱着铁片嘿嘿发笑。

"瞧你那模样，一个玄阶低级的斗技就把你美成这样，真是丢人。"药老无奈地摇了摇头，抓起桌上的魔晶，对萧炎吩咐道，"去弄一大盆水来。"

瞧着药老似乎是要开工了，萧炎赶紧收好黑铁片，屁颠屁颠地去准备了。

安静的房间之中，药老左手拿起紫叶兰草，眼睛微微眯起，片刻之后，轻轻地吐了一口气，左掌之上，有些发白的火焰，猛地升腾。火焰刚刚出现，房间之中，温度便上升了许多。

眼睛眨也不眨地盯着那团白色火焰，萧炎心头有些震撼。虽然他清楚炼药师的炼药流程，但是这斗气外放，化成实质，就算是自己的父亲，那也不可能办到啊！

药老脸色淡然，手中的白色火焰略微扑腾，将那株紫叶兰草吞噬其中，紫叶兰草几乎是在瞬间，便被烧成了一小摊绿色的液体。将三株紫叶兰草全部丢进白色火焰之后，那摊绿色液体明显变大了许多。绿色液体在火焰之中不断蠕动，炽热的温度，一刻不停地煅烧着其中的杂质，绿色液体越来越少，片刻后竟然只剩下了拇指大小。

接下来，药老又将两株洗骨花投进了火焰之中，它们在被煅烧之后，融进了绿色液体之中。再接下来，便是炼化魔晶。

三个步骤，足足持续了一个小时，而药老却依旧精神抖擞，脸上没有半点疲态。

一个小时之后，坚硬的魔晶已经被煅烧成一摊淡绿的液体，魔晶中所蕴含的狂暴能量，也被药老以神奇的药性配合，洗刷而去。手掌中，白色火焰逐渐消退，最后完全消失。

望着药老手心处悬浮的一滴翡翠色的液体，萧炎搓了搓手，过人的灵魂感知力，让他清楚地感应到这滴液体拥有多么充沛的能量。

"老师，就这么服下它吗？"萧炎眨了眨眼，有些迫不及待。

"想死就直接服下吧，凭你那副脉络，马上就变成真正的废物。"翻了翻白眼，药老屈指轻弹，翡翠液体落进了房中的那盆清水之中，顿时，一盆清澈的水变成了青色。

"以后，就在这里面修炼。以你的修炼天赋，一年之内达到七段，不是什么难事。"药老拍了拍手，微笑道。

萧炎满心欢喜，急忙点头。

"哦，差点儿忘记了，这种药水，只能持续两个月。也就是说，你每隔两个月，就要去买一次这些东西。"药老笑吟吟地说道。

小脸一僵，萧炎哭丧着脸点了点头："我的天，这东西果然只有有钱人才用得起。"

第五章
修 炼

  温暖的阳光从窗户的缝隙中透射而进,细碎的光斑,点缀着整洁的房间。

  房间之中,少年赤裸着身躯,盘腿坐在木盆之中,双手在身前摆出一个奇异的印结,双目紧闭,呼吸平稳有力。木盆之中,盛满了青色的液体,液体略微摇晃间,竟然还反射出点点异光,颇为神奇。

  少年的胸膛轻颤着,呼吸间,极具节奏感。随着修炼时间的延长,木盆中的青色液体逐渐散发出淡青色的气流,气流缓缓攀升,最后顺着少年的呼吸,钻进了体内。气流入体,少年那张稚嫩的小脸,散发出玉般的温润光泽。

  似是察觉到体内越来越充盈的斗之气,少年的小脸浮现出浅浅的欣慰笑意。尝到甜头,少年并未就此罢手,双目依旧紧闭,指尖的手印纹丝不动,凝神聚气,保持着最佳的修炼状态,继续贪婪地吸取着青色液体中的能量。

  在少年永无休止的索取之下,越来越多的气流从水盆中飘散了出来,到最后,竟然隐隐地遮掩了少年赤裸的身躯。

  时间,在废寝忘食的苦修中缓缓流逝,窗外射进的阳光,逐渐转弱,房内的温度也在缓缓降低。

木盆之中，双目紧闭的少年将最后一缕气流吸进了体内，睫毛微微抖动，片刻之后，漆黑的双眸乍然睁开。黑瞳之中，白光照旧闪过，不过此次却是带上了点淡青之色。

缓缓地将胸口的一口浊气吐出，少年神采奕奕地眨了下眼睛，然后猛地站起来，任由冰凉的水花从身上淌落。他伸了一个懒腰，感受到体内那时隔三年的充盈斗之气，有些迷醉般地喃喃自语："按这进度，恐怕再有两个月时间，就能冲击五段斗之气了吧……"

自从上次将所有东西准备齐全之后，萧炎已经缩在自己房间中半个多月。半个多月中，除了吃喝拉撒等事之外，他过上了清修的日子。虽然修炼的日子有些枯燥，但是这对经历了三年白眼嘲讽打击的萧炎来说，算不得什么。之前三年所受的嘲讽，让他清楚地知道，实力在这片大陆上究竟有多重要。

日子虽清苦，但修炼所取得的成效，却是让人满心欢喜。药老炼制出的灵液药力之强，远超过了萧炎甚至药老本人的意料。本来以为即使借助灵液的药力，萧炎至少也需要一个月时间才能达到四段斗之气，可没想到，他却硬生生地将时间缩短了一半。

对此，就连药老也忍不住对萧炎表现出的修炼效率感到惊异，虽说这和萧炎曾经走过这条路有些关系，但这速度也实在太快了吧？要知道，斗气的修炼，基础尤为难修，初阶十段斗之气，花费十年甚至二十年的人，并不在少数。当然，一旦成为一名真正的斗者，那么其修炼速度，便会大大加快。在成为斗者之前，一年时间或许只能够使斗之气增加一段，然而进入斗者之后，说不定能在一年之中猛飙几段。

毫无顾忌地从木盆中爬出来，萧炎回头望了望颜色变浅了一些的青色液体，无奈地摇了摇头，嘀咕道："这还能支持一个半月的修炼吗？"

将身体上的水渍擦净，萧炎随意套上一件整洁的衣裳，然后爬上柔软的床

榻，从枕头下摸出那块漆黑的铁片。黑铁片上的锈斑已经被萧炎细心地洗净，整体有些通亮，散发着幽幽光泽，颇有几分神秘的味道。

半个月下来，萧炎除了闷头修炼之外，便把其余的心神，全部放在了这黑铁片中的玄阶低级斗技之上。在药老的指点下，萧炎逐渐掌握了几分吸掌的诀窍，不过由于体内斗之气稀薄，还未见到有什么实质效果，这令萧炎有些遗憾。

双掌将黑铁片夹在手中，萧炎缓缓闭上眼睛，灵魂感知顺着手臂，轻车熟路地探进了黑铁片之中。随着萧炎呼吸的平稳，房间中再次平静下来。

又是一段长时间的寂静，某一刻，床榻上的萧炎，双眼猛地张开，右手略微弯曲成爪形，体内那淡薄的斗之气，随着意识的控制，迅速地穿过掌心处的几条特定脉络与穴位，最后吸力喷薄而出。

砰，手掌所指处，桌上的一只青花瓶突然摇晃了几下，最后掉在地上，在一道清脆的声响中，化成满地碎片。

"唉，斗技虽然是玄阶，但是斗之气太弱了，根本发挥不出多大的威力。"望着自己所造成的破坏，萧炎撇了撇嘴，无奈地轻声自语道，"想要具备能够扯动一个人的吸力，恐怕至少需要七段斗之气才能办到。"

"算了，去家族斗技堂看看有没有顺手的低级斗技吧。这吸掌，短时间内是没什么大用了，现在既然能够修炼斗之气，总不能还像以前那样傻傻地修炼吧。"叹了一口气，萧炎爬下床，目光瞥了一下手指上的黑色戒指，然后行至门前，推门而出。

微眯了下眼睛，在略微适应了有点儿炽热的日光之后，萧炎这才小心地将门关上，悠闲地顺着碎石小路，慢悠悠地向着后院行去。碎石小路两旁栽种着翠绿柳树，葱郁的绿色让人精神为之一振。转过一条路，一阵少女嬉笑声，从另外一条小路中传了过来。

安静的气氛被打破了，萧炎眉头微皱，目光顺着声音移去，望着那群娇笑走来的少女。在几个秀丽少女的簇拥中，一个容貌有些妩媚的少女正在抿嘴浅笑，小脸上露出的那股风情，使其身旁的几名青涩少女感到有些自卑。这少女便是当日在测验广场大出风头的萧媚。

目光淡然地瞟过这名曾经跟在自己身边"表哥表哥"叫个不停的美丽少女，萧炎稚嫩的小脸上闪过一抹讥讽，他轻轻地摇了摇头，收回目光。

走到路途尽头，萧媚的笑声忽然低了下来——她看见了左边不远处的少年。夕阳余晖从天际洒落，照在那手臂抱着后脑的少年身上，分外迷人。

一双美丽灵动的眸子，盯着那越来越近的少年，瞧着其小脸上那抹说不出是嘲讽还是微笑的浅浅弧度，萧媚忽然间有些莫名的恍惚——三年前，那个少年的嘴角，便常常挂着这抹让人有些迷醉的弧度。

望着缓缓行过来的少年，萧媚几人都停下了脚步，嬉笑的声音逐渐地低了下来。萧媚身旁的几个清秀少女，睁大眼睛望着这个曾经被认为是家族荣耀的少年，小脸上的表情，说不出是惋惜还是其他。

萧媚心头有些纠结。其实她也想和这个曾经使她倾慕不已的少年畅聊，不过，现实却告诉她，两人间的差距越来越大，再将心思放在一个废人身上，明显有些不明智。

弯弯的柳叶眉轻皱了皱，旋即舒展开来，萧媚在心中有些无奈地暗暗说道："打个招呼吧，不管怎么说，他也算是自己的表哥。"

并不知晓萧媚心中的念头，萧炎双臂抱着后脑，意态懒散地行了过来。望着近在咫尺的萧炎，萧媚俏丽的小脸上刚欲露出笑容，可少年的举动，却让那抹还未完全浮现的笑容僵在了小脸上，看上去显得有些滑稽。萧炎旁若无人、目不斜视地径直从几个少女身边走过，没有表现出丝毫的犹豫。

微张着红润小嘴望着少年的背影，萧媚有些愕然，以她的容貌，何时受过这种待遇？她心头涌出一股莫名的羞怒，忍不住喊了一声："萧炎表哥。"

脚步微微一顿，萧炎并未转身，淡淡的语气，犹如陌生人间的对话："有事？"

萧媚一滞，摇了摇头："没……"

萧炎轻挑了挑眉尖，懒得再理会，摇了摇头，继续迈步前行。望着那消失在小路尽头的背影，萧媚愤愤地跺了跺小脚，随即跟了上去。

转过一道弯，萧炎抬头望着眼前那宽敞的房间，房间的牌匾之上，有"斗技堂"三个龙飞凤舞的血红大字。听着斗技堂中传出来的吃喝声，萧炎有些意外，这里平日一般少有人来，今日怎么如此热闹？耸了耸肩，萧炎迈步进入斗技堂。一进斗技堂，就听见阵阵少男少女的欢呼喝彩声。

斗技堂分为东西两个部分，东边是存放家族斗技之所，而西边是一个规模不小的训练场。此时，不少人正簇拥在训练场上，兴致勃勃地望着场中比试的两人。

"看萧宁表哥出手的斗之气浓度，恐怕已经有八段斗之气了吧？"

"嘿嘿，两个月前，萧宁表哥就已经晋级了八段斗之气。"

"虽然他有八段斗之气，但薰儿表妹却是九段斗之气了。看来，萧宁表哥想要赢，还真没什么可能。"

"薰儿表妹加油！"

听见人群中传出的喝彩声，萧炎这才停住脚步，目光在训练场中扫视了一圈，最后饶有兴致地停在那身着淡紫衣裙的美丽少女身上。

"这妮子今天怎么有闲情和人比试了？"心头嘀咕了一声，萧炎在大堂东面停下了脚步，随手抽出旁边架子上的一个黑色卷轴，然后缓缓摊开，摊开后的卷轴背面上出现了几个黄色大字："黄阶中级，碎石掌！"

悠闲地靠在书架上，萧炎一边读着碎石掌的修炼之法，一边瞟向战况激烈的训练场。宽敞的大堂，被分割成了两个世界，西边喧哗不断，东边却安静平和。

薰儿的对手是一名少年，模样颇为英俊，和那日所见的加列奥相差无几。少年名为萧宁，是萧家大长老的孙子，修炼天赋不错，年仅十七岁，便已修至八段斗之气，在家族之中，也唯有薰儿能够压他一头。

萧炎对自己的这个表哥没多少印象，偶尔见面，也是生疏地打声招呼便各自离开。或许是因为其爷爷和自己父亲间有些不睦，萧炎总能感觉到，这个表哥似乎对自己并不太满意，而又或许是因为前几年自己表现颓废，这个表哥，在三年中，也没有专程来找自己麻烦。淡淡地笑了笑，萧炎甩开脑中的回忆，继续研习手中的碎石掌。

训练场上，薰儿犹如一只淡紫蝴蝶，优雅而敏捷地躲开了萧宁的迅猛攻击，精致清雅的小脸上，始终保持着平淡神色。

小手随意地卸开萧宁的一次近身攻击，薰儿目光在大堂内转了一圈，片刻后，猛地顿住。望着大堂东边那靠着书架埋头读书的少年，薰儿的小脸上，露出一抹柔和的浅浅笑意，附近围观的少年都不由得傻了。

"薰儿表妹，小心！"就在薰儿略微分神之时，人群中忽然传出急切的喊声。

感受到身后袭来的凶猛气息，薰儿秀眉轻挑，目光却再度扫向书架下的少年。与此同时，萧炎也抬起了头，望着场中忽遭偷袭的薰儿，眉头一皱，目光中透露着隐隐的担心。

瞧见萧炎眉宇间的那抹嗔怪与担心，薰儿俏皮地眨了眨美丽的大眼睛，然后突然向左小小地横踏一步，只此一步，却是有些诡异地将萧宁的攻击不偏不倚地避开了。

在移动时，薰儿如玉般娇嫩的小手涌出淡淡的金芒，犹如穿花摘叶一般，绕过了萧宁双掌的封锁，最后轻飘飘地落在了萧宁胸膛之上。脚尖在青石地板上轻点，薰儿曼妙地转了一个圈，化去反推的劲力，淡淡地望着那急退了十多步，最后一脚跨出训练场的萧宁。

瞧着一掌击败萧宁的薰儿，训练场周围先是一静，随即猛地响起了赞叹的喝彩声。

"薰儿表妹不愧是家族中年轻一辈的第一人，真是越来越强了。"被薰儿打

落下台，萧宁却依旧满脸和煦的笑容，走上前来，微笑着柔声说道。

定定地望着面前美丽如青莲的少女，萧宁眼瞳中的爱慕难以掩饰。虽然名为表兄妹，不过萧宁却知道，萧薰儿与他没有丝毫的血缘关系。

似是没有感受到萧宁那炽热的目光，薰儿礼貌却又生疏地微微摇头，轻声道："萧宁表哥，承让了。"说完，不待萧宁继续套近乎，便对着大堂东部那埋头于卷轴中的少年笑吟吟地行去。

作为大堂中的焦点，薰儿的举动自然被所有人察觉，一道道目光顺着薰儿的前行路线，最后停留在书架下的少年身上。对于众人那滚烫的目光，少年毫无察觉，依旧沉醉于自己的世界之中。

"萧炎哥哥。"少女俏立在萧炎面前，娇嫩白皙的小手负于身后，身子微微前倾，水灵灵的大眼睛弯成了漂亮的月牙儿，笑意盈盈，俏美的小脸之上浮现浅浅的小酒窝，煞是可爱。

目光从卷轴中抽出，萧炎笑着看了一眼面前的少女，旋即目光在大堂中扫过，望着那一道道火热的目光，不由得有些无奈地道："妮子，我知道你的魅力不小，可也用不着把我推出来当挡箭牌吧？"

"嘻嘻。"抿着小嘴轻笑了一声，薰儿靠着萧炎坐了下来，伸了一个懒腰，随手从身后的书架中取出一个卷轴。薰儿目光在萧炎身上停留了一会儿，微笑道："萧炎哥哥晋升四段斗之气了？"

闻言，埋头于卷轴之中的萧炎眉尖一挑。十段以内斗之气，都是处于初级阶段，那股隐晦而弱小的斗气波动，很难被人察觉，所以若是不动用斗气或者测验魔石碑探测，一般很难确切地分辨出其主人究竟到达了几段。而薰儿只是随意看了几眼，便一口道破了萧炎的底细，这实在让他感到惊异。

"这妮子，究竟是什么身份？看她先前与萧宁战斗时所使用的斗技，明显是高级斗技，这种金光斗技，可不是萧家所有。"萧炎偏头望了一眼巧笑嫣然的少女，微微耸肩，轻轻点了点头："四段了。"

见到萧炎点头，薰儿小脸上的笑容顿时浓了几分，轻笑道："想来是和萧炎哥哥这半个月的闭门苦修有关吧？"

"嗯。"萧炎点了点头，并未否认，目光移回卷轴上，随意地问道，"今天怎么有闲情和他们比试了？"

"无聊呗。"学着萧炎耸了耸香肩，薰儿笑吟吟地将目光转向少年，隐约地有抹幽怨，"自从上次之后，萧炎哥哥可有半个月都未找薰儿了，难道还怕薰儿要你还钱不成？"

萧炎一怔，有些尴尬，苦笑道："明年就得举行成年仪式了，我能不赶紧修炼吗？"抬起头，望着少女微微皱起的俏鼻，他只得伸出手亲昵地拍了拍薰儿的小脑袋，柔声安慰道，"以后一定抽出时间陪薰儿。"

听着萧炎的保证，薰儿这才高兴起来，不断在萧炎耳边低声笑语。远远望着书架下交谈的两人，萧宁嘴角微微抽搐，脸色颇为难看，一双拳头，紧了又松，松了又紧。作为家族中大长老的孙子，萧宁的优越感一向很强，对于薰儿这个与众不同的少女，萧宁在心中已经非常坚定地将她视为自己未来的妻子，即使这只是他一厢情愿。如今见到自己"未来的妻子"和另外一个男子有说有笑、亲密无间，萧宁心头妒火中烧。而且，最重要的，与薰儿亲昵谈笑的，还是家族中最没用的废物。

瞳孔中不断涌现怒气，片刻后，萧宁缓缓地吐了一口气，脸上再次挂上了和煦的笑容，整了整有点儿凌乱的衣衫，在众目睽睽之下，向着书架旁的两人快步行去。

大堂之中，众人望着那向两人走去的萧宁，都幸灾乐祸地笑出了声。当然，这笑声明显不是冲着萧宁，而是冲着那似乎还茫然不知的萧炎。

目光扫过卷轴之上的人体脉络，萧炎暗暗地将碎石掌的穴位催动以及脉络走向牢牢地记了下来。轻轻地舒了一口气，萧炎低垂的眉头忽然一皱，灵敏的灵魂感知力，让他清楚地知晓大堂中每一人的举动，包括那正走过来的萧宁。

"这妮子,真是个惹事精。"低声叹了一口气,萧炎缓缓地收好手中的卷轴。

"哈哈,萧炎表弟,来学习斗技吗?需要表哥我帮你找几份高等级的吗?有些东西,或许表弟还够不着权限。"满脸笑容地站在萧炎面前,萧宁说道。

萧炎卷好手中的卷轴,将其轻放在书架之上,微微摇了摇头,淡淡地说:"多谢关心了,我暂时不需要。"

"哦,我差点儿忘记了,萧炎表弟的斗之气还只有三段,太过高级的,也的确很难学会。"手掌揉了揉额头,萧宁似乎恍然地笑道,只不过脸上的那抹讥讽之意,却并未掩藏。

萧炎轻叹了一口气,这是萧宁自己凑上门来找骂的啊。嘴角缓缓地扬起刻薄的弧度,萧炎有些无奈地说道:"我知道你说这些无非想引起薰儿的注意,不过,我还是不得不说,你很幼稚。"

被萧炎不留情面地暗讽一通,萧宁脸上的笑意逐渐收敛,他没想到,平日里沉默寡言的萧炎,竟然忽然间具备了与他斗嘴的勇气。他当下阴沉着脸,冷笑道:"看来萧炎表弟对我这表哥很有几分成见啊!要不,我们比画比画?也好让我看看这几年表弟长进了多少!"

"需要我和你比画吗?"薰儿放下了手中的卷轴,扬起小脸,眼睛中泛起了点点冷意。

眼角一挑,望着替萧炎出头的薰儿,萧宁心头妒火更盛,狠狠地瞪了萧炎一眼,嘲讽道:"你就知道躲女人身后?"

"三年前为什么不敢和我这么说话?"萧炎踮起脚尖,再次取下一个卷轴,吹去上面的灰尘,嘴中淡淡地问。

不得不说,萧炎这副淡然从容的模样,落在对他有恶意的人眼中,真真切切地让人感到胸口发堵。牙齿狠狠地咬在一起,发出嘎吱的声响,虽然心中已然暴怒,但是萧宁不敢当场对萧炎出手,不管萧炎的修炼天赋再如何低下,他毕竟是族长的儿子。深呼吸了一口气,萧宁阴冷地瞥了一眼萧炎,微微低头,在其耳边低语道:"萧炎,你已经不再是三年前的修炼天才,现在的你,不过是一个废物。薰儿不是你能配得上的,识相的,尽早离她远远的,否则,嘿嘿,虽然平日不能对你出手,不过一年后的成年仪式上,你却必须接受一名族人的挑战。如果不想变成残疾人士,奉劝你,早早滚蛋,然后躲到穷乡僻壤,安稳地过完下半辈子!"

听着这番威胁的话语,萧炎略微偏了偏头,用一种极其诡异的目光打量了萧宁一遍,然后翻了翻白眼,抱起手中的卷轴,转身就走。

瞧着萧炎的举动,萧宁还以为他妥协了,然而还来不及欣喜,少年那轻描淡写的话语,让他骤然间满脸铁青:"嗯,好吧,一年后……我等着你把我打成残疾。"

无视身后那阴森的目光,萧炎抱着卷轴在斗技堂管理员处登记了一下,这才与薰儿轻声笑谈着,慢悠悠地走出了斗技堂。

"小浑蛋,你给我等着吧,等你被分配出去之后,我有的是时间收拾你!失去了族长的庇护,你什么都不是!"望着那逐渐远去的背影,萧宁恨得有些牙痒痒,咬牙切齿地反手一掌轰在身旁的书架上,上面顿时留下了一个浅浅的手印。

走出斗技堂,萧炎先是陪着兴致勃勃的薰儿到后山逛了一个下午,待到天色渐暗之后,这才回到自己的小窝。

回到房间,关上房门,萧炎双肩顿时垮了下来,将卷轴放在桌上,端起茶杯,一饮而尽,有些后怕地苦笑道:"这妮子,真是太能走了。"

"那小丫头,来历似乎有点儿不一般啊。"苍老的声音,忽然在房间中响起。

有气无力地抬了抬眼,望着那犹如鬼魅一般出现在房间中的药老,萧炎撇了撇嘴,问道:"老师知道她的来历?"

"嘿嘿,好像知道点吧。"药老眼睛微眯,嘿嘿一笑,瞧着萧炎投来的好奇目光,"你也别问,现在你知道了,对你没什么好处,所以,还是不要打听为

好。我只能说，那小丫头的背景有些强大。"

翻了翻白眼，萧炎只得恨恨地对着药老甩去一个幽怨的眼神。

"你去拿这些垃圾东西做什么？嫌精力过剩？"药老来到桌前，随意地翻了翻那个卷轴，愕然地问道。

"垃圾东西？"嘴角一抽，萧炎无力地呻吟道，"我现在除了吸掌之外，什么斗技都不会。以前只知道埋头苦修斗之气，从未学过斗技，而家族中也只有这些黄阶斗技可以随便学习。不学这些，那我成人仪式拿什么和别人比试？"

"喊，不就是想从我这里骗些斗技嘛……"翻了一记白眼，精明的药老直接揭穿了他的目的。

萧炎也不尴尬，耸了耸肩，眼巴巴地望着药老。

"斗技有什么了不起的？等你以后学会了炼药术，会有人抢着把高级斗技给你送上门来。"药老淡淡地笑道，全然不顾萧炎那幽怨的小脸。

"可我现在就需要高级斗技啊，老师！"萧炎郁闷地道。

药老大笑两声，摇了摇头，这才戏谑地笑道："算了，谁让我摊上你这个可怜的徒弟呢？为了你不被人打成残疾，我便教教你吧。"

闻言，萧炎精神一振，他很好奇自己这神秘的老师究竟能拿出什么等级的斗技。

"你那吸掌虽然是玄阶斗技，但是有些名不副实。现在你实力不强，便先教你一种以攻击力著称的玄阶斗技吧。这斗技要求不高，五段斗之气，应该就能发挥出一些威力。"药老微笑道。

"玄阶什么级别的？"听说是玄阶斗技，萧炎双眼一亮，舔了舔嘴唇，急忙问道。

"玄阶高级吧。我记得这斗技当年还是一个人哭着求我收下的，不过我对这东西不太感兴趣，要不是实在被纠缠得烦了，我也不会答应帮他炼制丹药。"药老漫不经心地说道，那副轻描淡写的模样，就如同是在说地上的垃圾。

"玄阶高级？哭着求你收下？"萧炎备受打击。自己家族中被奉为绝学的最高斗技，也不过才玄阶中级，而药老随口一说，便是玄阶高级，这实在让萧炎哭笑不得。

"闭目凝神，我传给你。"随意地吩咐了一声，药老手指点出，然后轻轻触在了萧炎额头之上。

脑袋微微一痛，萧炎忽然察觉到有大量的信息涌进了脑海之中，他的脑袋顿时有些发胀："八极崩：玄阶高级斗技，近身攻击斗技，以攻击力强横著称，炼至大成，攻击暗含八重劲气，八重叠加，威力堪比地阶低级斗技！"

脑袋缓缓清醒，细细地品味了一下这些信息，半响后，萧炎轻轻地吸了一口凉气——威力堪比地阶低级的斗技？

在斗气大陆之上，不论是功法还是斗技，玄阶与地阶之间的差距，都是天壤之别，不可相提并论。而现在这玄阶高级的八极崩，竟然号称威力堪比地阶斗技，这如何不让萧炎震撼？

咽了一口唾沫，萧炎双眼有些发直，如果真学会了这斗技，恐怕仅凭自己这四段斗之气，就能把那嚣张的萧宁打得满地找牙了吧？

"别震撼了，虽然八极崩对斗之气的要求不算太高，但是对肉体的强度有很高的要求。这是一种近身肉搏的斗技，看你这细胳膊细腿的，若是强行使用出来，恐怕最先崩断的，是你自己的肌肉，而不是对手。"药老淡淡的话语，犹如一盆冷水，将萧炎的激动浇灭得干干净净。

"怎么样才能提升肉体强度？"在略微沉寂之后，萧炎急切地询问。

"斗气就是锻炼肉体的最佳能量，随着斗气越来越强，肉体也会随之变强。当然，想要更快的话，那便需要一些外物的刺激。"药老眼睛微眯，老眼中似乎有些不怀好意。

"什么外物刺激？"望着笑意盎然的药老，萧炎忽然感到有些浑身发凉。

"挨打！挨得越重越好！"药老阴侧侧发笑，萧炎小脸僵硬。

第六章
筑基灵液

清晨,薄薄的淡白雾气笼罩着后山山顶,久久不散。轻风吹过,忽然带来一阵肉体接触的闷响。后山山顶上的一处隐蔽小树林中,萧炎双脚如树桩一般插进泥土,脚趾紧扣地面,牙关紧咬,额头之上冷汗直流,只着了一件短裤的赤裸身躯上布满一道道青色瘀痕。

在萧炎身后,化为灵魂状态的药老,正盘坐在一块巨石之上。此时,他正满脸肃然地望着咬牙坚持的萧炎,手掌轻轻一挥,空气略微波动,一道淡红色的斗气匹练猛地自药老掌中暴射而出,宛如鞭子一般,重重地砸在了萧炎肩膀之上,顿时留下一道长长的青色瘀痕。

嘴角一阵剧烈的哆嗦,齿缝间吸了一口冷气,萧炎只觉得自己的肩膀似乎忽然麻木,一阵阵火辣辣的疼痛直钻入心。在这股剧烈的疼痛之下,萧炎脚尖发软,差点儿把持不住,一头栽倒。

剧烈的疼痛过后,体内急速淌过微薄的斗之气,斗之气在疼痛的刺激下,似乎比平日更具活力,欢快地流过肩膀处的脉络与穴位,一丝丝温凉缓缓地渗透进骨骼肌肉之中，悄悄地进行着强化。

"再来！"待肩膀上的疼痛逐渐退去，萧炎那稚嫩的小脸上，满是执着与倔强。

望着咬牙坚持的萧炎，药老那干枯的老脸上露出了一抹欣慰的笑意，微微点头，手掌中，淡红斗气再次暴射而出。

砰，砰，砰……小小的树林之中，一道道有些瘆人的闷响，夹杂着痛苦的低哼声，接连不断地响起。

药老下手极有分寸，每次攻击，刚好能达到萧炎身体所能够承受的临界点，既不会重伤萧炎，又能给他带来真正的痛感。斗气击打在身体之上的那种钻心疼痛，让萧炎的小脸痛苦得几乎有些扭曲。随着药老手掌的挥动，萧炎身体上的瘀痕越来越多。

砰！又是一道斗气匹练射出，那犹如木桩一般的萧炎，终于到达了所能承受的极限，双腿一软，脱力地瘫了下去。剧烈地喘息了半响，萧炎抹去额头上的冷汗，抬起头来，艰难地咧嘴笑道："老师，怎么样？"

"很不错，今天接下了八十四次斗气鞭挞，比一个半月前的九次，已经强上许多了。"药老含笑地点了点头，老眼之中有着一抹难以察觉的惊叹。这一个半月以来，萧炎所表现出来的韧性，超出了他的意料。比如今天，本来他认为七十次斗气鞭挞便已经是萧炎的极限，可萧炎，却硬生生地坚持到第八十四次，这实在让他不得不感叹这小家伙的忍耐程度。

听了药老的话，萧炎松了一口气，坐在泥地上歇息片刻，待身子恢复知觉之后，这才慢慢地爬起，从一旁的石头上取下衣服，穿了上去。穿衣时，清凉的布料碰触着瘀痕，萧炎自然又是痛得龇牙咧嘴。

透明的身体一扭，药老化为光线闪进了黑色戒指之中，留下一句已经说了很多遍的关切话语："赶紧回去用筑基灵液浸泡身子，不然身体里面残留的瘀血，会让你重伤！"

点了点头，穿好衣裤的萧炎，慢吞吞地走下了后山。

回到小屋，早已经忍受不住疼痛的萧炎迅速关好门窗，然后再次脱去衣裤，手脚并用地跳进了有着青色液体的木盆之中。冰凉的青色液体浸染着满是瘀痕的肌肤，萧炎顿时舒畅地深呼吸了几口凉气，那股飘飘欲仙的感觉，令他享受地将眼睛缓缓闭上，直挺挺地躺在木盆之中，动也不动。

萧炎软软地靠在木盆的边缘上，急促的呼吸逐渐平稳，到最后，低鼾声从其鼻间传了出来。经历了一场痛苦折磨之后，萧炎终于忍受不住精神与肉体的双重疲惫，沉沉地睡了过去。

在萧炎沉睡期间，青色液体微微晃荡，一丝丝淡淡的温和能量，顺着萧炎浑身上下微微张开的毛孔，悄悄地钻进体内，洗涤着那一道道有些狰狞的瘀痕，同时，也不断为那已经达到极限的肉体添加活力，并使其不断强化。

沉睡在继续，强化也在不知不觉间进行。在强化与修补萧炎肉体的同时，木盆中那青色的液体也在逐渐地变淡。显然，液体中所蕴含的药力，即将被萧炎用尽。

不知道这一觉睡了多久，萧炎只记得当他醒来的时候，炎热的日光已经将房间照得亮堂至极。

舒服地伸了一个懒腰，浑身骨头猛地噼里啪啦响了起来，萧炎抬起头，感受到浑身上下那股说不出的活力与充实，忍不住失声叫道："好爽！"

从木盆中站起身子，萧炎忽然一愣，发现盆中原本青色的液体，竟然已经完全变成清澈见底的清水。

"药力被吸收光了吗？"摸了摸鼻子，萧炎无奈地摇了摇头，忽然想起了什么，有些欣喜地将眼睛缓缓闭上，细心感应着体内斗之气的状况。

片刻之后，萧炎睁开了双眸，微握双掌，轻轻的笑声中有着掩饰不住的惊喜之意："终于到五段斗之气了！"

半个月晋升到四段斗之气，一个半月之后晋升五段斗之气，这种无与伦比的修炼速度，即使是从前的他，也望尘莫及。

虽说每升级一段斗之气，晋升的难度也会随之增加，但是以现在的速度来看，萧炎想在一年内修炼至七段斗之气，应该不是一件太过困难的事。当然，前提是必须有充足的筑基灵液，否则，还不等萧炎修炼至七段斗之气，他就会在药老的打击训练中重伤而亡。若是没有筑基灵液的修复功效，仅凭现在萧炎的这副脆弱身子骨，他根本无法坚持。

因此，眼下萧炎最需要做的，便是再次购买材料，然后炼制筑基灵液。说起来似乎很简单，不过萧炎却遇到了一个不小的难题——他没多少钱了。

坐在床榻之上，萧炎小脸满是苦笑，没想到自己竟然会被钱逼成这副模样。他伸出手指，一点点地盘算着：上次购买材料后所剩余的钱，还有几百枚金币，用这些钱购买上次那些等级的材料，明显不够。

撑着下巴思量了片刻，萧炎眼珠转了转，忽然出声问道："老师，紫叶兰草或者洗骨花，能不能用年份低一些的啊？"

"能吧，不过那样药力就弱了，我给你配置的筑基灵液，可是按照最合适的搭配尽心炼制的。"戒指中传出药老的声音。

眨了眨眼睛，萧炎轻笑道："没关系，这次就用最差的材料炼制吧。"

"最差的？那效力可就差了，那样的话，你有可能需要半年才能突破下一段斗之气。"药老的声音中略带着些不满，想必此时他已经皱起了眉头，"钱不够了？去找那小丫头嘛，以她的背景，给你几万金币花花只是小事而已。再不行，找你父亲要，何必降低药力耽搁自己的修炼。"

听着药老的建议，萧炎无奈地摇了摇头："你就当是我那无聊的自尊心在作祟吧，哪能三番五次去找女孩子借钱？我父亲也算了，我都躲他两个月了，而且万一找他要钱，他追根究底地询问，岂不是会把老师您给暴露了。"

"老师，这筑基灵液，别人能配置吗？"似是想起了什么，萧炎忽然皱眉询

问道。

"嘿嘿,小家伙,斗气大陆之上,药材数不胜数,想要配置出不同效果的丹药,就必须从这无数种材料之中,筛选出能够中和魔晶之中狂暴能量的药材。若是胡乱拼凑,炉毁丹损倒是小事,万一来个反噬,嘿嘿……"说到此处,药老笑了笑,"这筑基灵液,是我足足试验了好几年,才研制出来的药方。当然,或许也有其他人误打误撞地弄出这种药方,不过这个概率,实在太小。

"再有,在炼制的过程之中,三种材料的融合程度、分量,以及火焰的强度,都需要经过无数次的试验以及超强的灵魂感知力才能把握,不然,为什么每个炼药师都需要老师手把手地教导?想要成为一名强大的炼药师,没有名师指点,基本上没可能,光是试验出那些药方,就能花你一辈子的时间。

"所以,整个斗气大陆我不敢说,不过这加玛帝国,我能打包票,应该没人能够炼制出与我相同的筑基灵液!"说到此处,药老的话语中隐隐透着一股自傲。

有些震惊于这筑基灵液的复杂程度,萧炎下意识地舔了舔嘴唇,当初看药老炼制的时候,觉得很简单,现在才知道炼制这种丹药,远不止表面上所看见的那点皮毛。炼药师的世界,果然浩瀚莫测,难怪炼药师会成为斗气大陆之上最高贵的职业。

在震惊过后,萧炎心头有些欣喜,抿了抿嘴,轻笑道:"老师,我并不是要用最差的筑基灵液来修炼,我是打算将其拿去拍卖会拍卖。现在手头不宽裕,等钱到手,我们再买更好的材料。反正炼制筑基灵液,对您来说,也不过是举手之劳而已,怎样?"

"这样嘛……随你吧,炼药师拍卖自己的丹药,也不是什么稀奇的事,而且那筑基灵液不过只是最低级的培养药物,卖了也无妨。"略微沉默之后,药老说道。

见药老点头答应,萧炎嘿嘿一笑,收拾好东西,便火急火燎地蹿出了房间。

因为此次并不需要太好的药材，所以萧炎只是随意地在药材店中挑选了年份最低的紫叶兰草和洗骨花，至于木系魔晶，也是在经过几番排查后，买了一颗最便宜的青木鼠魔晶。买好所需的材料，萧炎寻了个客栈，躲在里面，让药老出手将筑基灵液炼制了出来。

此次的筑基灵液，不仅药力较上次要差上许多，就连成色，也从晶莹剔透的翡翠色变成了斑驳的青绿之色。将这团足有萧炎半个拳头大的筑基灵液收进先前买好的白玉瓶之中，萧炎这才安心地舒了一口气。将玉瓶贴身放好，萧炎离开了客栈，健步如飞地向乌坦城中最大的拍卖场行去。

米特尔拍卖场，乌坦城最大的拍卖场所，同时也隶属于加玛帝国中最富有的家族——米特尔家族。米特尔家族历史悠久，已在加玛帝国发展了数百年时间，关系可谓盘根错节。而据一些小道消息，这个富得流油的家族，似乎还和加玛帝国的皇室有着千丝万缕的联系。

在帝国中，米特尔家族与纳兰家族、因特尔家族并称为加玛三巨头，三大家族在帝国的商界、军界等领域中皆有涉足。因此，有着米特尔家族这种强大背景做后台，即使拍卖场的利润再如何引人垂涎，也无人敢打他们的主意。

望着街道尽头的庞大会场，萧炎拐进了一条偏僻的巷子，然后快速地将先前购买的黑色斗篷披在身上。在硕大斗篷的遮掩下，萧炎不仅掩去了容貌，就连有些单薄的体形也显得臃肿了起来。以萧炎现在的模样，就算是薰儿，也很难一眼认出他。

遮掩好身形，萧炎这才松了一口气。这不能怪他太小心谨慎，筑基灵液这种东西，对一些家族势力太有吸引力，毕竟，如果谁能够大规模制造这种灵液，那么其年轻一辈的实力将会快速成长，这对于一个家族的壮大来说，无疑是最好的催化剂。为了不给自己带来麻烦，萧炎只得选择偷偷摸摸地进行。

手掌摸了摸怀中有些温凉的白玉瓶，萧炎慢慢地走出巷子，然后向着街道

尽头的拍卖会场行去。在门口几名全副武装的护卫警惕的目光中，萧炎脚步不停地径直走了进去。

一进会所，那股炎热的感觉，便犹如被从身上剥离一般，凉凉爽爽的，让人有种里外两重天的奇异感觉。

目光在金碧辉煌的宽敞大厅内扫过，萧炎对着一旁的屋子走去，屋门上印有金光闪闪的"鉴宝室"三个大字。推门而入，屋内有些空旷，只有一个中年人有些无聊地坐在桌边的椅子上。听到推门声，中年人抬起头，望着那全身裹在黑色斗篷中的人影，眉头不着痕迹地皱了皱，随即脸上迅速堆上了职业化的笑容："先生，您是打算鉴宝吗？"

"嗯。"黑袍之下，一个有些干涩的苍老声音，轻飘飘地传了出来。竟然是药老的声音。

萧炎上前两步，随手从怀中掏出白玉瓶，轻轻地放在桌面之上。

"这是……"眼睛疑惑地眨了眨，中年人小心地拿起白玉瓶，鼻子在瓶口轻嗅了嗅，片刻后，脸色微微一变，再次望向萧炎的目光中，多出了一丝敬畏，"大人是炼药师？"

"嗯。"苍老的声音再次响起。

"请问，这瓶……是什么丹药？有何作用？"中年人再次恭声询问。

"筑基灵液，可以提升斗之气的修炼速度，不过只能是斗者之下使用，才能有效。"

"哦？能够提升斗之气的修炼速度？"闻言，中年人有些动容。斗气只能中规中矩地修炼，这是常识，而且这个阶段的修炼者体内脉络极为脆弱，一旦药力过猛，那可就是脉断人亡的凄惨下场。

"我这灵液，并没有副作用，药力也极为温和，并不会造成那种结果，你大可放心。"似乎明白中年人的心中所想，苍老的声音缓缓地解释道。

脸色再次一变，中年人小心翼翼地将白玉瓶放回桌面，恭敬地说："大人，能否稍等片刻？我需要去请我们拍卖场的谷尼大师过来鉴别灵液！"

"嗯，快一点儿。"挥了挥手，萧炎也不客气，在一旁的椅子上坐了下来，然后闭目养神。

中年人连忙点了点头，然后急匆匆地出了房间。坐在椅子上，萧炎保持着沉默，并没有开口与药老对话。这里是别人的地盘，还是谨言慎行的好，谁能保证这里没有偷窥或者偷听的装置？

萧炎在房间中待了半晌之后，中年人方才回来，他带来了一位头发有些花白的青衣老者。萧炎的目光在老者身上扫了扫，最后停在老者的胸口处，那里并没有绘上金星，反而绘着一个类似药炉的东西，在药炉的表面上，两道银色波纹闪烁着高贵的光芒。

"大人，这位是我们拍卖场的谷尼大师，他是一位三星大斗师，同时也是一名二品炼药师！"中年人恭声介绍道。

听到老者后面这个身份，萧炎斗篷之下的眉尖下意识地挑了挑，这还是他第一次遇见药老之外的炼药师，当下不由得细细地打量了一下对方。老者满脸红光，身上的青衣虽然看似普通，但是隐隐有光芒流动，显然，这衣衫应该被加持过魔晶防护。平凡的老脸上，有着一抹难以掩饰的高傲，这是每一个炼药师必备的表情。

在萧炎打量对方的同时，谷尼也在不着痕迹地扫视着萧炎。炼药师可不是斗者，这随便出一个，都会被各家势力争先恐后地拉拢，所以，谷尼在打量之时，也在心中暗自猜测着萧炎的身份。

中年人小心地从桌上拿起玉瓶，然后递给了谷尼。接过白玉瓶，谷尼轻嗅了嗅那股清香的气味，老眼微眯，眼瞳略微闪烁，瓶口微斜，一小滴青色的液体缓缓地从瓶中滚落，然后悬浮在谷尼掌心之处。

紧紧盯着青色液体，谷尼双指一夹，一枚银质细针出现在指间，细针之上略微泛着斗气波动，细针悄悄地伸进青色液体之中，然后轻轻搅动。随着细针

的搅动，谷尼脸色逐渐由平静变成凝重，片刻之后，他将青色液体收进玉瓶中，目光再次扫向萧炎之时，高傲的脸上多了一分敬意，转头对中年人沉声道："灵液已经达到二品丹药的级别，这位大人先前所说，不假！"

闻言，中年人大大松了一口气，对着萧炎热切地笑道："大人，您是打算拍卖这灵液吗？"

"嗯，能给我安排最快的拍卖时间吗？"

"哈哈，这自然没问题，大人您拿着它去一号拍卖室，那里正好还在进行拍卖，您的灵液，待会儿就可以拍出！"中年人笑着递过来一块漆黑的铁牌。

"嗯。"随手接过铁牌，萧炎也不停留，直接在两人的注视中，走出了房间。

"谷尼大师，他是一名炼药师吗？"瞧着萧炎消失之后，中年人这才低声询问道。

"嗯，的确是一名炼药师，那股敏锐的灵魂感知力，错不了。"谷尼点了点头，旋即眉头一皱，有些疑惑地自语道，"可他又是哪方势力的炼药师？没听说过乌坦城出了一个能够炼制二品丹药的炼药师啊？"

"需要调查一下他的来历吗？"中年人轻声道。

谷尼老眼微眯，略微思量，微微摇了摇头："暂时不要，炼药师的脾气都有些古怪，如果调查引起了他的注意，恐怕会让他对拍卖场有不好的印象。随意得罪一位不知道等级的神秘炼药师，可不是什么明智的举动。"转过头，瞥了一眼中年人，谷尼淡淡地说，"争取让他对我们产生好感，你应该知道怎么做吧？"

"明白。"

"记住，就算不能交好，那也万不可得罪，否则……"淡淡地丢下一句有些冰冷的话语，谷尼飘然而去。

在一名侍女的带领下，萧炎走进了正在举行拍卖会的拍卖场。

一进入其中，周围原本明亮的环境就昏暗了下来，阵阵喧闹，铺天盖地直灌入耳，令喜静的萧炎大皱眉头。

拍卖场很大，容纳千百人并不是难事。此时，在拍卖场中央位置的灯光下，一个身着红色裙子的美丽女人，正用那妩媚的声音为场内的所有人解读着手中物品的功能。在女人娇滴滴的声音中，那件其实并不算太稀奇的物品的价格，正在以一个火热的速度节节攀升。

寻了一个偏僻的位置，萧炎安静地坐了下来，目光扫过场中的那个美丽女人，以他的眼力，自然能够看出，这场中的大多数人都是为她而来。米特尔拍卖场首席拍卖师——雅妃，乌坦城几乎无人不晓的美人，成熟妩媚，很多男人都拜倒在她的石榴裙之下。

视线随意地在雅妃手中的物品上扫了扫，萧炎便失去了兴致，他可没那么多钱买一个废物回去。萧炎将目光从女人身上移开，然后在拍卖场内缓缓地移动着。

"呃……父亲？"移动的目光忽然一顿，萧炎瞟见了坐在最前排位置的一个中年人，当下不由得一脸愕然与古怪，"难道父亲也对这女人有兴趣？"

古怪的念头只存在了一刹那便被抛弃，因为萧炎发现，父亲的目光并未停在雅妃身上，而是一脸平静，似乎是在等待着什么。

"父亲来这里做什么？"心头嘀咕了一声，萧炎目光移动，有些惊愕地发现，与萧家齐名的另外两大家族加列家族、奥巴家族的两位族长都在此处。

"这里有即将拍卖的东西在吸引着他们！"心中念头一闪，眉尖轻挑了挑，萧炎有些好奇地摸了摸鼻子，究竟是什么东西竟然把三大家族的族长都给吸引来了？

不得不说，这个叫雅妃的女人是个调动气氛的好手，她的一颦一笑，使拍卖物的价格一阵疾飙。而每当此时，这个女人还会对着竞价之人送去妩媚的微笑，本来还在肉疼的竞价之人，立马精神抖擞。

场内的气氛，在这妩媚女人的掩嘴轻笑间，始终十分热烈。

"哈哈，各位，刚刚拍卖场接到一样新的拍卖物，我想，大家一定会感兴趣。"拍卖完手中的物品，雅妃忽然笑吟吟地说道，玉手一挥，一名侍从赶忙端上来一个玉盘，盘中放着一个白玉瓶。

"这是二品丹药。"纤手小心地拿起白玉瓶，雅妃的妩媚声音，使得会场一静，片刻后，嘈杂声顿时响了起来。在斗气大陆之上，最受人追捧的东西，便是炼药师所炼制的各种丹药。"此物名为筑基灵液，只对斗者之下的人有效，用此灵液浸泡身子，能够让修炼速度加快！各位如果想让自己的子孙成为少年天才，那可不要错过哦。"

"筑基灵液？竟然能够提升斗之气的修炼速度？雅妃小姐，那个阶段的人，似乎经不起丹药的冲击吧？"场中不乏冷静之人，略微沉默之后，便有人发问。

"此灵液经过我们拍卖会的谷尼大师亲自鉴定，品阶属二品，绝不会出问题，各位可以放心。"雅妃笑道。

听到丹药由谷尼大师亲自鉴定，场内的声音顿时小了许多。谁都知道，谷尼大师是二品炼药师，整个乌坦城，即使是三大家族的族长见到他，也不敢有丝毫怠慢。

萧炎悠闲地靠在椅子上，望着场内热闹的气氛，心头不由得松了一口气，看来这筑基灵液，应该能为自己带来不小的收获。他的目光不着痕迹地移向自己的父亲，却发现父亲的脸色似乎忽然间有些激动。略微一愣，似是想起了什么，萧炎心头有些感动。

"灵液起步价格在八千金币，请各位出价吧！"雅妃含笑道，目光在场中移了一圈，最后停在坐于最前面的三大家族族长身上，她心中清楚，这三位才是竞价的主要人物。

"八千五！"雅妃的话音刚落，就有人喊出了价格。

"九千！"加价的声音紧跟其后。

场内的价格不断提升，只是片刻，便已到了一万三的价格。

萧炎的父亲脸色虽然有些激动，但是他并未立刻喊价，而是微闭着眼睛，等待着那些"小虾米"的哄闹结束。

竞价又持续了片刻，声音终于弱了下来，与此同时，与萧战并排而坐的一位老者，淡淡地出声："两万！"

会场中立刻安静了下来，一些人望着面无表情的老者，只得沮丧地坐了回去，他们可没实力和加列家族相争。

"嘿嘿，加列毕，你儿子不是已经晋升斗者了吗？怎么还打这筑基灵液的主意？"一名中年汉子转过头皮笑肉不笑地问道。

"奥巴帕，我给我未来孙子买不行吗？"加列毕明显与这中年汉子不对路，冷笑道。

"那你也得有那个福气，说不定你儿子哪天就被人剪断了命根子……"心头诅咒了一声，奥巴帕也开口喊道："两万三！"

"两万五！"

不到十分钟的时间，在场内众人惊愕的目光中，两人竟然如同恶狗抢食一般，将筑基灵液抬到了三万一的价位。

"四万！"闭目中的萧战，忽然出声。

所有目光都转移到萧战身上，就连奥巴帕与加列毕，也被他镇住了。

"嘿嘿，看来萧族长对这筑基灵液是志在必得啊。"加列毕笑道。

萧战瞥了他一眼，淡淡地说道："你想要，出价抢就是，我绝对不会再跟。"

加列毕脸皮一抖，似乎是在思考萧战此话的真假。片刻后，他摇了摇头，此次他的目的是那件东西，而不是这筑基灵液，现在胡乱花费资金，无疑不是明智的决定。一旁的奥巴帕见加列毕退了回去，也耸了耸肩，筑基灵液虽然吸引人，但是同样不是他的目的，所以，撤。

"萧战族长出价四万金币，可还有人加价？"望着平静的拍卖场，雅妃微笑道。

"既然无人加价,那么此筑基灵液,便由萧战族长买下!"见到没有人应声,雅妃见好就收,手中的小槌在桌上轻轻一敲,便定下了买主。

偏僻处,萧炎有些哭笑不得,搞了半天,没想到竟然敲诈到自己父亲头上去了。

"下面,便是此次拍卖会的最后一件物品!"将玉瓶收起,雅妃玉手一挥,高台上的灯光就暗淡了下来。她微微弯身,从台中取出一个银盘,银盘之中盛着一卷青色的古朴卷轴。卷轴略微泛着青光,在银盘的衬托下,颇为神秘。

"玄阶高级功法,风卷诀!"

第七章
风卷诀之争

"玄阶高级功法"几个字一出,拍卖场内,骤然寂静。

与先前的筑基灵液相比,玄阶高级斗气功法无疑更加震撼人心。

丹药虽珍贵,但只可用于一时,而斗气功法,却能够用于一生,甚至还能传承给子孙后代。从某种角度来说,高阶的斗气功法,比丹药更要让人疯狂!毕竟,只要拥有高阶功法,就算没有灵药的支持,迟早也能成为一方强者;而若是没有功法,只有灵药,那就是把丹药当豆子吃,也难以成为真正的强者。

片刻后,会场中陆续有人回过神来,一道道炽热的目光死死地盯着台上的青色卷轴,就连那美丽动人的雅妃,似乎也在此刻被大家遗忘了。

坐于后方的萧炎轻轻地吐了一口气,玄阶高级功法?这种等级的功法,比他们萧家顶级的狂狮怒罡,还要高上一级。难怪今日乌坦城三大家族的族长都亲自来到此处,原来是在打这东西的主意。

"玄阶高级啊……"目光悠悠地在青色卷轴之上扫过,萧炎下意识地舔了舔嘴唇。只要谁拥有这个卷轴,那么他就拥有走向强者之路的通行证,几十年后,

乌坦城将会出现一个和三大家族平起平坐的势力。

"一个玄阶高级功法而已,有什么好稀奇的。"就在萧炎有些感叹之时,药老的声音,却不合时宜地在心中响了起来。

"而已……"萧炎翻了翻白眼,他跟这眼界已经高到天上去的老头儿实在无法沟通,只得撇了撇嘴,保持沉默。

"小家伙,安心修炼吧,等你成为斗者的那天,我让你见见什么才叫高阶功法!"药老在说完话之后,便沉默了。

抿了抿嘴,萧炎嘀咕道:"希望吧。"

"各位,这卷玄阶功法是一名猎人侥幸在山中所得,应该是前人所留,来历正统,并不会带来什么麻烦,大家尽可以安心拍卖。"雅妃玉手轻轻捧起青色卷轴,笑盈盈地说道。

"雅妃小姐,快点报价格吧!"场下已有人迫不及待地大喊道。

美丽的脸颊上保持着妩媚的笑容,雅妃微笑道:"风卷诀,拍卖底价,二十万金币!"

这天价一出,会场内一片安静,显然,很多人根本没实力拍下这东西。萧炎忍不住地摇了摇头,这女人还真是杀人不见血,太狠了,二十万金币,那可是萧家足足两年的收入啊。前排的萧战三人也抖了抖面皮,不过他们也无可奈何,这东西,一个愿打,一个愿挨,你不买,有的是人买。

面对着有些尴尬的冷场,雅妃却并未有什么异样神色,笑容依旧迷人。她非常清楚这玄阶高级功法的吸引力,一些人即使是倾家荡产,也想把这东西收入囊中。

正如她的意料,冷场并未持续多久,一个有些秃顶的中年男子首先颤巍巍地喊出了价格:"二十一万!"

萧炎的目光顺着声音瞟了瞟,他认识这个秃顶中年人,这是乌坦城的武器大亨,几乎垄断了乌坦城的武器销售,虽然势力比不上三大家族,但是在乌坦

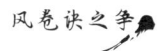

城中，也算是一个人物了。

"二十三万！"在中年人喊价之后，一个黄衣老者也紧跟而上。黄衣老者是乌坦城中的大药商，手下有好几家药材店，资财也算丰厚。

狠狠地瞪了一眼老者，秃顶中年人再次高喊："二十四万！"

会场之中，零零散散地有喊价声响起，毕竟二十多万的高价，足以让很多人望而却步。

"三十万！"在两人已经外强中干的时候，第一排的加列毕，终于冷冷地出声了。

加列毕的喊价一出口，两人就软了下来，闷头缩了回去。

"三十三万！"在乌坦城，能与加列家族相竞争的，便只有萧家与奥巴家了，而现在出价的，正是奥巴家的族长奥巴帕。

阴冷地瞥了一眼奥巴帕，加列毕冷声道："三十五万！"

眼角抽了抽，奥巴帕咧嘴道："三十七万！"

"三十八万！"

"四十万！"

面对着奥巴帕的不断加价，加列毕毫不犹豫地立马跟了上去，俨然一副志在必得的模样。

在价格停留在四十三万的时候，奥巴帕不得不停下了这场竞争。四十三万，已经足以让此时的奥巴家族陷入经济危机了。

"四十五万！"见到奥巴帕退缩，加列毕还未来得及欣喜，萧战淡淡的声音，又让他脸色阴沉。

阴冷的目光狠狠地剜了萧战一眼，加列毕心头满是火气，三大家族之中，萧家与奥巴家都拥有玄阶中级的斗气功法，而唯有他加列家族，只有玄阶低级的功法，所以加列毕此次真的下了狠心。

在奥巴帕那幸灾乐祸的目光中，加列毕咬牙切齿道："四十六万！"

"五十万!"脸色淡漠的萧战,报出了让满场哗然的天价。

高台上,望着争得火热的两人,雅妃那美丽的笑容变得更加诱人了。

"五十五万!"加列毕眼睛略微泛着红丝,在沉默了片刻之后,孤注一掷地冷喝道。

"你赢了。"出乎所有人的意料,萧战在听见加列毕的此次报价之后,却是微微一笑,冲着加列毕戏谑道。

加列毕有些愕然,片刻后,他脸色沉了下来,清醒过来的他此刻才知道,自己被耍了。

"萧战,你狠!给我记着!"怨恨地瞪了萧战一眼,加列毕抬头望着有些错愕的雅妃,怒气更是大盛。他阴沉着脸,尽量压抑着怒气,"雅妃小姐,该说结束了吧?"

并未因为加列毕的怒视而有什么不悦的表情,雅妃笑了笑,低垂的眼睛中有着一抹嘲弄与戏谑,玉手中的小槌,在加列毕紧紧的注视中,敲了下来:"风卷诀,由加列毕族长成功拍得!"

望着这一幕,萧炎忍不住笑了笑,缓缓地站起身子,走出了拍卖场。"把钱拿到手后,就开始努力修炼吧。一年后,还要给父亲一个惊喜呢。"出门的时候,萧炎低笑着喃喃道。

出了一号拍卖室,萧炎再次回到了鉴宝室,在那中年人敬畏的目光中,安静地垂首等待。半晌之后,一阵有些急促的脚步声自外传来,两道人影推门而入。

"哈哈,这位便是筑基灵液的主人吗?先生应该是第一次来乌坦城吧?"

萧炎将脸深埋入斗篷之中,微微点了点头,与此同时,药老干涩的声音传来:"拍卖成功了?把钱交给我吧,我还有事!"

雅妃玉手掩着红唇,笑吟吟地道:"烦请老先生再等等,一些手续还在办理之中。"

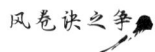

微微点了点头,萧炎也不开口,将目光从这女人身上移开,然后保持着沉默。

望着面前这全身包裹在黑斗篷中的怪人,雅妃轻轻皱了皱黛眉,看来自己引以为傲的容貌在这位神秘人面前并没有取得什么效果,当下无奈地撇了撇红润小嘴,目光隐晦地从神秘人身上扫过,想从一些细小之处分辨出其身份。扫视完毕,雅妃心头有些失望,目光与一旁的谷尼大师触碰了一下,贝齿轻咬着红唇,声音温柔地轻声询问:"老先生,雅妃很少见到没有佩戴徽章的炼药师,不知道老先生尊姓?"

"怎么?女娃娃,来这地方,还得自报身份不成?"药老淡淡地问道。

"哈哈,雅妃只是好奇而已,老先生若是不想说,雅妃自然不敢强问。"雅妃笑道。

眼睛透过斗篷的边缘,望着身旁的那对掩在紧身红裙中的雪白小脚,萧炎有些无奈。这雅妃能够成为米特尔拍卖场的首席拍卖师,自然不会是省油的灯,都说红颜祸水,乌坦城内觊觎她美貌之人不知有多少,可谁也不敢认为,这女人只是一个拥有美貌的花瓶。

与这么一个精明的女人在一起,萧炎如履薄冰,他害怕这女人会发现些什么。不过还好,有药老出声,这不知道来头的老狐狸,可不会受旁边这只妖精的半点诱惑。

雅妃一直未能套出半点有用的话来,到最后,这女人也只得放弃了这个念头,笑吟吟地取出一张贴身水晶卡,卡上绘有米特尔家族的族徽。

"老先生,这是米特尔拍卖场的贵宾卡,只要先生持着卡片到米特尔家族的任何一家拍卖场,都将会受到贵宾待遇。同时,拍卖所需要缴纳的手续费,也将会从百分之五,降成百分之二。"

闻言,萧炎挑了挑眉头,与前面的一大通废话相比,他更喜欢这种实质性的东西,略微沉吟,便伸手接过了水晶卡。

望着那伸出的修长白皙手掌,雅妃眸中掠过一抹诧异:明明声音苍老干涩,却拥有一双宛如少年的干净手掌,这人究竟是什么身份?

此时,一名侍女从外跑进来,将一张绿色卡片恭敬地递给了雅妃。

"老先生,筑基灵液拍卖出四万金币的价格,扣去百分之二的手续费,所余,全在此处。"雅妃微笑着将绿色卡片递了过来。

接过绿色卡片,萧炎心中终于松了一口气,自己以后修炼的资本,可都在这里啊,这些钱足以让自己安心修炼到斗者级别。

既然钱已到手,萧炎也不想再停留,对着雅妃随意地摆了摆手,苍老的声音淡淡地说道:"我可以走了吧?"

"哈哈,当然,老先生日后若是还需要拍卖什么丹药,可得关照米特尔拍卖场啊。"雅妃嫣然笑道。

"嗯。"随意地应了一声,萧炎站起身来,头也不回地走出了这要人命的房间。

望着萧炎逐渐消失的背影,雅妃俏脸上的笑容缓缓收敛,黛眉轻蹙,走到桌旁,有些慵懒地靠在椅上,曲线毕露。

"谷尼叔叔,他真是炼药师?"略微沉默了一会儿,雅妃轻声问道。

"嗯,而且炼药术只会比我强,至少,那二品的筑基灵液,我是炼制不出来的。"谷尼对着雅妃躬了躬身,叹息道。

"有药方都不行?"眼睛微眯,雅妃红润的小嘴微翘。

听着雅妃这话,谷尼脸色一惊,急忙道:"药方是每个炼药师的命根子,小姐可千万不要去打他的主意,随意惹恼一位不知等级的炼药师,即使是米特尔家族,也难以承受。几十年前,当时闻名加玛帝国的切克家族就是因为想打丹王古河药方的主意,最后硬是被人家请动四位斗王强者,将家族毁了个干干净净,这事闹到最后,就连加玛帝国皇室,也不敢多加干涉!

"虽说现在我们家族的势力已经远超当时的切克家族,但还是不要轻易得罪一些神秘炼药师为好。要知道，炼药师根本就是个马蜂窝，只要你一捅，他立马就能找来数不尽的朋友，而且也有很多强者，非常乐意让一名炼药师欠他们一个人情。"

望着有些惊慌的谷尼，雅妃无奈地揉了揉光洁的额头，苦笑道："谷尼叔叔，你说什么呢，我哪有打他的主意？你还真当雅妃这几年白练了吗？"

"我这不是提醒你嘛。"听完雅妃的话，谷尼也松了一口气，他可真怕这妮子做出什么傻事来。

撇了撇小嘴，雅妃玉手托着香腮，轻轻地叹了一口气。炼药师，还真是一群恐怖的人呢，可为什么自己就没这项天赋呢？

有些鬼鬼祟祟地溜进自己的房间，萧炎快速地关上房门，然后飞快地跑到房间的角落，从怀中掏出一大堆药草和几颗魔晶，小心翼翼地摆放进柜子里。深深嗅了嗅满手的药材气味，他嘿嘿笑着松了一口气。

为了能够潜心修炼，此次萧炎足足购买了八个月的药材量，看这模样，他今年剩下的日子，是打算在苦修中度过了。

拍了拍柜子，萧炎嘴角一咧，慵懒地行到床榻边，一头倒了下去。大半天的奔波，着实让他有些疲惫。

"炎儿，在吗？"有些迷糊间，敲门声忽然传来。

睁开蒙眬的眼睛，萧炎赶忙跳下床，打开房门，望着站在门外的萧战，摸了摸头，问道："父亲，有事吗？"

"没事就不能来找你了？你这小家伙，可躲我两个月了。"用硕大的手掌亲昵地揉了揉萧炎的脑袋，萧战笑斥道。

望着萧战那温醇的笑容，萧炎心头有些感动，抽了下有点儿发酸的鼻子，却不知说些什么。

"还在为那事自责呢？哈哈，她看不上我儿子，是她的损失，有什么好伤心

的？大男人，何必做这副小女儿姿态？我知道，我萧战的儿子，绝不是废物！"萧战豪迈地说道。

"父亲，三年后，炎儿会亲自去云岚宗。"萧炎笑了笑，轻声道。

萧战笑容略微收敛，眼睛紧盯着萧炎，有些迟疑地说道："父亲倒没什么，你……真打算去？父亲不是说你比不上纳兰嫣然，可云岚宗的实力……"

萧炎微微一笑，点了点头，薄薄的嘴唇抿成了一条有些倔强的曲线："父亲，有些事，躲不了。是男人，就得承担。"

"哈哈，这性子，倒是和我很像，两个哥哥知道你能这么想，也会很高兴的。"萧战轻叹了一声，旋即重重地点了点头，"好，父亲我就等着儿子给我长脸！我要纳兰肃那老浑蛋带着聘礼求我收回当初的那纸休书！"

萧炎点头，失笑。

"喏，给你，就当是父亲给你的赞助！"萧战从怀中掏出一只萧炎极为熟悉的白玉瓶，递了过来。

望着这转了一圈，又回到自己手上的筑基灵液，萧炎心头有些哭笑不得。不过他的脸上却保持着疑惑的表情："父亲，这是……"

"筑基灵液，能够加快斗之气的修炼速度，今天拍卖到的。"萧战咧嘴笑道。

"费了不少钱吧？"接过白玉瓶，萧炎心头有暖流淌过。

"四万金币，不过只要对你有用，也算物超所值了。"萧战不在意地笑道。

"您花四万金币给我买了这筑基灵液，大长老他们，恐怕又得以此为借口生事了。"萧炎苦笑道。

"我才是一族之长，他们顶多动动嘴皮子罢了。"萧战冷哼道。

"父亲，谢谢您了。一年后的成年仪式上，我会让他们聒噪的嘴全部闭上。"萧炎抿了抿嘴，轻笑道。

"好，我等着我儿子再次蜕变的那一刻！"虽然不知道萧炎哪里来的信心，但是萧战对儿子这副信心十足的模样倒是极为欢喜。

"好了，也不妨碍你休息了，有事就来找我，自家人，有什么不好意思的。"摆了摆手，萧战转身便大踏步地向着前院行去。

"妈的，还得去应付那几个老不死的，不就是花了四万金币嘛，一个个急得跟吃了他们棺材本一样。"隐隐约约，萧战的骂声从黑暗中传出。

望着消失在黑暗中的萧战，萧炎摸了摸鼻子，微笑着低声道："放心吧，父亲，我会用实际行动让那些家伙闭嘴的。三年前，我能让他们仰望，三年后，我依然能！"

伫立在门口半晌后，萧炎收好手中的白玉瓶，斜瞥着墙角处，戏谑道："妮子，偷听人说话，很好玩吧？"

"萧炎哥哥，感觉很敏锐嘛。"墙角处，紫裙少女翩翩闪出，微偏着小脑袋，美丽的小脸之上，笑意盈盈。

望着一脸俏皮的少女，萧炎无奈地摇了摇头。

"萧炎哥哥下午去哪儿了？"莲步轻移，薰儿走上前来，笑问道。

"随便出去逛了逛。"

"是吗？"秋水眸子上下打量，薰儿忽然上前一步，微微弯着身子，俏鼻轻轻皱了皱，"有女人的香味呢。"

"咳，别闹，哪有什么女人的香味。"萧炎稚嫩的脸微微一红，好在天黑，薰儿也看不太清。

"嘻嘻。"似乎挺喜欢萧炎的窘态，薰儿发出一阵银铃般的娇笑，片刻后，她止住笑声，略微沉默，柔声道，"刚才萧叔叔的话，我也听见了，我相信萧炎哥哥，嗯……如果日后真要上云岚宗，薰儿可以帮忙哦！"

闻言，萧炎眨了眨眼睛，紧紧地盯着少女俏美的小脸。

在萧炎这毫不收敛的目光下，薰儿清雅的小脸缓缓地浮上一抹娇羞的红潮，低声嗔怪道："萧炎哥哥，你看什么呢？"

"嘿嘿，薰儿也会脸红，真是少见。"片刻后，萧炎忽然笑着打趣道。

薰儿翻了翻白眼，心头嘀咕道："也就你会这么盯着人家看。"

"好了，好了，对萧炎哥哥有点儿信心嘛。云岚宗虽然强大，但是我还年轻，有的是时间，那云韵能娇惯出纳兰嫣然那种女人，想必也好不到哪里去。"萧炎笑着揉了揉少女的青丝，"好了，天晚了，回去休息吧。"

望着挥手的萧炎，薰儿只得点头，然后在他的目送下，缓缓行进了黑暗之中。转过一处走廊，房间中忽然传来萧战和几位长老的争吵声，而争吵的内容，正是那四万金币的去处。

脚步一顿，薰儿微皱浅浅的柳眉，轻叹了一口气，修长的玉指一夹，一张紫金卡出现在指间。指尖在紫金卡之上轻轻一弹，金卡化为一抹金光射进了争吵不休的房间之中。

随意地瞥了一眼忽然安静下来的房间，薰儿淡淡地说道："那筑基灵液的钱，就当是我出的吧。卡中有十万金币，几位长老不必为难萧叔叔。"

房间之中，一片寂静，片刻后，方才传出三位长老苦笑的应诺声。

"八极崩！"山巅小树林之中，清冷的喝声猛然响起。

一道敏捷的影子在林间灵活跳跃，树林间密布的荆棘，并未给他带来丝毫的阻碍。下一刻，影子突兀地在一株足有半米粗细的大树前停了下来，双脚一错，身子半斜，手肘猛地轰在了大树上。砰！一声闷响，木屑四溅，蜘蛛网般的裂缝，沿着肘击之处，扩散蔓延。

被一肘轰出了大半个空洞的大树，发出嘎吱的摇晃之声，片刻之后，终于无力地轰然倒地。在大树倒下的时候，那道宛如灵猴般矫健的影子抢先一步退开了，然后轻飘飘地落在一块青色巨石之上。

望着自己所取得的成果，萧炎清秀的小脸上满是欣喜的笑容。三个月以来，这还是他第一次成功使出八极崩这种玄阶高级的斗技。而这八极崩也的确没有辜负萧炎的期待，仅仅是六段斗之气所发挥出来的破坏力，便足够惊人！

初阶斗之气越到后面，升级速度越是缓慢。自从上次买齐药物之后，萧炎已经闭门苦修三个月，在第三个月的最后几天，萧炎从五段斗之气晋升为六段斗之气。

三个月提升了一段斗之气，虽然这速度比起前面两段似乎慢了许多，但是萧炎十分满足。想当年，他可是足足修炼了大半年，才从五段斗之气到达六段斗之气，如今这速度已经很快了。

打出了一记八极崩，萧炎浑身犹如被忽然挤干了水的海绵一般，酸麻的痛感不断地侵蚀着神经，手臂上的青筋轻微跳动着，那是用力过度的征兆。舔了舔嘴，萧炎艰难地微偏过头，望着自己的右手肘处，那里已经一片通红。

嘴角一咧，萧炎吸了一口凉气，苦笑着嘀咕道："难怪要经历那么严酷的挨打训练，不然，这一击用出来，断的不是树，而是我的手臂吧。这八极崩，简直是在比谁的身体更硬。"

全身乏力地躺在冰凉的巨石上，萧炎略微急促的呼吸，也缓缓地平稳了下来，不过身体中的酸麻感觉，使他连手指头都不想动一下。以萧炎此时的六段斗之气，顶多只能够使用一记八极崩，而使用过后，他便会完全脱力，直到体力恢复为止。

萧炎仰着头，微眯着眼睛，懒懒地望着蔚蓝天空上飘荡的云朵，轻风拂过，一缕黑色头发拍打在额头之上。身体深处，吸收了好几个月的筑基灵液，也在此刻从各处角落悄悄地渗透而出，不着痕迹地修复着疲惫的肌肉与筋脉，使它们能够以最快的速度，给主人带去力量。

"老师，我还需要多久才能晋升七段斗之气？"微闭着眼睛，萧炎忽然低声道。

只要晋升七段斗之气，他就具备了进入斗气阁找寻功法的资格。虽然现在的他已经看不上萧家的那些斗气功法，但是自己必须具备这个资格，因为这关系到父亲的颜面。

　　一阵清风刮过，药老透明的身形，出现在了巨石之旁。目光中带着笑意，药老先是打量了一下地上断裂的大树，然后微微点头，略微沉吟，笑着说道："你的修炼速度有些出乎我的意料，本来我以为即使有着灵液的帮助，你也需要一年才能进入七段斗之气。或许是因为以前压抑得太过猛烈吧，现在反弹起来，也更加疯狂。照这进度，两个月之内，一定能进入七段斗之气。"

　　闻言，萧炎嘴唇扬起了淡淡的弧度，他很想知道，当那些在过去三年中对自己万般嘲讽的族人，看见自己展现实力的时候，会是何种表情。自己当日在大厅中对纳兰嫣然所说的话，又何尝不是在对他们说。"我萧炎三年前能创造奇迹，三年后，我依然能！"目光微微闪烁，萧炎想起五个月之前，在大厅各种不屑嘲讽的目光中，自己那有些孤单的背影，倔强而执着！

　　"纳兰嫣然，我正在一步步地朝你走过去，你等着吧！三年之后，我们云岚宗见！"少年猛地跳起身子，仰头对着一望无际的天空咆哮。

　　望着那咆哮的少年，药老微微一笑，并未阻拦。人，需要压力才会成熟，现在的萧炎，天赋够了，需要的是鞭策！纳兰嫣然的出现，给了他最好的压力。

　　"拿她当作你的试炼石吧。成为强者的路，你还要走很久！"

　　"走，回家修炼！"吼了几嗓子，萧炎小脸上的笑意更是明显了几分。他跳下巨石，对着药老一招手，向着山脚冲去。

第八章
七段斗之气

时间如流水，总在不经意间，悄悄地从指缝溜走。炎热的夏季已经被凉爽的秋天所取代，葱郁的枝头，开始掺杂点点枯黄。

依旧是那间整洁的小屋，阳光洒进，亮斑四布。房内的木盆中，少年双目紧闭，双手结印，呼吸绵密。

大半年的苦修，令少年清秀稚嫩的脸上多出了一抹坚毅，紧紧抿在一起的嘴唇，透着几分倔强。原本白皙的皮肤，在几个月的挨打培训中，已经略微偏黄，看似并不太强健的小身板，却蕴含着如同猎豹一般的凶猛爆发力。

不管从何种角度来看，少年，似乎正在以一种恐怖的速度进行着蜕变，当这种蜕变完成之后，会让所有人感到震撼！

在少年那极为流畅的呼吸间，一丝丝青色气流，缓缓地从木盆之中渗透而出，最后顺着少年的呼吸，灌进了体内。

"今天一定能突破到七段斗之气！"正在修炼间，萧炎心头忽然冒出一个信心十足的念头来，念头来得毫无缘由，自然而然地出现在他心中。在前一个月

中,萧炎曾好几次冲击七段斗之气,不过无一例外,最后都以失败而收场。

突如其来的念头使萧炎的手印颤了颤,差点儿一个把持不住,从修炼状态中退出去,不过好在萧炎定力不错,强行压抑住心头的那抹激动。他屏气凝神,努力地让自己的心境安稳下来。

呼吸缓缓平稳,萧炎开始贪婪地吸取着外界能量,以备冲击七段斗之气之需。木盆之中,青色液体微微波动,异彩闪烁,一丝丝温和的能量气流,从液体之中散发而出,争先恐后地钻进萧炎的体内。淡青色的气流越涌越多,只是片刻时间,不仅将萧炎的身体完全遮掩,就连那硕大的木盆,也变得若隐若现,远远看去,颇为奇异。

在萧炎这般无止境的索取之下,盆中青色液体的颜色,开始以肉眼可见的速度变淡。因为能量大量涌入,萧炎的小脸有些红,而且隐隐有淡青光芒透出。冲击七段斗之气的萧炎,无疑已经变成了一个大磁铁,不仅周围空间中的斗之气被其迅速吸入,就连木盆中的淡青液体,也开始出现一个个细小的漩涡。

初阶九段斗之气,一至三段为低级,四至六段为中级,七至九段为高级。七段斗之气,可以说是初阶斗之气的分水岭。只要到达了七段,就进入了初阶的高级阶段,此时,其体内所储存的斗之气,将会是六段斗之气的几倍。所以,七段斗之气,一般也被认为是成为斗者的第一把钥匙,其重要程度不言而喻。

伴随着青色气流的急速涌出,木盆之中,青色液体的颜色越来越淡。终于,青色液体再次变成一盆清澈见底的透明清水。没有了筑基灵液的能量支持,萧炎脸上的淡青色缓缓淡了下来,现在的他,只能从周身空气中,吸取微薄的斗之气来维持冲击之用。

吸收空气中的斗之气虽然也能支撑萧炎完成冲击,但是这需要的时间不仅更长,而且到时候就算突破了,其体内的斗之气也需要温养一个月之久,才能恢复到充盈的地步。

现在的萧炎,最缺少的便是时间!

在灵液药力消失的一刹那，萧炎手指上的黑色戒指光芒微闪，一滴翡翠颜色的极品筑基灵液，再次落入木盆之中，顿时，透明的清水又化为深青色。

有了这一滴新鲜灵液的支持，萧炎的精神为之一振，在心中对着药老感谢了一声之后，双手保持结印的同时，心神控制着呼吸，疯狂地吸收着那扑面而来的浓郁能量。

毫无止境的索取在持续了足足半个小时后，终于逐渐缓了下来，而此时，深青色的液体又变淡了几分。当最后一丝温和能量顺着呼吸钻进了体内，萧炎的身子略微僵硬，旋即猛地一阵剧烈颤抖，小腹微微收缩，萧炎眼睛骤然睁开，漆黑的眼瞳中，青白两色光芒急速掠过，嘴巴微微张大，一口有些浑浊的气体被吐了出来。

浑浊气体一离体，萧炎的小脸顿时精神了几分。睁开眼睛愣了半晌，萧炎这才扭了扭脖子，发出一阵清脆的骨头声响，手掌微微握了握，一股充实的力量让他嘴角挑起了一抹喜悦。

"终于七段了啊！"微闭上眼睛，凝神感应了一下体内那充盈的斗之气，萧炎低笑着喃喃道。

躺在木盆内，身子浸在冰凉的灵液之中，萧炎有些沉醉于体内的那股充实的力量。按照寻常的突破模式，一般在到达七段之后会有一段时间的温养期，而有着筑基灵液相助的萧炎，却直接跳过这段时期，到达了斗之气充盈阶段。

在木盆中静坐了一会儿，待欣喜的心情逐渐平复之后，萧炎这才慢吞吞地站起身来，赤裸的身子沾着淡青的水珠，在阳光的反射下，闪耀着异彩。慵懒地伸了一个懒腰，体内的骨骼犹如重生一般，响起一阵清脆的噼里啪啦声。随意扭了扭头，萧炎右手对着床榻一招，吸力喷射而出，顿时将衣物卷入了掌心之中。

"不错，斗之气果然充沛了不少。凭现在的吸力，应该能挪动一个人了吧？"穿好衣物，萧炎眉头微皱，喃喃道，"可惜，这吸掌似乎并没有多大的攻击力，

强行抽取对手体内血液,也只能对付远比自己实力弱的人,对实力更强的对手,却是有些鞭长莫及了。"

想到此处,萧炎有些遗憾地叹了一口气,这可算是他的第一个斗技啊。抿了抿嘴,萧炎刚欲踏出木盆,心头突然一动。眼瞳散发着莫名的亮光,萧炎缓缓地弯曲右掌,双眼紧紧地盯着自己的手掌,片刻后,手掌隔着半尺距离,对准了一只花瓶。舔了舔嘴唇,萧炎体内的斗之气没有经过任何特定的脉络,就这般直直地从掌心中喷发而出。

斗气外放,至少需要大斗师级别,才能勉强做到,所以,萧炎的此次举动,除了制造出一阵不大不小的风之外,并未有其他半点效果。这阵风将那只花瓶吹得剧烈地摇晃了几下,差点儿摔落桌子。

萧炎不仅未失望,反而一脸欣喜,有些兴奋地搓了搓手,快速地后退了几尺,右掌再次对准花瓶。"吸掌!"一声轻喝,强大的吸力顿时将花瓶扯得急速飞向萧炎。

就在花瓶即将到达萧炎面前三尺之时,萧炎手心中的吸力骤然一收,体内斗之气全部从掌心处喷出,顿时,一股强烈的风,狠狠地吹在了那急速飞来的花瓶之上。

两股方向截然相反的力量,在半空中相遇,而力量中心的花瓶,砰的一声,化成细小碎片,暴射而出。

望着自己这掌所取得的效果,萧炎小脸上满是惊喜,吸力与反推力的对碰所造成的破坏力,远超他的意料。虽然体内充盈的斗之气在先前制造反推力的过程中已经被消耗殆尽,但是萧炎极为兴奋。那股反推力,他只是运用了最低级的运功方式,这种方式不仅耗力极大,而且所取得的效果也小得可怜。如果他能有类似吸掌这种专门发挥吸力的反推力斗技,再两相配合,他敢肯定,威力将会极为强悍!

"小家伙,不错,竟然能想到用这招来强化吸掌。"手指上的戒指光芒微闪,药老飘然而出，望着房间内的碎片，微微点头赞道。

萧炎嘿嘿一笑，眼睛盯着药老，一脸的讨好之意。

"如果有一种专门发挥反推力量的斗技，再练至炉火纯青的地步，那么你这玄阶低级的吸掌，在攻击力上，恐怕堪比玄阶中级或者高级的斗技了。"似是没有看见萧炎的脸色，药老自顾自地说道。

"老师，你也知道这种辅助斗技的罕见，我能得到这吸掌，还是靠的运气，现在你又让我去哪儿找一种能与吸掌相配合的辅助斗技啊？"萧炎挠着头，似是有些无奈地道。

"别做出那副无辜的模样了，你不就是想从我这里打秋风嘛。"翻了一记白眼，药老撇嘴道，"你这想法以前也不是没人想到过，可这两种斗技都是鸡肋的辅助斗技，很难寻见。"

"老师也没有？"闻言，萧炎小脸顿时拉了下来，郁闷不已。没有专门发挥反推力的斗技，光靠自己用斗气催发，无疑是种得不偿失的举动。

瞧着萧炎颓丧的模样，药老好笑地摇了摇头，手指揉着额头，沉吟道："以前有人求我的丹药，就用这种斗技交换，当时要不是手中正好有一颗闲置的丹药，我也不会和那人交易。这事太久了，要不是今天被你提醒了，我恐怕真要忘记了。"

"好了……找到了。"药老手指移开额头，然后在萧炎欣喜若狂的目光中，轻点在萧炎的额头之上。大量的信息灌入其中，萧炎脑子发胀，好半响之后，才逐渐清醒过来。

"吹火掌，玄阶低级，可造出强大风压！"简简单单的说明以及老土的名字，让"玄阶低级"四个字显得极为寒碜。

"这东西的创始人是个铁匠，打了一辈子铁，因为炉火的需要，结果莫名其妙地创造出这吹火的斗技。"望着小脸有些僵硬的萧炎，药老戏谑地笑道。

翻了翻白眼，萧炎有些佩服那铁匠的能耐，创造斗技可不像打铁那么容易。

吹火掌并不难学，在药老的指点下，萧炎仅用了两个小时，便初步掌握了诀窍所在。站在房间里，萧炎跃跃欲试地望着房中唯一的花瓶，深呼吸了一口气，手掌一卷，吸力狂放："吸掌！"

花瓶对着萧炎疾飞而去。双眼紧紧地盯着飞来的花瓶，萧炎右手急忙撤去吸掌，然后体内的斗之气，顺着吹火掌的脉络运行。

"吹火掌！"就在花瓶即将砸到脑袋上之时，强横的风压猛地自萧炎掌心中狂掠而出，顿时，房间中灰土弥漫。砰！又是一声清脆的闷响，此次的花瓶，竟然直接被两股相反的力量，轰成了漫天碎末。

"好！"望着所取得的成果，萧炎眼睛发光，只要自己能够将两种斗技转换得炉火纯青，那足以让任何准备不足的人吃大亏。

拍掉身上的白色碎末，萧炎心里明白，在最后的这三个月中，自己又多出了一项训练任务。三个月之后，便要举行自己的成年仪式了。

"嘿嘿，或许很多人都在期盼着我继续出丑吧？"一片狼藉的房屋之中，少年轻声冷笑。

三个月时间，眨眼便匆匆过去大半，而距离萧炎的成人仪式，仅有一个月时间。

整洁的小屋中，萧炎双眼直愣愣地望着木盆中的青色液体，这是最后的筑基灵液了。斗之气越到后面阶段，越是难以修炼。自从上次突破到七段之后，萧炎体内的斗之气已经沉寂接近两个月了。这两个月中，不管他如何修炼，那种突破的感觉，始终未能出现。

傻子一般地盯着木盆好半响，萧炎这才无奈地摇了摇头，嘀咕道："不知依靠这最后一滴筑基灵液，能否突破到八段斗之气？"

缓缓地站直有些酸麻的身子，萧炎出乎意料地没有继续修炼斗之气，反而从衣柜中取出一套得体的黑色衣衫。

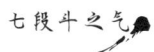

在举行成年仪式的前一个月，所有人都需要参加一项测试，测试的作用，自然是剔除那些斗之气不及格的人。斗之气在七段之上的族人，在成年仪式完毕之后，就能获得进入斗气阁寻找功法的资格；而在七段之下的族人，将会丧失这种权利，等成年仪式一过，就会被分配到家族的各处产业中去，日后若非表现杰出，或者修炼速度赶上其他优秀族人，否则很难再成为家族内部成员。

刚刚换好衣物，门口传来轻轻的敲门声："萧炎哥哥，在吗？"

听见少女清脆的声音，萧炎眉尖挑了挑，扣好衣服，双手抓起木盆，将其藏到隐蔽角落之后，这才慢悠悠地行至房门旁，将门一把拉开。温暖的阳光顿时扑洒而进，照在那一身黑衫的少年身上，让少年看上去分外精神。房门外，少女亭亭玉立，清爽的淡绿衣饰将她的美丽完美地衬托出来，小蛮腰上随意地束着一条紫色衣带，微风拂过，紫带飘扬。

萧炎上下打量了一下薰儿，啧啧称奇："大清早的，我还以为是哪里的女神降临了呢，细看，原来是我家薰儿啊。"

听着萧炎这略带几分戏谑的赞美言语，薰儿眨了眨水灵灵的大眼睛，只是矜持地抿着小嘴微微一笑，不过，那双悄悄弯成美丽月牙儿形的柳眉，却道出了少女心头的喜悦。薰儿轻扬着精致的下巴，打量着少年。接近一年的苦修，让萧炎脱了几分稚气，清秀的小脸上多出了几分莫名的韵味；长时间的肉体训练，也使得萧炎的身板结实而健壮。

走出房间，反手关上房门，望着盯着自己、眼睛眨也不眨的薰儿，萧炎有些愕然地打量了一下自己，疑惑地问道："没什么不对的吧？"

俏美的小脸微微一红，薰儿赶忙移开了目光，抿嘴微笑道："走吧，萧炎哥哥，今天可是测试的日子，你准备好了没？"

眼睛微眯，萧炎耸了耸肩，嘴角挑起一抹若隐若现的桀骜，平摊的手掌缓缓握拢，淡笑道："废物的名头，从今天开始，就还给那些赋予我的人吧！"

望着信心十足的萧炎，薰儿偏着小脑袋，轻笑道："我相信萧炎哥哥！"

"你当然相信,你恐怕又已经看透我的实力了吧?"萧炎撇嘴无奈地说道。

薰儿莞尔,微微点了点头,可爱地摊了摊手,笑道:"三段到七段斗之气,只用了不到一年的时间,萧炎哥哥的修炼天赋,即使是薰儿,也望尘莫及啊。"

"走吧,妮子!"萧炎摸了摸鼻子,手掌亲昵地拍了拍薰儿的脑袋,然后一挥手,朝着家族后面的训练场大步行去。

望着少年那同以前的落寞黯然截然不同的背影,薰儿欣慰一笑,低声呢喃道:"萧炎哥哥,薰儿早就说过,你会寻回属于自己的尊严与荣耀的!"

巨大的青石训练场,一百多名少男少女伫立其中,阵阵喧哗声冲天而起。

训练场中立着巨大的测验魔石碑。这种测验魔石碑价值不菲,只有一些有实力的家族才有资格配备。测验魔石碑之旁,依旧是一年前那个冷漠的测验员。训练场左边的高台上,坐着家族中的一些内部人士,在中央地带,是族长萧战和三位长老。

场内,那些即将被"审判"的少男少女,正忐忑站立,一些平时表现优秀的,脸上倒并未有多少紧张神色,而一些天赋一般或者低下的,则是一脸惶恐。

萧战沉着脸望着满场脸色各异的族人,轻轻地叹了一口气:"炎儿,你能过得了这一关吗?"

"族长,时间已经快到了,萧炎怎么还未到?"萧战身旁的二长老皱眉问道。

萧战斜瞥了他一眼,淡淡道:"时间还未到,急什么?二长老怎么连这点定力都没有?"

被萧战噎了一句,二长老脸色略微有些难看,阴冷地哼道:"就算你给了他筑基灵液,也不可能让他在一年内到达七段斗之气!你别期待奇迹发生了!"

闻言,萧战大怒,他现在正烦躁着呢,这家伙却哪壶不开提哪壶,正当他打算回应之时,场中却略微骚乱了起来。萧战目光一转,看见远处广场尽头的小路之上,两道身影正缓缓而来,步伐从容,似乎并未因为今天这个重要日子而急促。微眯着眼睛望着远处黑衫少年脸上的淡淡笑容，萧战不知为何，轻舒了一口气。

望着和薰儿并肩行来的萧炎，场中的少年，脸上无一不流露出些许嫉妒。在这萧家，能和薰儿走这么近的，恐怕只有这出名的"废柴"了吧。

广场边缘处，周围簇拥着大群同龄人的萧宁盯着萧炎，眼瞳中怒意盛起。"小浑蛋，看你过了今天后，还有什么脸和薰儿在一起。"萧宁幸灾乐祸地冷笑道。

无视那一道道充斥着嫉妒与怒火的目光，萧炎领着薰儿，直接行到队伍的最后方，然后继续低声谈笑。瞧着萧炎这副轻松惬意的模样，高台上的家族高层人士不由得有些惊异："这家伙难道不知道今天的测试，将会改变他日后的道路吗？"

"嘿嘿，恐怕是打算破罐子破摔了吧。"二长老冷笑着讥讽道。

本来以为说出这话之后，身旁的萧战又要大发雷霆，可二长老等了半晌，却并未察觉到半点动静，不由得有些愕然地望着萧战。

"二长老，凡事还是等到最后再下结论吧。否则，到头来，只会自己打自己的脸。"萧战深深地看了一眼场中那垂首闭目的少年，淡淡地说。

嘴角一抽，二长老冷哼道："希望吧，我也期盼他能给我们带来点惊喜。"

"好了，时间到了，都别磨蹭了。"大长老沉声打断了两人的对话。

萧战微微点了点头，站起身来，环顾了一圈安静下来的训练场，凝声喝道："你们都是家族的新鲜血液，应该知道今天的测验对你们来说有多重要。我再宣布一下测验规则：七段斗之气以及其上判为合格，反之，则为不合格。不过，按照以往的规则，在测验完毕之后，斗之气七段以下的，有权利向七段以上的提出一次挑战，如果挑战胜利，那也能进入合格区域！既然大家都已经清楚，那么，测验开始！"

随着萧战的喝声落下，训练场上的少男少女顿时紧张了起来。测验魔石碑

之旁，冷漠的测验员踏前一步，从怀中取出花名册，冰冷的声音，使被点到名的人浑身凉飕飕的。

盘腿坐在干净的青石地板之上，萧炎平静地望着那些因为斗之气不及格而黯然痛哭的同龄人，淡漠地撇了撇嘴，心头并没有什么怜悯。这些家伙平日喜欢嘲笑比自己等级低的族人，并不值得同情。他们在比自己斗之气更低级的族人身上寻找快感之时，或许并未想到，自己迟早也会有这一天。

辱人者，人恒辱之。

坐在萧炎的身旁，薰儿小脸清雅，一副笑看云卷云舒的淡然模样，犹如纤尘不染的青莲，纤手把玩着一缕青丝，只是眼光偶尔扫向旁边的少年。与萧炎相同，她也并没有对那些失败的少男少女表示过多的关注。

"萧媚！"测验员的冰冷声音，令萧炎眉尖轻挑了挑，眼皮也慵懒地抬了起来。一旁一直关注着萧炎的薰儿，瞧着他这模样，不由得轻轻皱了皱俏鼻。

"哈哈，当初她可是对我这萧炎哥哥黏得很紧啊。"微眯着眼望着那从容上前的红衣少女，萧炎轻笑道。

薰儿眨了眨水灵的大眼睛，偏头望着萧炎嘴角那隐隐的嘲讽，微笑道："我很好奇，今天过后，她会用何种态度对萧炎哥哥。"

萧炎微微耸了耸肩，轻声道："一些东西，被毁了，就是被毁了，不管如何弥补，也有着刺眼的裂缝。这家族，能让我认同的人，不多，几人而已。"

"薰儿算吗？"红润的小嘴掀起俏皮的弧度，薰儿娇笑着问道。

萧炎笑意温醇，伸出手掌，双指夹着薰儿一缕青丝，缓缓滑下，微笑道："当然！"

薰儿目光微微迷离，那幅几乎深入灵魂的画面，又带着几分暖意缓缓出现——小时候半夜摸进自己房间的小男孩，用那笨拙得让人忍不住有些想发笑的手法温养着自己看似弱小的身体，虽然明知道并未有多大效果，但是小男孩足足坚持了两年时间。

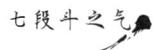

精致的小脸上浮现出可爱动人的小酒窝，薰儿略微偏着头，在心中轻声笑道："这家族，能让薰儿真心认同的人也不多，唯你一人而已。"

远处，望着萧炎对薰儿的亲昵举动，萧宁脸皮一抽，心头的嫉妒火焰，令他恨不得冲过去对着那张可恨的脸狠狠地踩上几脚。

"斗之气：八段！"

魔石碑之上，强光迸发，端正的硕大字体悬浮在石碑表面。

"萧媚，斗之气：八段，高级！"望了一眼魔石碑，冷漠的测验员微微点头，沉声公布。

听着测验员的声音，萧媚松了一口气，紧接着，小脸布满了骄傲。一年时间，从七段提升至八段，这种进度在家族中足以排上前五，也难怪她会大感满意。

测验员声音传出之后，便在训练场中引起一阵骚动，一道道羡慕的目光直射向萧媚。

"一年提升了一段斗之气，马马虎虎吧。"摸了摸鼻子，萧炎淡淡地评价道。

"嗯。"薰儿把玩着青丝应道，目光只是随意地扫了扫那犹如公主一般被众人围绕在中间的萧媚。

经过萧媚这一个高潮之后，后面的十几个人，仅有一人达到了七段斗之气，其他人都被淘汰了。

"萧薰儿！"测验员冷漠的声音，在念这个名字时，竟然带上了点情感。全场目光，随声而动，齐齐转移到那纤尘不染的俏美少女身上。

"萧炎哥哥，待会儿可不要吃惊哦！"站直身子，薰儿对着萧炎俏皮地笑道。

挑了挑眉，萧炎望着少女美丽动人的背影，喃喃道："难道晋升斗者了？"

第九章
一雪前耻

  绿衣少女缓缓行上前,训练场上有些寂静,一道道炽热的目光牢牢地盯着少女,眨也不眨。

  高台之上,所有家族高层都停止了低声交谈,目光汇聚在萧家这颗最璀璨的明珠之上。萧战以及三位长老,在脸色凝重之余,也有着一抹好奇。他们同样很想知道,经过一年的修炼,这个家族中年轻一辈的第一人,此时又走到了何种地步。

  在场中所有目光的注视之下,少女不急不缓地行至魔石碑前,小手伸出,袖口滑下,露出一截修长的皓腕。玉手轻轻触着冰凉的魔石碑,薰儿眼睛缓缓闭上,体内斗之气急速涌动。随着斗之气的输入,魔石碑在沉寂瞬间之后,强光猛地绽放:"斗者,一星!"

  望着魔石碑之上那金光闪闪的四个大字,训练场中,略微沉寂,旋即大片大片倒吸凉气的声音犹如抽风般响了起来,所有人的表情都凝固了。

  "薰儿小姐,一星斗者!"有些震撼于那金光灿灿的四个大字,测验员忍不住惊叹地摇了摇头，大声喝道。

"啧啧……十五岁的斗者……真不愧是……"听了测验员公布的结果，高台上的萧战轻吸了一口气。

三位长老微微点头，同样是满脸震撼。虽然这距离当年萧炎十二岁的成就还有一些差距，但是这种修炼速度也的确称得上惊人了。

训练场中，那被众人簇拥的萧媚，也被魔石碑上那金光灿灿的四个大字刺得有些眼花。她目光下移，望着那站立在石碑处的清雅少女，心头不由得升起些许颓丧：十五岁成为一名一星斗者，这样耀眼，自己根本没可能超越。

人群最后，萧炎惊叹地咂了咂嘴，没想到这妮子真的在一年之内晋升斗者，这种修炼速度，简直可以和使用筑基灵液的他相提并论了。

石碑下的少女似乎并不喜欢被这般关注，皱了皱秀眉，然后转身回到人群最后，对着那一脸惊叹的萧炎俏皮地翘了翘小嘴。

"别得意了，以你的天赋，有这成绩并没什么让人意外的，如果你在一年内没有晋升斗者，那我才会感到非常惊奇。"萧炎耸了耸肩。

闻言，薰儿小脸顿时拉下来，有些幽怨地给了他一记白眼。拉着薰儿再次席地而坐，萧炎托着腮帮子，无聊地望着那些继续上前测试的族人。

想在十五岁左右将斗之气修炼至第七段，一般都需要不错的天赋，但好天赋的人不多见，即使是以萧家的势力，此次达到要求的人，也不过十之二三。

随着越来越多的人不合格，训练场上的气氛有些沉闷起来，那些未通过的族人都哭丧着脸。不过，每当有别的族人不合格之时，这些人脸上，却会隐晦地掠过一抹幸灾乐祸。

盘坐在地板上，萧炎已经懒得再去观看那些测试。上百人的测试中，除了薰儿，只有一两个和萧媚一样达到了八段斗之气，至于九段，还未有一人达到。

场中未被叫到名字的人越来越少，到最后，只剩下了包括萧炎在内的寥寥几人。萧炎身前不远处的一名少年也起身测试，半晌之后，却同样是以不合格

而黯然退回。其实所有人都心知肚明,最后这十多名是家族中垫底的人,如果不是为了公平起见,恐怕会直接将这十多个名额刷掉。

"萧炎!"魔石碑之下,测验员眼神有些复杂地喊出了这最后一个名字。

"萧炎哥哥,该你了。"娇嫩的小手轻轻地拍了一下萧炎的手掌,少女轻声道。

微微抬头,萧炎睁开眼睛,目光在训练场上环视了一圈,那一道道幸灾乐祸的目光,看得他忍不住地轻声冷笑。缓缓地站起身子,萧炎将视线投向高台上的萧战,微微一笑。望着儿子的微笑,萧战欣慰地点了点头,一手端起茶杯,轻轻地靠在椅背之上。

深呼吸了一口气,萧炎大踏步地向着魔石碑行去,眉宇间忽然腾起的那股飞扬神采,使得一些想要出声嘲笑的族人尴尬地住了嘴。在满场复杂的目光注视下,萧炎来到了魔石碑之下。

望着面前的黑衫少年,测验员心中轻叹了一口气。当年,萧炎创造奇迹,是他第一个见证的;而三年中,天才一步步地陨落,也是他亲眼见证的;今日,如果没有奇迹发生的话,这应该便是少年最后一次在家族中进行测验了。

在满场注视的目光中,萧炎胸膛缓缓起伏,手掌平探而出,轻抵在了冰凉的魔石碑之上。所有目光,此刻,全部眨也不眨地死盯在魔石碑之上。他们也很清楚,这次测试,或许将会是这个曾经使得整个乌坦城为之惊叹的天才少年的最后一次测试。

魔石碑略微平静,片刻之后,强光乍放!魔石碑之上,硕大的金色字体,令在场所有人的心脏都在瞬间停止了跳动:"斗之气:七段!"

满场寂静,死一般的寂静!场中的所有人,震惊地望着石碑之上的五个大字,脸上的表情极为精彩。片刻之后,急促的呼吸声犹如风车一般,在训练场上响了起来。

咔嚓!高台之上,萧战手中的茶杯直接被捏成了粉末,茶水混杂着粉末,顺着手掌滴滴答答地掉落。

"七段……炎儿，你……真的做到了！"望着魔石碑下的黑衫少年，萧战的眼眶略微有些湿润。他知道，为了能够走到这一步，少年付出了多大的努力。

坐在萧战身旁的三位长老，同样是满脸的难以置信，一年之前还是三段斗之气，现在就变成七段了？这种速度……骇人！

"嗯，哈哈……族长购买的那筑基灵液……还，还真是强啊，哈哈。"二长老咽了一口唾沫，先前还未完全散去的讥讽与呆滞混合在一起，看起来极为精彩，他干笑了一声，讪讪地说道。

萧战眉宇间的兴奋，并没有丝毫的掩饰。他斜瞥了一眼二长老，淡淡地笑道："二长老，你难道认为二品的筑基灵液，能有这种奇效？"

二长老一滞，尴尬地摇了摇头。他又不是傻子，筑基灵液的确能够提升修炼速度，可想靠这东西在一年时间内提升四段斗之气，没有丝毫可能！

测验魔石碑旁，测验员愣愣地望着石碑上的大字，脸上的那股冷漠，也早已经被震撼所取代。

"萧炎，斗之气：七段。级别：高级！"测验员那努力想要保持镇定的声音，却依旧有几分难以掩饰的颤抖。

测验员公布结果后，本来便已寂静的训练场，更是鸦雀无声。咕噜，不知是谁吞口水的声音，突兀地在训练场中响了起来。

站在人群中央，萧媚小手捂着红润的嘴唇，小脸之上满是震撼。一年时间，提升整整四段斗之气，这种修炼速度，简直骇人听闻！即使是三年之前处于巅峰状态的萧炎，也不可能办到！

目光带着复杂的情绪，盯着那站在测验魔石碑之下的少年，萧媚心头忽然冒出一个念头：他那令人惊艳的修炼天赋，似乎又回来了！

训练场的边缘处，正准备看萧炎笑话的萧宁也呆滞地瞪着石碑上的大字，失声喃喃道："这……怎么可能？"

　　抬头望着石碑上的金色大字，萧炎轻轻地吐了一口气，周围那些忽然间变得复杂起来的目光，让他回想起了四年之前那意气风发的自己。如今修炼天赋已经归来，而且如今的自己，还有愈加成熟的心智以及坚毅的韧性。

　　深深地看了一眼这决定自己命运的石碑，萧炎轻轻一笑，云淡风轻的平淡模样，与四年前在测试过后显得得意忘形的少年判若两人。萧炎在满场目光的注视下，缓缓地行至人群最后，与薰儿那笑吟吟的目光接触了一下，然后挨着她盘腿坐了下来。

　　萧炎退下之后，场中依旧是长时间的寂静。高台之上，满脸春风得意的萧战站起身来，咳嗽了一声，将场中的目光拉了过来。

　　"测验已经完毕。下面，举行下一项吧，未合格者，有权利向合格者发出一次挑战。记住，机会只有一次！"萧战朗声道。

　　闻言，训练场中骚乱起来，那些差一线就能合格的人，顿时将火热的目光投向了那群合格者。

　　面对着对面那一道道充斥着挑衅的目光，那些优秀的族人则是不屑地扬了扬头。若是没有意外的话，一名拥有六段斗之气的人，很难正面打败七段斗之气的对手。对于这一点，那些实力在六段斗之气的人同样十分清楚，可这已经是他们最后的机会了，无论成与不成，都得拼命地试一试。

　　一时间，场中气氛有些怪异，一道道火热的视线，从那些合格者身上扫过，所有人都在暗暗挑选着最好应付的对手。盘坐在地，萧炎忽然挑了挑眉，他愕然地发现，那些人的目光，竟然有一大半落在自己的身上。

　　"我很像软柿子吗？"略微惊愕，萧炎心头有些好笑。

　　"虽然萧炎哥哥一年连跳四段斗之气很让人震撼，但是也正因为这股震撼，导致很多人心底深处有种不愿意相信的错觉，所以，他们很自然地将萧炎哥哥当成最合适的挑战之人。"一旁，薰儿轻声笑道。

　　萧炎轻拍了拍衣衫上的灰尘，淡笑道："因为不愿相信，所以选择自欺欺人吗?"

薰儿浅浅一笑,微微点头。

此时,平静了片刻的场中,终于有人忍不住站了出来。一个身材壮硕的少年,在众目睽睽之下,快步行到萧炎面前,微微弯身,大声道:"萧炎表弟,请!"

虽然少年神情看似恭敬,但是双眼在望向萧炎之时,闪过一抹质疑,脸上含着隐隐的不屑。望着那抢先挑战的壮硕少年,其他未合格的族人顿时有些遗憾地叹了一口气,似乎很是羡慕这第一个吃螃蟹的人。

萧炎微眯着眼睛,上下打量了一下面前的少年,对这个少年,他有一些印象。如果所记不错的话,少年名叫萧克,是大长老派系的人,平日经常跟在萧宁屁股后面,俨然一副小狗腿子的模样,在自己落魄的时候,没少给自己脸色看。

脑海中缓缓地回忆着以往的一些事,萧炎嘴角忽然扬起了一抹有些危险的弧度。转头看了一下薰儿,萧炎微微一笑,在众人的注视之下点了点头,轻声笑道:"好,我接受。"

见到萧炎答应得如此干脆,萧克眼角却是抽了抽,一股莫名的不安在心中悄悄升起,喉咙滚动了一下,萧克忽然有些后悔自己的莽撞,但此刻已是箭在弦上,容不得反悔。

"一年提升四段斗之气,根本没人可以办到,一定是这家伙用什么手段蒙蔽了大家!我一定能战胜他!"在心头一番自我激励之后,萧克这才强笑道:"那就让我领教一下萧炎表弟的实力吧!"

萧炎微笑不语,站起身来,在众目睽睽中,行到训练场内,然后对着萧克做了一个"请"的手势。瞧着一脸平静的萧炎,萧克心头的不安更是多了几分。他讪讪地笑了一声,迈着有些僵硬的步伐,缓缓行至场中。

高台之上,萧战接过身后随从递过来的布帕,擦去手上的水渍,目光紧紧

地盯着场下,双眼中有着一抹紧张。说实在的,不仅是那些少年对萧炎所取得的成绩感到难以置信,连萧战自己也有着几分不真实的恍惚感。这并不能怪他不相信萧炎,毕竟一年内提升整整四段斗之气,这种速度,即使是三年前的萧炎,也未曾办到啊。

萧战身旁,三位长老的呼吸也逐渐急促,干枯的手掌在椅把之上捏出了深深的印痕,浑浊的目光复杂地盯着场中。

所有人的目光牢牢地盯着场中的两人。萧炎先前所表现出来的恐怖成绩,究竟是真是假,一动手,就可知分晓!

"绝对是假的!"广场边缘处,萧宁舔了舔干涩的嘴唇,低声狠狠说道。

"应该……是假的吧?"人群中,萧媚贝齿轻咬着红润的嘴唇,心中有些茫然地说道。她同样很难相信,这个沉寂了三年之久的少年,会忽然取得如此恐怖的成绩。

在众人复杂目光的注视中,场中的萧炎与萧克,已经完成了交手前的礼节。

双掌微竖,淡淡的斗之气萦绕其上,萧克深呼吸了一口气,脚掌在地面上一踏,身形直冲冲地对着萧炎撞击而去。低级的战斗并没有什么眼花缭乱的感觉,一切都是最简单的对碰。

"劈山掌!"身形迅速欺近萧炎,萧克右掌之上斗之气略微凝聚,他一挥右掌,狠狠地对着萧炎胸膛斜砍而去。

劈山掌,黄阶中级斗技,五段斗之气以上的族人,才有资格学习!

迎面而来的一阵轻风吹起萧炎额前的发丝,露出一双漆黑如墨的眼睛,萧炎眨了眨眼睛,脸色淡漠地盯着那越来越近的手掌。

在手掌即将到达肩膀之上时,萧炎这才不急不缓地向左轻移了一步,一年的肉体锻炼,使他的反应极为敏锐。不多不少的一步,正好躲开了萧克的攻击,身子略微一侧,萧炎手掌犹如穿花摘叶一般,绕过萧克的手臂,随意地印在了其肩膀之上。

碎石掌，黄阶中级斗技，只需三段斗之气就能学习！

砰！一声闷响，被萧炎击中的萧克原本红润的脸色顿时苍白，一声闷哼，脚步踉跄后退，终于一个站立不稳，倒了下去，摔了个四脚朝天。

全场寂静，萧克的落败，很好地证明了萧炎的实力。

一掌击败对手，萧炎感到有些无聊，这种对手实在很没挑战性，别说动用底牌，自己连真实实力都未曾发挥一半。

高台上，萧战重重吐了一口气，心中也终于放下了那块悬着的巨石。

"真的，七段了……"望着被击败的萧克，萧媚小手缓缓地掩着红唇，失声喃喃。

高台上，萧战嘴角的笑容缓缓地扩大，到最后，终于忍不住大笑了起来。听着耳边萧战那得意的大笑声，三位长老互相对视了一眼，心头轻叹了一声。场中少年所表现出来的潜力，让他们心中有着不小的挫败之感，一年四段，这种速度，足以让任何人感到骇然，他们的子孙，恐怕再没有可能追赶上。

心情大悦地站起身，萧战拍了拍手，笑着宣布："萧克侄儿挑战失败，还望日后努力修炼！"

场中，脸色苍白的萧克顿时黯然了几分，眼神复杂地望着面前不远处的黑衫少年。这个一年前还被嘲笑为废物的人，一年之后，竟然再次超越了家族中的大部分人，这种翻天覆地的两极反转，让萧克忽然想起那日大厅中萧炎的铮铮冷语："三十年河东，三十年河西，莫欺少年穷！"

面露苦笑地摇了摇头，萧克艰难地爬起身，对着萧炎略微躬身，声音中，以前的那股不屑终于消失得干干净净："萧炎表弟，你赢了，恭喜你恢复了实力！"

略微点了点头，萧炎目光在场中缓缓扫视，凡是接触到这对漆黑眸子的人，都有些胆怯地闪避着。目光随意地在那一直盯着自己的萧媚身上扫过，萧炎偏头对着对面那群未合格的族人淡淡地笑道："还有人要挑战吗？"

瞧见萧炎望过来，那群本来还在惊愕的少年赶紧闭上嘴巴，一个个做仰天沉思之状，再无一人敢上去做那第二个吃螃蟹的。瞧着这些稚嫩少年的装傻模样，萧炎微微耸了耸肩，直接转身向着后面行去。

望着在身旁坐下的萧炎，薰儿嫣然微笑，目光扫视了一遍场内，纤细的手指将一缕青丝绾成小卷，小嘴掀起淡淡的弧度，轻声道："萧炎哥哥，四年前，他们就是这般看你的。"

"四年前我会因为他们的敬畏而感到兴奋，现在……没啥感觉。"萧炎摸了摸鼻子，平淡地笑道。

"那是萧炎哥哥成熟了。"薰儿俏皮地眨了眨水灵的大眼睛。

"哪有你成熟？有时候我甚至觉得，你心里是不是藏着一个千年老妖怪！"萧炎手掌亲昵地揉了揉薰儿的脑袋，戏谑道。

闻言，薰儿给了萧炎一记白眼，精致的小脸上带着些嗔怪。不管少女再如何豁达，也不愿被人说成是老妖怪。少女娇嗔最是动人，薰儿这无意间露出的少女娇态，不仅使远处那群少男瞪直了双眼，就连一些少女也不由得面露羡嫉。

"这小浑蛋，太嚣张了！"萧宁心头的嫉妒火焰，几欲盖过理智。他自诩在这个家族中唯有自己才能配上薰儿，可不管他如何讨好，却总是难以博她一笑。而反观萧炎，一个曾经的废物，却总能让自己心仪的女孩开心娇笑。这种强烈的反差，气得萧宁将牙齿咬得嘎吱作响。

"小浑蛋，你就嚣张吧。等成年仪式那天，我要当着薰儿的面，将你打得满地找牙！"拳头紧紧地捏在一起，萧宁阴恻恻地盯了一眼远处盘腿而坐的萧炎。

趁他未成长起来，给他惨重的打击，最好再次把他打击到一蹶不振的地步！心头转动着阴森的念头，萧宁嘴角缓缓挑起一抹狞笑。虽然萧炎如今是七段斗之气，但是萧宁对自己的八段斗之气颇有自信，毕竟七段之后，每一段都有着巨大的差距！

低声与薰儿轻笑交谈着，萧炎眼角随意地瞟向训练场边缘，刚好看见萧宁嘴角的那一抹狞笑,略微一愣,旋即淡淡一笑。连自己的喜怒都掩藏不住的人,能成多大气候?

在萧克挑战萧炎失败之后,再没有一个人敢继续挑战萧炎,那群不合格的族人也只得另寻目标。在经过几轮的比试之后,仅有两人依靠着熟练的斗技和一些运气,将自己的对手击败,成功地步入了合格的区域。

望着逐渐平静下来的训练场,满脸笑容的萧战这才起身,大声宣布测验结束,以及一个月后的成人仪式需要注意的一些东西。

缓缓地站起身来,萧炎对着高台上那春风得意的萧战微微一笑,而萧战,也毫不吝啬地对着今日大出风头的儿子竖起了大拇指。

拍了拍衣衫上的灰尘,一阵香风扑面而来。眉头不着痕迹地皱了皱,萧炎抬起头望着站在面前的萧媚,淡淡地笑道:"有事?"

看着萧炎清秀小脸上的那抹冷淡,萧媚一滞,脸颊上勉强露出笑容,轻声道:"萧炎表哥,恭喜你了。"

"多谢。"微微点了点头,萧炎目光对着一旁的薰儿瞟去。

"萧炎表哥,明天斗技堂,由我父亲教导黄阶高级斗技,你一起去吗?"萧媚微笑道。

闻言,萧炎悄悄地挑了挑眉尖。正当萧炎在想找借口回绝之时,一双修长的娇嫩皓腕从一旁探出,挽住了他的手臂。微微一愣,萧炎转过头,却见到一张布满盈盈笑意的清雅小脸。

"实在抱歉,萧媚表姐,薰儿已经请萧炎哥哥明天陪我逛乌坦城,可能不能陪萧媚表姐去斗技堂了。"在周围一道道呆滞的目光中,薰儿亲昵地挽着萧炎的手臂,精致的小脸上带着歉意。

第十章
罪恶感

听了薰儿此话,萧媚一怔,旋即有些尴尬。若是家族中别的少女如此说话,她倒还能够凭借自己的美貌与天赋占些上风,可面对薰儿的话,她只能感到满心挫败。望了一眼萧炎那淡然的脸色,萧媚心头自嘲地苦笑,只得讪讪离开。

望着萧媚的背影,萧炎偏过头望着一脸微笑的薰儿,不由得有些好笑:"妮子,你这是做什么?"

薰儿依旧挽着萧炎的手臂,无辜地道:"萧炎哥哥难道不是想拒绝她吗?"

闻言,萧炎翻了翻白眼,回想刚才萧媚脸上的那股尴尬,他无奈地摇了摇头,斜瞥了一眼巧笑嫣然的薰儿,心头嘀咕道:"这妮子应该是故意的吧?"

"薰儿只是不喜欢她那变脸的速度,哈哈,一起去斗技堂学习斗技,这种邀请,以前可从未有过。"薰儿拉着萧炎缓缓向训练场外走去,也不理会周围那些目光,兀自轻声道,声音中有着一抹淡淡的冷笑。她对萧媚这前后态度的差异,实在反感。

微微耸了耸肩,萧炎点了点头,苦笑了一声。三年多前他与萧媚的关系不算差，可自从自己被冠上废物的名头之后，他才真正看清这女人的势利程度。

望着那亲昵行出训练场的萧炎与薰儿，远处的萧宁拳头紧握，心头的嫉妒甚至使得他眼睛有些发红。"小浑蛋，一个月后，我要你满地找牙！"萧宁咬着牙狞声道，然后带着一肚子暴怒，怒气冲冲地离开了训练场。

高台上正准备回去的萧战，目光紧紧地盯着两人亲昵的身形，略微惊讶后，眼中掠过一抹隐晦的担忧："炎儿这孩子，不会……不会喜欢上薰儿了吧？要知道，她的身份……可不是纳兰嫣然可比的啊。即使有着恐怖的修炼天赋，可想得到她身后势力的认同，也不是一件容易的事啊。"沉默了片刻，萧战轻轻叹息了一声，摇了摇头，缓缓离去。

薰儿挽着萧炎的手臂，沿着小道缓缓而行。当走到小路的分岔口时，萧炎打了一声招呼，准备回去。

"萧炎哥哥。"望着转过身去的萧炎，薰儿轻声唤道。

"呃？"脚步顿住，萧炎回头望向那俏立在柳树下的少女，心突然怦地急跳了一下。

少女一身淡绿，在青翠柳树的衬托下，更是清雅动人。微风拂过，吹动少女垂腰青丝。

"明天……陪薰儿吗？"柳树之下，少女精致的小脸略微泛着绯红，贝齿轻咬着诱人红唇，一对美丽的秋水眸子带着盈盈期盼，望着不远处的萧炎。

萧炎被薰儿的目光看得浑身不自在，他含糊地应了一声，极不争气地选择落荒而逃。望着狼狈离去的萧炎，薰儿掩嘴轻声娇笑，上下打量了一下自己，然后将目光投向小路之旁的小水潭——水面上，少女的影子亭亭玉立。

"真的挺好看哩……"薰儿红润的小嘴，微微挑起一抹得意的浅笑。

回到房间，萧炎在桌边坐下，灌了一口茶水，好不容易才平复了悸动的心。萧炎甩了甩有些酸麻的手臂，行到房间的角落，将那盛有筑基灵液的大木盆搬了出来，然后飞快地脱掉衣物，翻身跃了进去。

冰凉的液体浸泡着皮肤，一股股温凉的感觉，洗刷着骨子中的疲惫之感。手掌在盆中随意地划了划，萧炎慵懒地靠在木盆边上，略微急促的呼吸缓缓平稳。

想起今日在训练场中引起的震撼，萧炎淡淡地笑了笑，实力，果然才是这个世界上最重要的东西。手指揉了揉额头，一张冷傲的美丽脸颊，却忽然毫无征兆地闪进了脑海之中，那是……纳兰嫣然。

想起那日大厅中纳兰嫣然一句句居高临下的话语以及强势的姿态，萧炎的拳头便缓缓地紧握。那种耻辱，难以抹去。"哈哈，修炼不能停止啊，那女人虽然高傲，但是既然能被云岚宗宗主收为弟子，修炼天赋又岂是一般？"轻笑了一声，萧炎唇角泛起冰冷的笑意。

深深地吐了一口气，只要一想起那女人，萧炎心中就充斥着一股异样的动力，当下振奋精神，收起慵懒的姿态，在木盆中摆出修炼的姿势，十指结出印结，然后凝聚心神，缓缓闭目修炼。

自那日的测验过后，萧炎能够清晰地感觉到，周围族人望向自己的目光中，已经没有了以往的不屑以及嘲讽，取而代之的，是一种敬畏。对于这种只在三年多前才有资格享受的敬畏目光，萧炎只是淡然处之，并未表现出一朝得势便耀武扬威的得意姿态。

在测验之后的第二天，萧炎自然是依约陪着薰儿安心地游玩了一天。对于这个在族中除了父亲之外最亲近的人，萧炎很难拒绝也不想拒绝她的任何要求。

在放松了一天之后，萧炎的生活，再次恢复了以往的平静有序。清晨去后山苦练斗技，然后回家修炼斗之气，偶尔陪陪薰儿，和父亲谈谈话，几个时间段，被萧炎安排得井然有序。

其间在家族中偶尔遇到萧媚，听着她那甜腻腻的"萧炎表哥"的称呼，萧炎也只是淡淡一笑，随意应付了事。对于太过势利的女人，他一向都保持着敬而远之的态度——今天她能因为自己恢复天赋而对自己礼敬有加，来日她也同样能够因为自己失去天赋而变得冷淡如陌生人，这种另类的背叛，感受过一次，就够了。

一个月的时间，在这般平静悠闲的日子中缓缓度过，再有七天，便是萧家举行成年仪式的大日子。

萧炎想要突破到八段斗之气，却依旧没有丝毫进展，这让他有些遗憾。

再次努力了两天，依旧未有收获，萧炎放松了绷得紧紧的神经。然而就在他以为突破无望时，让他惊喜不已的意外情况，却莫名地发生了。

就在成年仪式举行前两天的一个晚上，熟睡中的萧炎，忽然犹如梦游一般猛地跳了起来，连衣服也未脱去，就直挺挺地跳进了那药力即将完全消失的木盆之中。在经过半夜的折腾之后，萧炎方才迷迷糊糊地睁开眼睛。然后，他傻傻地发现，那困扰自己两三个月之久的升级屏障，不经意地被捅破了。

对于这种来得莫名其妙甚至有些滑稽的突破，萧炎在惊喜之余，还有些哭笑不得。

一个家族想要保持长盛不衰，最重要的便是保持活力，而活力的来源，便是家族中的年轻一辈。他们是家族的新鲜血液，唯有新鲜血液的不断涌入，家族这台大机器，才能时刻保持着运转。因此，成年仪式是每个家族都极为重视的大事情，萧家同样不例外。

作为乌坦城三大家族之一，萧家的成年仪式自然引来了城中各方势力的关注，一些与之友好的势力，更是直接应邀参与了成年仪式。

陪着薰儿坐在大树的凉荫之下，凉风习习。萧炎微眯着眼睛望着远处场中那巨大的台子，台子由巨木所建，是为了举办此次成年仪式而特意建造的场地。

萧炎的目光在空旷的台上扫了扫，旋即转移到木台下方那些来自各方势力

的人群，无奈地轻声说道："人还真多。"

望着萧炎那有些郁闷的小脸，知晓他喜静的薰儿顿时有些幸灾乐祸地轻笑了出来。笑声刚刚出口，薰儿便察觉到萧炎那恶狠狠的视线，赶忙闭上小嘴，目光在他身上扫了扫，秋水眸中不易察觉地掠过一道淡金光芒，她有些意外地笑着问道："萧炎哥哥到八段斗之气了？"

闻言，萧炎斜瞥了她一眼，跟这妮子在一起，似乎什么东西都隐瞒不住，点了点头。

"啧啧……一个月不到，就突破至八段，这速度太恐怖了。"见到萧炎点头，饶是薰儿一向淡定，也不由得脸露惊异。

萧炎视线忽然一顿，在靠近巨木台的方向，一个身着红裙的女人，正巧笑嫣然地与人交谈。此时，她的身旁已经围了不少人，俨然成为台下最热闹的圈子。这一笑一颦间充满着成熟韵味的红裙女人，正是萧炎曾经见过的米特尔拍卖场的首席拍卖师雅妃。

就在萧炎的目光停留在雅妃身上时，身旁却忽然传来少女的低哼声。眼睛眨了眨，萧炎不着痕迹地收回视线，对着小脸淡然的薰儿笑道："没想到米特尔拍卖场也有人来参加我们家族的成年仪式。"

瞟了一眼佯装若无其事的萧炎，薰儿淡淡地说："萧家与乌坦城的米特尔拍卖场关系本来就不错，她会来，有什么好奇怪的？而且，这女人的交际手段，可是乌坦城公认的厉害，一些奔着她美貌去的公子少爷，在她身上砸了不知多少钱，可到头来，却是白忙了一场。萧炎哥哥若是有这念头，可得小心了，薰儿可不会借钱让你去干这些事。"

闻言，萧炎讪讪地笑了笑，干咳了一声，目光再不敢移向那个圈子。

"咦，她怎么回来了？"见到萧炎退缩，薰儿也放弃了讨伐，略微沉寂之后，忽然惊讶地道。

"谁？"愣了愣，萧炎顺着薰儿的目光望去，眉头缓缓地皱了起来。

一个身着一套学院服饰的美女正斜靠着一棵大树,美女腰间配有一把长剑,身材颇为高挑,十分引人注目。

"萧玉?"目光盯着那高挑美女,萧炎皱眉道,"她不是去迦南学院进修了吗?怎么回来了?"

薰儿耸了耸肩,忽然偏过头,戏谑地道:"萧炎哥哥,你这次,似乎有麻烦了。"

嘴角一咧,萧炎揉了揉额头,低声骂道:"这个刁蛮的女人,烦死人了,当年不过是无意中撞见她在后山温泉洗澡,结果竟然被这个疯女人追杀了半年。"

薰儿掩嘴娇笑。

萧炎撇了撇嘴,冷笑道:"这女人还是萧宁的亲姐姐,都不是什么好东西,那浑蛋对我如此敌视,很大程度是因为她。"

远处,萧玉似是有所察觉,转过头,望见大树下的萧炎,微微一愣,旋即皱起眉头,美眸中掠过一抹不屑与厌恶。

迟疑了一下,萧玉向萧炎这边行来。瞧着她走来,萧炎同样一皱眉头,眉宇间也有些厌恶与不耐烦。他的目光在萧玉那淡紫校服上扫过,校服上绘有三颗金星,这代表着萧玉如今的实力——三星斗者。看来这一年在学院进修,这刁蛮女人也进步了许多啊。

"萧炎,没想到你还能有翻身的时候,真是让人惊讶。"走得近了,望着萧炎脸上的那股连掩饰都懒得做的不耐烦,萧玉冷笑道。

"关你屁事。"萧炎明显对萧玉极为反感,完全抛弃了平常的淡然,开口就是一句粗话。

"你的嘴还是这么厉害,看来这三年的落魄,依旧没能磨去你的锐气。"萧玉不屑地说道,俨然一副居高临下的教训口吻。

"又是这种口气。"心头极其厌恶地叹了一口气,萧炎微偏着头,细细地打量了一下这一年未见的女人,"这么久没见,身材越来越好了啊!"

闻言，冷笑中的萧玉，顿时满脸铁青。萧炎的一句话让萧玉想到当年的窘事，玉手一探，就已握在了腰间的长剑剑柄之上。

嘴角噙着淡淡冷笑，望着脸色铁青的萧玉，萧炎身子向后微微一仰，懒懒地问道："想动手？"

"动手你又能怎样？！"萧玉玉手紧握着剑柄，唰的一声拔出腰间长剑，猛然指向萧炎，冷笑着嘲讽道，"就算如今你天赋归来，又能如何？三年之前，我萧玉能把你撵得满山窜，三年后，我同样能！"

望着面前那把寒光闪闪的长剑，萧炎眼睛眨也不眨，轻声道："你试试？"说话的同时，萧炎右掌略微曲拢，强大的吸力在掌心中逐渐成形，拥有三种玄阶斗技的他，真要拼命，并不惧怕三星斗者。

望着针锋相对的两人，一旁的薰儿有些无奈，眸子扫了一下远处，微笑着出声提醒道："萧叔叔他们过来了。"

听到薰儿的提醒，萧玉柳眉微皱，偏过头，果然看到脸色有些变化的萧战正急匆匆地走过来。

"哼，算你好运。"冷哼了一声，萧玉收回手中长剑，转身就走。

望着那愤愤离去的萧玉，萧炎缓缓地吐了一口气，小脸上再次恢复了以往的平淡，低声道："真是个讨厌的女人。"旋即将目光投向快步走过来的萧战几人。

"炎儿，没事吧？刚才萧玉那妮子……"快步走来，望着安然无恙的萧炎，萧战松了一口气，皱眉询问道。

微微耸了耸肩，萧炎笑道："没事，那女人忽然发疯了而已。"

"你尽量躲着她一点儿吧。这丫头也是刁蛮脾气，她如今实力已是三星斗者，万一动起手来，你可要吃大亏。而且她又是大长老的亲孙女，真要打起来，连我都不好责罚她。"萧战无奈地说道。

萧炎摸了摸鼻子，不置可否地笑了笑。

"来，炎儿，给你介绍一下，这位是米特尔拍卖场的首席拍卖师——雅妃小姐。上次那瓶筑基灵液，便是从她手中拍到的。"萧战身子一闪，让出站在身后的那个妖娆的红裙女人，笑着介绍道。

萧炎露出符合这个年龄阶段的腼腆笑容，叫道："雅妃姐好。"

雅妃红唇微启，笑意盈盈地说道："听说萧炎小少爷一年内突破了四段斗之气，哈哈，这事现在可在乌坦城内传得沸沸扬扬啊，就是不知是真是假？"

萧炎挠了挠头，有些"腼腆"地说道："全都是父亲购买的筑基灵液的功劳。"

听到萧炎这话，雅妃心中不禁轻吸了一口凉气，美眸中掠过一抹惊异与凝重。一年突破四段斗之气，这修炼进度，可真是有些恐怖。至于那二品的筑基灵液，之前经过她的手，她自然知道那灵液的效用，说它能够提升一些修炼速度，那倒的确不假，不过若是想依靠它一年升四段，那绝对不可能。

萧战抬头望了望天色，然后拍了拍萧炎的肩膀，温和地笑道："好了，成年仪式快要开始了，我得先去准备一些东西，你待会儿可不要给我丢人啊。"

萧炎含笑点头。

雅妃在转身的刹那，深深地看了一眼面前的少年。几年的拍卖历练，将她的眼光养得极为毒辣，雅妃忽然发现，面前的少年虽然一脸腼腆，但是那双漆黑眼瞳深处，却始终是古井无波，平静如一弯深不见底的幽潭。

"小小年纪，就能轻易控制自身情感，这小家伙，有些不简单哪。"转过身，雅妃心中暗道。

第十一章
天才归来

举行成年仪式，其程序的烦琐，简直让人脑袋发疼。

坐在台下，萧炎望着台上那被摆弄得犹如提线木偶一般的少年，不由得揉了揉额头，对着身旁的薰儿苦笑道："这成年仪式，简直是自讨苦吃。"

看着萧炎无奈的模样，薰儿眨着水灵的大眼睛，笑吟吟地说道："没办法，这是一直传下来的规矩，就算是萧叔叔他们，也没办法更改。"

萧炎叹息了一声，无奈地点了点头，刚欲小憩，眉尖忽然一挑，微眯着的眼睛，缓缓地望向左边台下——在距离两人不远处，萧宁正满脸嫉妒地盯着与薰儿笑谈的萧炎，瞧得萧炎望过来，顿时挑衅地扬了扬拳头。

"白痴。"轻轻地吐出两个字，萧炎目光左偏了一点儿，望着站在萧宁身旁的萧玉，挑衅地扬起嘴角，待那女人脸颊变得铁青之后，这才冷笑着收回目光。

台上的成年仪式，在进行了一大半的时候，终于轮到了萧炎。听着台上的喊声，高台上的贵宾们顿时投下了一道道夹杂着好奇与质疑的目光。今天他们参与萧家的成年仪式，有很大的原因，是想确定一下这个最近在乌坦城被传得沸沸扬扬的少年究竟是否如同传闻中那般天才归来。

听到喊声，萧炎缓缓睁开眼睛，周围那一道道夹杂着各种情绪、犹如看猴一般的目光，使他无奈地摇了摇头。轻吐了一口气，萧炎脸上保持着波澜不惊的平淡，然后在满场目光的注视下，一步步地踏上了高台。

成人仪式的主持人是二长老萧鹰。虽然这位二长老以前一直没给过萧炎什么好脸色，但是自从那日的测验之后，他也明显收敛了许多。至少，以前那股毫不掩饰的不屑，已经没有再出现在那张苍老的面孔之上。眼神有些复杂地望着面前这咸鱼大翻身的少年，萧鹰在心中叹了一口气，略微抖了抖脸庞，从身后的台上拿了几样仪式所需要的材料，然后对着萧炎走去。

瞧着走来的二长老，想起先前烦琐的仪式，萧炎就不由得感到头疼，苦笑了一声，认命般闭上了眼睛。

在全场目光的注视下，萧炎如同白痴一般立在原地足足半小时，那些烦琐的仪式才结束。心头松了一口气，萧炎睁开眼，望着撒满全身的各种香料，郁闷地翻了翻白眼。

二长老也抹了一把汗，转身走到测验魔石碑前，大声道："仪式复测！"

仪式复测，也就是再一次测验斗之气。一个月前的那次测验，目的是将族中优秀的种子挑选出来，而这些优秀的族人，才具备在这高台上举行成年仪式的资格。那些七段之下的族人，只能举行一些简略的仪式，颇为寒酸。

仪式复测要比先前的测验严格与精细许多，这次的复测，更是由实力为二星大斗师的二长老亲自主持，由此可见家族对成年仪式的重视程度。

无视周围那些火热的目光，萧炎平静地走上前去，在魔石碑前停下了脚步。眯着老眼望着面前的少年，二长老干枯的手掌触摸着魔石碑，将一丝斗之气灌输进去，然后面无表情地站立一旁。当其目光扫过萧炎身上时，他脑海中依旧忍不住地掠过一抹质疑："这小家伙，真的到七段了？"

看来萧炎前一次给予这位二长老的打击颇大，即使他心中明知道测验魔石

碑极难出错,可他依然有些顽固地不愿相信。所以,他此次主动请缨,亲自主持萧炎的测验!没有在意二长老目光中的质疑,萧炎的手掌缓缓摸上魔石碑。

望着高台上摸着石碑的萧炎,台下,萧玉忍不住地微微一皱柳眉,偏头对着萧宁低声问道:"那家伙真到七段了?"因为萧玉是最近两天才从学院请假,回到家族,所以,她并没有亲眼见到那日的情况。

被姐姐询问,萧宁有些苦涩地点了点头,闷声道:"嗯,不晓得那家伙吃了什么东西,一年内,真的升了四段斗之气。"

萧玉紧抿红唇,有些恼怒地跺了跺玉足,怒瞪着场中的黑衫青年,俏丽的脸颊扬起一抹倔强:"没有亲眼看见,我很难相信那废柴能翻身!"深吐了一口气,萧玉冷笑着盯着台上,"上次一定是这家伙做了什么手脚,这次由二长老亲自监控,我看你如——"

话还未说完,萧玉俏丽的脸颊骤然僵硬,剩下的话也被凝固在了喉咙处。高高的木台之上,巨大的魔石碑光芒乍放,金色的大字龙飞凤舞地出现在石碑表面:"斗之气:八段!"

寂静,全场寂静!所有人在略微愣了愣后,都目光呆滞地盯住那闪耀着金光的魔石碑。贵宾席中,不断有茶杯掉地的清脆响声,那些来自乌坦城各方势力的代表此刻皆目瞪口呆,满脸的难以置信。他们此次来的目的,只是想确认下萧炎是否真的如同传闻所说,一年内连跳了四段斗之气。然而现在场中所发生的情况,不仅使他们确认了传闻的真实性,而且还大大超乎了他们的意料。

一年五段斗之气?这种修炼速度,众人心中唯有两个字可形容:恐怖!

"萧家这次赚大发了……"贵宾席中,众人禁不住轻吸了一口凉气,在心中喃喃道。一个在一年内连跳五段斗之气的族人,可以想象其前途将会是何其光明。

"按这修炼进度,或许……说不定几十年后,萧家会出现一个斗皇级别的超级强者。"贵宾席上的众人对望了一眼,心头都不约而同地闪过一个有些骇然的念头。

只要加玛帝国任何一个小家族出了一名斗皇级别的强者,那这个家族的地位将会立刻攀升。到时,就算是加玛帝国三大家族,也不敢对其打压。毕竟,斗皇级别的强者,在这泱泱帝国之中,也仅有屈指可数的两三位而已,而且每一位都拥有翻江倒海、以一敌万之能。没有任何一个有理智的帝国首领,会轻易得罪一名斗皇强者!

三百多年前,当时加玛帝国唯一的斗皇强者,因为邻国发动战争,致其亲人惨遭池鱼之殃,他暴怒之下,单枪匹马屠杀了对方一支精锐的万人铁骑,血流成河。

高台上的中央处,萧战也被魔石碑上的金色大字刺得眼睛有些发酸,良久之后,才缓缓吐了一口气。他将欣慰的目光投向场中的黑衫少年,轻笑道:"这辈子做得最对的事,就是没让炎儿和我这父亲产生隔阂啊。"

作为萧炎的父亲,萧战非常了解儿子的性子,他现在依然能够清楚地记得,当年出生不久的儿子,对自己有多冷漠,那冷冰冰的目光,就如同是在注视着陌生人,而不是亲生父亲。不过还好,当年的那种冷漠,在萧战发自内心的关心与宠爱之下,已被缓缓地融化了。

"萧族长,萧炎小少爷的修炼天赋,真是让人震撼。你们萧家,此次恐怕真要出一名了不起的强者了。"在萧战身旁,雅妃紧紧地盯着场中的黑衫少年,红唇微启,笑盈盈地说道。

萧战大笑了两声,脸上的得意与兴奋几乎难以遮掩。他对着雅妃客气地拱了拱手,似是随意地叹道:"雅妃小姐过奖了,这小家伙的修炼天赋总是让人一惊一乍。你也知道,前几年他经历过何种打击,谁也不知道那种变故会不会再次发生,如果再来……唉。"

雅妃诱人的美眸微弯,轻声笑了笑。萧炎的天赋究竟是长久还是昙花一现,她现在并不知道。现在的萧炎,有能够让她看重的潜力,这,便足够了。迷人

的眼波微微流转,雅妃心中已经打定主意,日后,与萧家多多来往,尽量交好!

高台之下,萧玉微微张着小嘴,俏丽的脸颊有些僵硬,盯着场中的魔石碑。许久之后,她低下头,对着同样满脸震惊的萧宁薄怒道:"你不是说他才七段吗?怎么又升级了?"

萧宁张了张嘴巴,有些无辜地喃喃道:"上个月他的确是七段……这个月,他似乎又突破了。"

"一个月时间从七段提升至八段,这如何可能?就算那家伙恢复了以往的天赋,也不可能有如此进展!"萧玉竖着柳眉叱道。一年五段斗之气?该死的,这种速度,简直可以和迦南学院里的那个妖怪女人相媲美了。

"我怎么知道?"萧宁愣愣地苦笑道,旋即目光瞟向远处的薰儿,却见到她正紧紧注视着台上的少年。

"该死的浑蛋!"被心仪的女孩如此无视,萧宁心头的嫉妒火焰又毫无预兆地汹涌而出,他抬起头恶狠狠地盯着场中的萧炎。

"二长老,测验完毕了吗?"

萧炎望着石碑上的金色大字,缓缓地抽回手掌,瞟了一眼旁边精神有些恍惚的二长老,淡淡地出声询问道。

"呃,完了……"被萧炎的声音惊醒,二长老有些慌乱地点了点头,从那涣散的目光来看,他显然还处在震惊之中。

"唉,一年五段斗之气?这修炼速度……恐怖。"许久后,恢复清醒的二长老神色复杂地看着面前的少年,心头莫名地轻叹了一口气,老眼之中的质疑,终于在现实面前消失得干干净净。

魔石碑之上,金光逐渐消散,片刻后,再次恢复了深沉而冰凉的黑色。全场依旧是一片寂静,显然众人还沉浸在先前的震撼之中。高台上,二长老的咳嗽声,终于拉回了全场的目光。

"仪式复测已经完成。按照以往的规矩,萧炎将会接受一次挑战,挑战者必须是斗者之下,谁要来?"二长老的目光在萧家那些年轻一辈身上扫过,轻声喝道。

如果说成年仪式的测验,是检验斗之气的强度的话,那么这挑战,便是检验族人对斗技的修炼与掌握程度。毕竟,一旦与人交战,斗技也是决定胜负的重要元素,各个家族对斗技的重视程度,并不亚于对斗气的修炼。

听着二长老的喝声,台下略微骚乱,萧家的年轻一辈皆面面相觑,怯怯地不敢开口说话。刚才魔石碑上那金光灿灿的八段斗之气,已经将他们心中仅存的侥幸打得支离破碎。现在的他们,已经再没有资格对萧炎耀武扬威。

萧炎静静地站立在场地中央,目光随意地在场下那些同龄人身上扫过,而每次他目光所到之处,那些少年都赶紧后退一步。

"哼,一群胆小鬼!"看着周围退缩的族人,萧宁不屑地骂了一声,抬起头,挑衅地盯着场中的黑衫少年,脚步一踏,刚欲上台,一只玉手却将其拉了回来。

眉头一皱,萧宁不悦地望着自己的姐姐:"怎么?"

"他现在也是八段斗之气,你上去了不见得打得过。"萧玉叹道。

萧宁嘴角微抽,踌躇了一下,目光不受控制地瞟向不远处的薰儿,见到少女正温婉地注视着场中的萧炎,那副娇柔动人的模样,从没在他面前露出过。

牙齿狠狠地咬了咬,萧宁甩开萧玉的手,有些稚嫩的小脸上充斥着冷意与嫉妒:"我进入八段斗之气已经一年多了,难道还对付不了一个刚刚晋升的菜鸟吗?"

望着一脸倔强与嫉妒的萧宁,萧玉有些无奈,迟疑了片刻,忽然摸出一枚圆润的绿色丹药,有些不舍地抚摸了一会儿,然后迅速地将之塞进萧宁手中,低声道:"这是二品丹药增气散,能够让你短时间内拥有一名斗者的实力。不过,吃了之后,你接下来的一个月就得在床上度过了,不到万不得已,最好别用。"

闻言,萧宁顿时惊喜地将之抓在了手中,开心地说道:"有这东西,一定能

给那家伙一顿狠狠的教训！"

萧玉皱着柳眉，轻叱道："你别给我乱来，随便给他点苦头吃就好，万一把他弄成了重伤，爷爷都保不了你，现在的他，可不再是以前那个废物。"

"嗯嗯，知道了。"无所谓地点了点头，萧宁撇嘴一笑，将目光投向薰儿，心中暗暗得意道："我会让你知道，那家伙不过是个绣花枕头罢了。"

冷笑了一声，萧宁挣脱萧玉的手掌，爬上高台，高声喝道："我来！"

听着有人应答，全场的目光顿时汇聚在萧宁身上，这种万众瞩目的感觉，让他脸上的得意更甚一分。

望着走过来的萧宁，二长老眉头一皱，将目光投向贵宾席，果然见到大长老脸色有些难看，心头骂道："不识好歹的笨蛋！你还当现在的萧炎是以前的废物吗？"

萧宁并未注意到这些，大步走来，得意地笑道："萧炎，就让我来试试你的战斗实力究竟有多强吧。"

萧炎懒散地抬了抬眼，望着面前的萧宁，却是连话都懒得说。

"萧宁挑战，萧炎，你可接受？"瞧着萧宁已经来到了场中央，二长老只得无奈地大声说道。

"你不会不接受吧？薰儿可在看着呢，你不会让她失望吧？"摸了摸袖中的那枚丹药，萧宁自信心高度膨胀，看了一眼台下那犹如青莲般的淡雅少女，冷笑道。

"白痴。"心头吐出两字，萧炎摸了摸鼻子，在众目睽睽下微微点头，淡淡地回道："接受。"

见到萧炎点头，二长老无奈一叹，挥了挥手，在退后的时候，用只有两个人能听到的声音低喝道："给我记住，点到为止！"

萧宁撇嘴。萧炎同样不置可否地耸了耸肩。

随着二长老的退开，高台之上，气氛顿时紧张起来！

望着高台上对峙的两个少年，在场的所有人都非常想知道，这个在间隔三年之后再次创造奇迹的少年，是否在斗技的修炼上，也拥有如此恐怖的进度。

贵宾席上，萧战皱着眉头望着上台挑战的萧宁，脸色有些难看。虽然萧炎的斗之气出乎他的意料，但是他从未见到萧炎去斗技堂找专门的家族斗技师学习过斗技。

要知道，斗技不同于初阶的斗之气修炼，黄阶低级的斗技，倒还能依靠自己的摸索而修炼，可一些黄阶中级以及高级的斗技，必须找家族的斗技师专门教导才行。

据萧战的了解，今年实力在斗之气八段的萧宁，起码已经掌握了三种黄阶中级以及一种黄阶高级的斗技，这足以让他在同等级的强者中难觅对手。此次的比试，萧炎似乎处在下风。

"萧族长，你说，萧炎小少爷能赢吗？"在萧战身旁，目光紧紧盯着场中的雅妃轻笑着问道。

萧战缓缓压下心中怒意，淡淡地笑道："炎儿不太精通斗技，而且最近才踏入八段斗之气的境界，对战踏足这个境界足足一年之久的萧宁，胜算恐怕并不是太大。"

"哦，是吗？"迷人眼波微微流转，雅妃眨了眨睫毛修长的眼睛，美眸略微带着些慵懒地望着场中气定神闲的黑衫少年，红润的小嘴忽然一掀，笑意盈盈的美丽脸颊现出一分成熟的妩媚，"不知为何，我对萧炎小少爷却是信心十足，我想，他一定能胜。"

萧战一愣，似乎有些诧异她为什么对萧炎这么有信心，笑着摇了摇头："那就借雅妃小姐吉言了。"

望着面前随意站立的萧炎，萧宁冷笑了一声，双拳缓缓紧握，淡淡的斗之气在体内迅速流转。略微沉寂，萧宁脚掌猛地一踏地面，身形径直冲向近在咫尺的萧炎，急冲之时，萧宁双掌略微曲拢，十指有些尖锐的指甲上泛着些许

寒光。

在距离萧炎仅有半米时,萧宁身形骤然顿住,右爪画出一条刁钻的弧线,直取萧炎喉咙:"黄阶中级斗技,裂爪击!"

脸色平静地望着疾袭而来的手爪,萧炎不急不缓地抬起手掌,略微曲拢的手掌猛地张开,强横的推力暴冲而出。

在这股毫无预兆的巨大推力面前,萧宁脸色一变,身形犹如被重锤击中一般,双脚急退了十多步后,方才有些狼狈地止住身形。

高台上,望着这一幕,萧战脸色略微诧异,一旁的雅妃却嫣然一笑,优雅地端起身前的白玉茶杯,红唇微启,轻轻地抿了一小口。

"这小家伙,还真是深藏不露啊。"唇角扬起妩媚的笑意,雅妃心中喃喃道。

"你……你这是什么斗技?"摸了摸有些发闷的胸口,萧宁脸色微变,色厉内荏地喝问道。

萧炎淡淡地瞟了他一眼,旋即垂下眼帘望着自己的手掌。这吹火掌虽然名字难听,可创造出来的这股强横推力,让萧炎很满意。

望着没有理会自己的萧炎,萧宁脸皮微微一抖,牙齿一咬,夹杂着怒气,再次对着萧炎急冲而去。

平伸而出的手掌并未收拢,萧炎微眯着眼睛,望着那越来越近的萧宁,嘴角缓缓地扬起一抹清冷的弧度。摊开的右手,骤然一握,一股凶猛的吸力自掌心中激射而出:"玄阶斗技,吸掌!"

瞧见萧炎握手,萧宁下意识地加强下盘的力量,然而还未等到推力的到来,一股吸力却将其扯得猛地朝前一冲,身体在半空中画出一道弧线,直直地撞向那嘴角噙着一抹莫名笑意的萧炎。虽然被吸力扯住身形,但是萧宁看着距离自己越来越近的萧炎,忍不住笑逐颜开,斗之气飞快地在拳头上凝聚。

"铁山拳!"一声暴喝,萧宁拳头猛地紧握,一股尖锐的破风劲气在半空中低沉地响起,旋即对着萧炎肩膀落去。看这架势,若是被打中,萧炎的手臂定要受到重创。看来这家伙从一开始就没有留情的打算。

铁山拳，黄阶高级斗技，威力不俗，需要斗之气七段以上，方有资格修习。

微眯着眼睛感受那股尖锐的劲气，萧炎缓缓吐了一口气，体内斗之气的运转路线骤然变更："玄阶斗技，吹火掌！"

随着心中的喝声落下，狂猛的推力再次自萧炎掌心中喷射而出。砰！空气略微波荡，一股无形的反推力狠狠地击在了疾射而来的萧宁身体之上，两股相反之力的夹击，顿时使其脸色一片苍白。最后还是推力占了上风，在僵持瞬间之后，萧宁直接被那股推力震得落下地面，最后擦着地板退出十多米后，才缓缓止住身形，口吐鲜血。

望着远处瘫软在地上的萧宁，再瞟了一眼略微安静的场面，萧炎缓缓放下手掌，淡淡地吐了一口气："你输了。"

望着场中败得干脆利落的萧宁，台下在略微寂静之后，迅速骚乱了起来，先前还未完全消散的震撼，再次自心中翻腾而起。

萧家的年轻一辈，都目瞪口呆地望着那吐血瘫倒在地的萧宁。作为同辈，他们自然非常清楚萧宁的战斗力——年轻一辈中，除了薰儿能够力压一筹，萧宁可以说罕有对手。然而现在，他与萧炎交手仅仅两个回合，便被打得落花流水，这种突如其来的变故，让所有人措手不及。

台下，望着那迅速落败的萧宁，萧玉俏脸上同样布满了不可思议的神情，微微张开的红润小口，显示着其内心的震惊。半响后，萧玉缓缓回过神来，轻声道："这小浑蛋，怎么变得这么强了？难道在苦修斗之气的时候，他还有空闲时间去修炼斗技吗？"

"哈哈，萧炎小少爷不仅斗之气强横，而且连斗技也掌握得如此炉火纯青，想必萧族长费了不少心思吧？"贵宾席上，雅妃略微沉默之后，迷人的美眸中闪烁着点点异光，对身旁的萧战嫣然微笑道。

想要学习高深斗技，必须有人亲自教导一些斗技的诀窍。看来，雅妃是把

萧战当成给萧炎开小灶的人了。闻言，萧战哑然，苦笑着摇了摇头。别说他根本没教过萧炎斗技，就是他想教，也根本教不了萧炎先前所使用的那种奇异斗技。萧炎所使用的斗技，根本不是萧家所有！

"不是萧家的斗技，那炎儿是从哪儿学到的？"心头有些疑惑，萧战将目光对着家族的高层移了移，却见到他们正将有些怪异的目光投射过来。望着他们的目光，萧战一愣，随即愕然，难道他们也以为是自己给炎儿开的小灶不成？

萧战也懒得解释，再次将目光投向场中的黑衫少年，心中喃喃道："这个小家伙，还真是有不少秘密呢。"

场中，望着瘫倒在地的萧宁，从震惊中恢复过来的二长老无奈地摇了摇头，眼神复杂地看着萧炎。少年垂首而立，略微清秀稚嫩的小脸上只有平静，并无一丝胜利之后的得意与骄狂。

轻叹了一口气，二长老高高地举起干枯的手掌，刚欲大声喊出"比试结束"，其脸色却猛然一变。远处，原本瘫倒在地的萧宁，忽然犹如一头匍匐的猎豹一般弹起身子，原本淡淡的斗之气，骤然暴涨，脚掌在木板之上狠狠一踏，木屑四射，身形暴冲而起。

阴森地盯着越来越近的萧炎，萧宁嘴角的血迹将他的脸衬托得越发狰狞："小浑蛋，去死吧！"

"萧宁，住手！"突如其来的变故让二长老一愣，紧接着发出一声暴喝。然而此时怒火与嫉妒充斥着头脑的萧宁却是充耳不闻，借着增气散的药力加持，咬牙切齿地对着萧炎发动攻击。

场中的变化，惊得满场骚动，贵宾席上的萧战等人更是脸色骤变。他们能够清晰地感到，此刻的萧宁，已经具备了斗者的实力！

"他服用了增气散！"见多识广的雅妃望着实力忽然暴涨的萧宁，俏脸微变，沉声道。

"浑蛋！"闻言，萧战脸色更是阴沉，一拳砸在面前的桌上，蜘蛛网般的裂缝顿时布满桌面。他转过头，恶狠狠地盯着脸色同样有些变化的大长老："老东西，我儿子要出了什么事，你那孙子，赔命都不够！"

现在萧炎具备的潜力，远非一个萧宁能比。如果萧炎真的在比试中，因为萧宁的违规而受了不可挽救的重伤，那即使萧宁的后台是大长老，家族也不可能轻易放过他。

被萧战犹如恶狼一般瞪着，大长老干枯的脸皮微微抖动，嘴中有些苦涩，如果萧炎还是以前的萧炎，那重伤也就重伤了，可现在……家族就算是把他这大长老放弃了，也不可能将这个将来有可能成为斗皇的小家伙放弃！

场中，二长老的喝声并未起到丝毫作用，近在咫尺的距离，令萧宁迅速扑到萧炎身旁，双拳中斗之气急速凝结，厉声大喝："铁山拳！"

此次的铁山拳，带来一股强烈的风压。风压吹起萧炎额前的发丝，露出一双清冷的黑色眸子。面对萧宁的强猛一击，出乎众人意料，萧炎没有退后，而是右拳紧握，身形略微弯曲，犹如一头蓄势待发的怒狮一般，沉寂瞬间，身体犹如离弦的箭，猛冲而出。

望着竟然选择和萧宁硬碰硬的萧炎，二长老气得跺了跺脚："笨蛋！"

"八极崩！"心头响起一声沉闷的低喝，萧炎的拳头，在二长老那有些惊恐的目光中，狠狠地与萧宁对碰在一起。

砰！两只拳头在半空相遇，略微僵持之后，萧宁狰狞的脸色骤然惨白，血不断地从嘴角溢出。

萧炎脸色淡漠，手臂猛地一抖，拳头往前一送，萧宁的身形犹如狂风中一片落叶一般，在无数道惊骇的目光中，直接被砸出了高台。

望着这一幕，台上的二长老眼瞳骤缩，忍不住长长吸了一口凉气。不远处那黑衫少年的背影，似乎也在此刻变得神秘了起来。

第十二章
愤怒的萧炎

望着那被砸进人群、生死不明的萧宁,全场再一次寂静。片刻之后,一双双犹如看妖怪一般的目光,投向了高台上的黑衫少年。虽然很多人并不知道先前究竟发生了什么事,但是萧宁忽然间实力暴涨,却是众人亲眼所见的事实。然而,出乎所有人的意料,在实力暴涨之后,萧宁却输得比先前更惨烈干脆——一拳,就被重伤!

贵宾席上,望着场中的变故,雅妃一只白皙修长的玉手缓缓地掩住了诱人的红唇,丰满的胸脯微微起伏着。"好强横的斗技……这是什么级别?玄阶?怎么可能?"轻吸了一口凉气,雅妃心头喃喃道,她非常清楚玄阶的斗技有多难得与难修。

雅妃再次回想起方才萧炎所使用的强横斗技,黛眉微微一皱,心中念头飞转:"如果我记得不差的话,萧家最高级的斗技,应该是与玄阶功法狂狮怒罡相匹配的玄阶低级斗技狮山裂吧?可萧炎所使用的斗技,明显不是狮山裂。"修长的睫毛微微动了动,雅妃端着茶杯的玉手忽然一紧,"难道……这斗技,不是萧战教他的？"

美眸中掠过一抹精光，雅妃不着痕迹地微偏过头，刚好扫见萧战脸上那抹隐晦的震撼。"果然不是萧战教的斗技。"雅妃修长的玉指在茶杯后纠缠在一起，回想着萧炎对那些斗技的熟练程度，心头不由得猛地一动，"这小家伙背后，应该有位神秘老师吧？不然，玄阶的斗技，可不是光靠他一个少年瞎摸索就能练得这般炉火纯青的。"

"能够教导玄阶的斗技，那名神秘人，至少是一名斗灵强者！说不定，还更强！"美丽的脸颊上掠过一抹凝重，雅妃优雅地放下茶杯，缓缓地打量着场中的清秀少年，"这个小东西……似乎是越来越神秘了呢，真是让人忍不住好奇。"

"唉……炎儿这个小家伙，真是越来越让人看不透了。"在雅妃心头转动着念头之时，一旁的萧战，心中也忍不住赞叹了一声。先前萧炎所使用的斗技，这般干脆利落，光从攻击力来说，足以媲美家族中的玄阶斗技狮山裂！

萧战轻吐了一口气，眼瞳中精光闪烁："炎儿的背后，也许有高人在教导他。"

"是谁教的？"摸了摸脸，萧战忽然不由自主地将目光移向台下远处的薰儿，望着场中大出风头的少年，少女俏美的眼睛里正噙着淡淡的笑意。"难道是她？"想起薰儿平日与萧炎的亲昵，萧战心头这才略微释然。

高台上，萧炎缓缓地吐出一口浊气，犹如岩石般坚硬的双臂悄悄地恢复了正常，那微微鼓起的袖子也软了下来。

扭了扭脑袋，萧炎望着台下那急匆匆将昏迷的萧宁抱起来的萧玉，脸色淡漠，心中并未有丝毫的怜悯。如果不是自己拥有三种玄阶斗技护身的话，恐怕刚才萧宁那一拳，就能将自己的右手给砸断。既然别人不对自己留情，那自己也没理由去做那白痴滥好人。

缓缓收回拳头，萧炎偏过头对着一旁目瞪口呆的二长老淡淡地说道："比试结束了吧？"

咽了一口唾沫,恢复清醒的二长老连忙点头,刚欲宣布比试的结果,却被一声愤怒的娇叱打断了。"慢着!"台下的萧玉看着满身鲜血、不知生死的萧宁,贝齿咬着红唇,愤怒地喝道。

二长老眉头一皱,沉声喝道:"萧玉,你要做什么?"

萧玉小心地将昏迷的萧宁交给身后的一名族人,矫健地跃上台,怨恨地盯着萧炎,怒道:"萧宁再怎么说也是你表哥,你怎么下手如此狠毒?"

望着一副兴师问罪模样的萧玉,萧炎嗤笑了一声,冷笑道:"不过是一场没有丝毫意义的挑战,他却违规服用丹药,先前他那副攻击态势,你认为他对我留情了?如果我不反击,现在躺着的就是我,到时候,你是否会因为我,而如此怒叱他?他萧宁是人,我萧炎就不是人?"

受到萧炎这一连串责问,萧玉心头一滞,俏丽脸颊白了又红,以她的骄傲性子,何时被一名比自己还小的人如此当众教训。她深呼吸了一口气,压下喷薄的怒气,冷冷地道:"我不管你如何狡辩,我只知晓你伤了我弟弟,现在我向你挑战,如果你有本事,就接下来!"

"萧玉,下去,这里岂容你胡来?!比试的规矩是斗者之下,你没有资格!"二长老呵斥道。

萧玉倔强地咬着嘴唇,冷冷地道:"你难道不敢接受?"

"这个白痴女人。"心头咬牙切齿地一番怒骂,先前与萧宁战斗,萧炎已经消耗了不少斗之气,现在再让他与实力为斗者三星的萧玉战斗,明显不利。

"你不会连一个女子的挑战都不敢接下吧?"望着目光有些阴冷的萧炎,萧玉冷笑道。

摸了摸鼻子,萧炎嘴角略微抽搐,漆黑的眼瞳中,骤然凶光毕露。

就在萧炎准备拼了命和这刁蛮的女人打一架的时候,少女犹如银铃般的淡雅笑声,却悄悄地飘上了高台:"萧玉表姐,萧炎哥哥已经精疲力尽,你此时挑战他,可是有些乘人之危了。萧玉表姐如果真要挑战的话,不如薰儿陪你试试,可以吗？"

在众目睽睽之下，少女轻灵地跃上高台，施施然地落在了萧炎身旁，秋水眼波缓缓流转，俏美的脸颊上笑意盈盈。

望着自己跳上来的薰儿，萧炎一愣，旋即翻了翻白眼："你跑上来做什么？"

薰儿抿着小嘴浅浅一笑，没有回答，将目光转向因为她的出现而脸色略微变化的萧玉，微笑道："萧玉表姐，你年龄比萧炎哥哥大上一些，而且还进入了学院修习，这种挑战，有些强人所难。如果萧玉表姐真想找个人出气，还是让薰儿陪你吧。"

闻言，萧玉俏脸微沉，皱着柳眉，狠狠地瞪着萧炎，冷笑道："你难道就只会躲在女人身后？"

"好了！"就在三人纠缠不休之时，不远处的二长老脸色阴沉地发出怒喝。阴沉着老脸，二长老怒气冲冲地走过来，对着萧玉怒喝道："现在的台上，你没有挑战的资格，立刻回去。如果再破坏仪式的举行，就直接关一个月禁闭！"

对萧玉发了一通怒火之后，二长老这才舒了一口气，回过头，无奈地望着微垂着头、把玩着一缕青丝的薰儿，苦笑道："薰儿小姐，你也先下去吧，你们的挑战，都不合规矩。"

薰儿无所谓地耸了耸肩，微微点了点精致的下巴，转身下台时，还对着萧炎悄悄扮了一个鬼脸，让他哭笑不得。

被二长老一通怒斥，萧玉有些委屈，贝齿咬了咬红唇，片刻后，才恨恨地跺了跺小脚，转身离开时，留下一句狠话："小浑蛋，你给我等着！"

望着这终于收场的一幕，二长老松了一口气，侧头望着那一脸无辜的当事人，苦笑了一声，旋即板起老脸，对着台下冷冷地喝道："萧宁比试违规服用丹药，从今天开始，关禁闭三个月！"说完之后，也不管台下的骚乱，再次喝道："挑战完毕，萧炎胜！"

在听得挑战完毕之后，萧炎直接走下高台。在全场的注目中回到自己的位

置，望着周围族人那些敬畏的目光，萧炎摸了摸鼻子，心中淡淡一笑。

在萧炎成年仪式完毕之后，后边不断有族人上场，不过他们所取得的成绩，相比萧炎都显得黯然无光。

最后薰儿的出场，倒是引起了一场不小的震撼，十五岁的斗者，这种成绩，只比当年的萧炎差上一点儿而已。

成年仪式从清晨举行到下午，终于在满场的惊叹声中缓缓地落幕了。在散场时，一双双目光依旧忍不住带着些许震撼，投向场下小脸淡然的黑衫少年。

望着落幕的成年仪式，萧炎心中也松了一口气，周围那些目光实在让他受不了，他摇了摇头，起身就走。

"萧炎哥哥今天的表现，可真让人惊讶啊。"身旁一阵香风袭来，薰儿宛如银铃的笑声传来。

摸了摸鼻子，萧炎笑了笑。

"我原本也以为萧炎哥哥不会斗技，可没想到，你如此深藏不露。"纤手负在身后，薰儿微偏着小脑袋。

"嘿嘿，哪有薰儿深藏不露，上次在斗技堂你所使用的斗技，也不普通啊。"萧炎嘴角一弯，对着薰儿戏谑道。

闻言，薰儿一怔，秋水眸子弯成美丽的月牙儿，笑吟吟地说："萧炎哥哥眼力真好。如果你对那些斗技感兴趣的话，薰儿可以教你。"

耸了耸肩，萧炎摇了摇头，道："算了，贪多嚼不烂，这粗浅的道理，我还是懂的。"

"那……斗气功法呢？"萧炎的拒绝让薰儿有些意外，乌黑灵动的眼珠俏皮地转了转。

脚步微微一顿，萧炎微眯着眼睛，含糊地道："五日之后，不是能进斗气阁寻找功法吗？"

"家族的功法，最顶尖的就是萧叔叔所修炼的玄阶中级的狂狮怒罡，而且那功法，现在的萧炎哥哥，可是没有权限修炼。"薰儿小手捋过额前的一缕青丝，微抿着小嘴，似乎是在斟酌着言辞，片刻后，她轻声道，"薰儿可以给萧炎哥哥弄来玄阶高级的功法，你……要吗？"

"这丫头……还真是个小富婆，玄阶高级……那东西，起码要好几十万吧。"心中叹了一口气，萧炎忽然苦笑起来。如果自己不是侥幸遇到药老，恐怕和薰儿之间的距离，还真的很难拉近。虽然自己天赋不差，但是薰儿那神秘的背景绝对极为强大。

手指不着痕迹地抚摸了一下古朴的戒指，萧炎略微心安，这可是自己成为真正强者的本钱啊。在薰儿的注视下，萧炎轻笑了笑，微微摇头，轻轻的声音中有着一抹倔强与执着："不用了，你哥能靠自己成为强者的。"

薰儿停住脚步，眨巴着灵动的眸子盯着萧炎的背影，片刻之后，忽然微笑着想道："看来……萧炎哥哥背后，似乎真的有个神秘人，嗯……需要查查吗？"纤指有些苦恼地弹了弹光洁的额头，半响后，薰儿无奈地摇了摇头，"算了，萧炎哥哥最讨厌别人探查他的底细了，那神秘人既然教了他这么多东西，想必不会害他吧？"

轻叹了一口气，薰儿仰起小脸，秋水眸子中，淡淡的金色火焰轻轻地跳动着："希望那人没恶意吧，不然……就算他躲到萧炎哥哥身体里，我也要把他揪出来！"

举行了成年仪式之后，萧炎的生活终于可以适当地放松一些，平日被排得满满的修炼日程，也空闲了大半。

由上次购买的药材炼制出来的筑基灵液已经被耗尽，萧炎却并未打算再购买。现在的他，已达到八段斗之气，筑基灵液的效果已微乎其微。

在筑基灵液的效果减弱之后，药老并未再使用别的丹药帮助萧炎提升实力，反而让他在这段时间尽量放松一下心情。修炼之途，一张一弛才是正道，拼了

命修炼，有时候反而会误入歧途。

但习惯了往日紧凑生活的萧炎，此时却闲得骨头有些发痒。无奈，他只好每天陪着薰儿四处游荡，偶尔也去后山修炼一下斗技。现在的萧炎，无疑已经再次成为家族的焦点，不管走到何处，敬畏的目光总是如影随形，一声声恭敬的称呼，也令萧炎心中很是感叹。

葱郁的后山小森林之中，一道犹如灵猴般矫健的身形飞速闪跃，极为敏捷地避过林中的处处障碍，最后在一声闷响中，一个蕴含着刚猛劲气的拳头，狠狠地砸在了一棵足有两三米粗的树干之上，顿时，树干嘭的一声，拦腰而断。

敏捷地避开砸落的树干，萧炎跃到青石之上，右掌对着树干上的衣服一挥，一股吸力便将其扯进掌心中。抹了一把额头上的汗珠，萧炎吐了一口气，缓缓地将衣衫穿上。

在一阵窸窸窣窣声中穿好衣服，萧炎眉头忽然一皱，望向林子之外，冷笑了一声。拍掉身上的几片枯叶，萧炎嘴角噙着一抹冷笑，懒散地向着林子之外走去。

走出林子，温暖的阳光洒在身上，使人浑身骨头有些发酥。微眯着眼睛适应了一下阳光，萧炎微偏着头，望着不远处一块巨石上的女子身影。

冷眼望着巨石上的萧玉，萧炎双手抱着后脑勺，缓缓地行到巨石之下，抬头仰望着那俏脸冷淡的女子，抽了抽鼻子，淡淡地说道："腿很漂亮，不用炫了。"

只是短短的一句话，萧玉顿时俏脸铁青。胸脯微微起伏着，萧玉咬牙冷声道："知道我来找你做什么吗？"

"揍我？"萧炎抽回手掌摸着鼻子，漫不经心地笑问道。

"你那一拳，将我弟弟打成重伤，现在他还躺在床上动弹不得。既然你下手如此狠，我是他的姐姐，自然不能任由他白白挨打。"萧玉美眸怒视着萧炎，恨恨地说。

嘴角挑起一抹讥诮，萧炎偏头冷笑道："那你的意思，在那种情况下，我还得站在那里不动，让他那一拳把我的手臂砸断？"

萧玉抿了抿红唇，怒瞪着萧炎，眼中的恨意不减。

"等他将我的手臂砸断之后，你心里或许会为我这个倒霉人默哀几分钟，然后就再没了歉疚之心，也不用管我后半辈子会不会残废。哈哈，最讨厌你这种女人，你弟弟是人，我就不是人了？！真是个白痴女人！"

"萧炎，你这个小浑蛋，给我住嘴！"俏脸一阵青一阵白，萧玉终于在萧炎的最后一句骂声中尖叫着喊了出来。

望着俏脸铁青、眼睛冒火的萧玉，萧炎冷笑着咂了咂嘴，心头大感畅快。

深呼吸了一口气，缓缓地平复下心中的怒火，萧玉轻盈地一跃，直接跳下巨石，咬牙道："无论如何，今天绝不会轻易放过你！"说完，她左脚朝前一踏，右腿竟带着些许破风之声，狠狠地对着萧炎猛踢而来。

见到这女人居然直接动手，萧炎一声怒骂，急忙退后几步，惊险地避开那长腿。

"哼，你再如何天才，也不过才八段斗之气。今天不好好教训你，你还真是要嚣张上天了。"望着不断躲避的萧炎，萧玉冷笑一声，修长的双腿舞动，猛烈的踢甩之间，带起一阵阵旋风，刮起了地面上的枯叶。

三星斗者的实力，的确远非萧宁可比，在这般凌厉的攻势下，萧炎短时间内竟然难有进攻的空隙，只得不断闪避。

有些狼狈地躲闪着萧玉凌厉的双腿攻势，萧炎小脸却极为平静，眼睛微眯，锐利的目光不断寻找着对方的破绽。再次用手臂挡下萧玉的一记劈腿，萧炎手臂有些疼，看来萧玉还不是一个真正的白痴，至少她并未使用全力来对付萧炎，现在她的攻势看似凶悍，不过顶多让他吃些皮肉之苦而已。

望着身形急退的萧炎，萧玉红唇掀起一抹得意，脚尖一点，再次猛地飞身进攻。萧玉俏脸却骤然一变，前面一直在躲避的萧炎忽然从温顺的绵羊变成拼

命的恶狼，双掌曲拢，狂猛的吸力将萧玉的身形扯得略微朝前一扑。身体刚刚前倾，萧玉体内的斗气便急速凝聚在脚掌上，那股吸力却又突兀消失，取而代之的是一股反推之力。

一吸一推之间，萧玉终于失去了平衡，踉跄退后了几步，一屁股坐倒在地上。萧玉似乎极为愕然，居然忘记了起身，待她反应过来时，一道身影却犹如饿虎扑食一般，从天而降，将她死死地压在了地上。

"小爷今天要你知道，招惹我将付出代价！"脸上有些瘀青，浑身的伤使得萧炎吸了一口凉气，双手死命地按住萧玉皓腕上的脉门，咬牙切齿地道。

萧玉一怔，旋即俏脸满是羞怒，拼了命地挣扎，却被力气忽然暴涨的萧炎紧紧地按住手腕脉门，这让她身体有些使不出劲。再次挣扎片刻无果之后，萧玉只得停下无用的举动，怒视着萧炎，骂道："小浑蛋，滚开！"

萧炎咧了咧嘴，脸上的瘀青带来一波波的疼痛，吸了几口凉气，低头冷笑道："放了你？那本少爷白挨打了？"

被萧炎盯得心中有些发毛，萧玉咽了一口唾沫，不过高傲的她，依然倔强地扬起雪白的下巴，冷笑道："挨打还没挨够？那你就放开我，我一定让你挨个够！"

嘴角一抽，对于这死也不松口的女人，萧炎有些无奈。说实在的，虽然他对这女人有些气愤，但是还远远没达到真的要报复的地步，不管怎么说，她毕竟是自己名义上的表姐。然而自己这顿打，总不能白挨了吧？

眼睛微微眯起，萧炎抿了抿嘴，忽然猛地挥起拳，带着斗之气向萧玉的俏脸砸去。被萧炎这突如其来的攻击吓住了，萧玉的小嘴微微张开着，竟忘记了防御。砰的一声，拳头在萧玉的尖叫中落下，狠狠地砸在她脸颊旁的土地上，扬起阵阵灰尘。

耳膜被震得有些发麻，萧炎在挥拳之后冷冷地道："下次再招惹我，可就没这般好运了！"说完，他犹如猴子一般跳跃起来，然后飞一般地向着山脚下蹿去。他知道，这女人多半又要发疯了。

惊吓的尖叫声转为愤怒，持续了好半晌，才缓缓停住，萧玉俏脸此时布满愤怒的羞红，美眸含着怒火，死死地盯着山脚下若隐若现的背影，咬牙切齿地尖声喝道："萧炎，小浑蛋，我要把你碎尸万段！"

远处的背影没有理会传来的尖叫，在略微一拐之后，消失在萧玉的视野之中。逃下山后的萧炎，有些忐忑，躲在山脚下的隐蔽处，看着萧玉俏脸铁青地离开之后，这才略微松了一口气。

"唉，和这白痴女人见面，总是忍不住性子，看来小时候和她的积怨，还真不是一般深。"扭了扭脖子，萧炎苦笑了一声，深呼吸了一口气，压下心中的一些念头，再次恢复以往的平静，缓缓行出。

行出隐蔽之处，萧炎脚步忽然一顿，有些讪讪地转过头，望着远处那斜靠着树干的青衣少女，尴尬地笑道："薰儿，你在这里做什么啊？"

远处的薰儿，懒懒地靠着树干，小蛮腰上的一束紫色衣带随风飘荡，眼睛扫过萧炎，似笑非笑地说道："萧炎哥哥，刚才我看见萧玉表姐怒气冲冲地走过去，难道你又招惹她了？"

讪讪地摸着鼻子，萧炎走上前来，干笑道："谁知道她又发什么疯。"

望着讪笑的萧炎，薰儿不置可否地轻笑了笑，抿了抿小嘴，小手负于身后，少女轻盈的身姿，颇为动人。

"明天就是进斗气阁寻找功法的日子了，萧炎哥哥还是准备准备吧。"少女远去，余音缭绕。

第十三章
斗气阁

站在队伍里,萧炎抬头望着面前这幢庞大的阁楼,忍不住惊叹起来。巨大阁楼的牌匾之上,写有"斗气阁"三个颇有古意的大字,牌匾略微有些黄,匾上的沟壑显示着岁月的沧桑。

这座阁楼,便是萧家最重要的所在——斗气阁!家族几百年来所收集的斗气功法,全部存放在此处,而这些功法,便是萧家如今地位的保障。

作为家族最重要的地方,此处的守卫极为森严,平日里被列为禁地,就连自家族人,也禁止私自入内,只有在成年仪式举行之后,这里才会暂时开放。

微眯着眼睛,目光在阁楼四处黑暗角落中扫过,敏锐的灵魂感知力让萧炎知道,他们所有人的举动,都被隐藏在暗处的护卫尽收眼中。在阁楼的偏僻处,萧炎还能察觉到几道隐秘而强大的气息,看来,家族对这斗气阁,真的是极为重视。

萧炎微偏过头,与薰儿对视了一眼,都从对方眼中看出一抹笑意,显然,两人都清楚地发觉了周围隐藏的护卫。

"进入斗气阁的规矩，我已经说了很多遍，现在也不细细重复了。总之，进入斗气阁后，两个小时之内，所有人必须出来！还有，每人只能拿一种符合自身属性的斗气功法，不可多取。若有人想要私藏功法，那将会被取消获得斗气功法的资格。所以，你们可得注意了！"站在高高的台阶上，萧战目光威严地扫视着下面的大群少男少女，满脸严肃地说道。

"是！"众多少年兴奋地大声应道，目光炽热地望着那巨大的阁楼。能够得到一种较好的斗气功法，就能让自己在起点上领先别人，这一直是他们心中最期盼的事。

"既然都知晓规矩，那就开始吧。"萧战满意地点了点头，退后了一步，让出那立在楼阁大门前的石柱。石柱高一米左右，顶端安置着一个透明的水晶球。萧战挥了挥手，身后两名护卫在一阵沉闷的嘎吱声中，缓缓地推开了黑色的巨门。

"测验过自身属性之后，便可进入其中。记住，进入后按照自身的属性进入通道，别走错了！"萧战对着下面的人群点了点头，示意可以开始了。

瞧着萧战点头，领头的一名少年满脸兴奋地跳了上去，双手在水晶球上摸了摸，一团淡青光芒释放而出。

"风属性。嗯，进去吧。"瞟了一眼水晶球，萧战点了点头，笑道。

有人带头后，台下的众人顿时闲不住了，一个个急忙冲上去，在测验出自身属性后，争先恐后地拥进斗气阁。

望着周围越来越少的人，萧炎摸了摸鼻子，对薰儿笑道："走吧，看看能淘到什么功法。"

薰儿可爱地摊了摊手，家族的功法对她并没什么吸引力，不过萧炎有这兴趣，她也乐意陪他。

因为两人都不是特别急切，所以等到其余人都进去之后，两人才在萧战的目光中，施施然地走上来。

萧炎冲着萧战咧嘴笑了笑，手掌在水晶球上摸了摸，炽热的红光比先前所有人还要亮上几分，火属性。

萧战早就清楚自己儿子的属性，微微点头后，目光忽然快速地在周围扫了扫，然后悄悄地前行了一步，咳了一声，微微弯腰，轻声说道："火道第三条路第四十三号房间！"

听着萧战的低语，萧炎一怔，旋即觉得有些好笑，原来父亲这是在为自己以权谋私啊。不着痕迹地点了点头，萧炎立在一旁，等着薰儿测试。

薰儿望着那光滑的水晶球，略微迟疑了一下，旋即将纤指轻轻地点在其上。随着薰儿纤指一点，水晶球在略微沉寂之后，猛地变得火红，瞬间，竟如一个火球一般炽热与耀眼。有些震撼地望着那化成火球的水晶球，萧炎微张着嘴巴，心中轻吸了一口凉气。

片刻后，待薰儿抽回手指，水晶球的火红才缓缓褪去，而此时，一道道细小的裂缝已经密布水晶球全身。苦笑地望着即将破碎的水晶球，萧战眼神中带着些许莫名意味，挥了挥手，道："快进去吧。"

"啧啧，好精纯的火之体，不过可惜体内没有木属性，不然，真是一个天生的炼药师。"在萧炎震惊之时，心中忽然响起药老的惊叹之声。

心中惋惜地点了点头，萧炎望着走过来的薰儿，无奈地耸了耸肩，转身向斗气阁内行去。

望着并肩进入斗气阁的两人，再低头看了一眼终于咔的一声破成几块的水晶球，萧战摸了摸下巴，喃喃道："唉，真是太……强悍了。薰儿这妮子，不仅脾气好，人也漂亮，背景更恐怖，比那纳兰嫣然不知好了多少倍。如果炎儿能有这样的媳妇，那该多好啊！"说完之后，萧战自嘲地摇了摇头，为自己的异想天开感到无奈。

萧战自然是没发现，在他这话说出之后，那即将跨入斗气阁的薰儿，身体却是骤然一僵，耳尖犹如先前的水晶球一般，火红撩人。

踏入漆黑的大门,光线略暗,柔和的光芒从周围墙壁上的火珠中散发而出,将宽敞的阁楼照得幽深而寂静。

进入阁楼,几条宽敞的通道出现在眼前,在每一条通道的最前方,都绘有代表各种属性的大字。萧炎目光扫过几条通道,最后停在靠左侧的火道之上,摸了摸鼻子,微偏过头,却见到小脸有些娇羞绯红的薰儿,微微一愣,愕然地问道:"薰儿,怎么了?"

"啊?"被萧炎的声音吓了一跳,薰儿小脸上的绯红不由得更浓了一些。片刻后,她缓缓平复心情,对着萧炎皱了皱俏鼻:"没什么,快去找功法吧。"

莫名其妙的萧炎对着那条火道指了指,笑道:"走吧。"

薰儿无所谓地点了点头,俏美的小脸上还未完全散去的一丝红晕,让她显得更加娇俏可爱。

眼光斜瞟着薰儿美丽动人的小脸,萧炎心头顿时有些不争气地乱跳,赶紧目不斜视地在前头带路。

走进火道,又出现五条小道,在小道之中,还能依稀看见一些族人的身影。眼珠子转了转,萧炎带着薰儿,径直进入了第三条小道。

进入小通道,却是别有一番天地。在通道的两侧,每隔几米距离,就有一扇火红色的厚实木门,而此时,所有木门皆已开启,大开的木门中,有淡淡的红色光幕浮现。红色光幕是一种防卫装置,同时也是对年轻族人的最后一道考验——想要取得其中的功法,就需要打破光幕。

小道中已有不少族人,他们正在一些木门前,脸色涨红地狠狠击打着红色光幕,偶尔有光幕的破碎声伴随着欢呼声在小道中响起,每当此时,那些还在奋力攻击的族人,都不由得脸露羡慕之色。

萧炎和薰儿缓步行在小道中,饶有兴致地望着两边那些打得热火朝天的族人。再次拐了个弯,萧炎望了望旁边木门上的号码:三十七。

摸着鼻子笑了笑,萧炎快步走了一段距离,然后在号码为四十三的木门前

停下了身形，轻笑道："就是这里了吧。"

此时的小道中，还有十多名族人，当他们瞧见萧炎停在四十三号房间时，都不由得一愣。这房间具有此条小道上防御最坚固的光幕，先前有不少实力不错的族人想要破门而入，可都在这里吃了大亏。

无视周围那些诧异的目光，萧炎手掌缓缓地摸上了光幕。

"萧炎哥哥，萧叔叔这样做，算不算以权谋私啊？"见到萧炎的举动，薰儿俏皮地眨了眨美眸，似笑非笑地低声道。

测量了一下光幕的厚实程度，萧炎回过头，佯装恶狠狠地说："小妮子，最好给我装作什么都没看见，什么都没听见，不然……"

薰儿被萧炎的表情逗得莞尔一笑。少女娇嗔的风情，让附近正在攻击光幕的其他族人顿时有些眼睛发直。

萧炎笑了笑，退后了两步，双脚略微分开，双掌缓缓握拢，眼睛微闭，体内淡淡的斗之气顺着特定的脉络，开始迅速地运转。薰儿懒懒地斜靠在墙壁边，一双秋水眸子紧紧地盯着蓄力中的萧炎，眸中，俏皮地跳动着淡金色的火焰。

"喝！"微闭的眼睛乍然睁开，萧炎脚掌猛地在地面狠狠一踏，身形诡异地急旋，身子背对着光幕，右臂肘尖带着有些尖锐的破风声，重重地轰向红色光幕。

"八极崩！"心头一声冷喝，萧炎的肘尖猛地砸在了光幕之上，顿时，一圈圈涟漪犹如波浪，从光幕中心急速扩散。

"破！"一声肃然冷喝，红色光幕在周围十几道震撼的目光中，犹如玻璃一般，轰然破碎！缓缓吐了一口气，萧炎手臂骤然一抖，衣衫袍袖发出噼里啪啦的声响。

身旁，望着破碎的红色光幕，薰儿轻轻地拍了拍小手，抿着红润的小嘴点了点头，微笑道："很不错的斗技，攻击力非常强！"

扭了扭脖子，萧炎舒展了一下手臂，淡淡地笑道："还勉强凑合吧。"

听到萧炎此话，小道中的十几个族人顿时感到有些胸闷，如此变态的斗技，还只是凑合？不是成心打击人吗?！

"哈哈，走吧，进去看看是什么斗技。"对着略微泛红的房间扬了扬下巴，萧炎率先进入其中。

进入小房间，光线明亮了几分，房间内并不宽敞，在小小的房间中央，有一方石台，在石台之上，静静地放着一卷暗红色的卷轴。

萧炎走上前，饶有兴趣地拿起暗红色卷轴，看了一眼卷轴背面，轻声道："黄阶高级功法，炼火焚！"

"果然还不错哩，这可是家族中最顶尖的火属性功法了。看来萧叔叔为萧炎哥哥还真是费了不少心。"身后，传来薰儿的声音。

笑着点了点头，萧炎心头有着淡淡的暖意。

一只白皙的纤手忽然从身后伸出，从萧炎手中取走了暗红卷轴，薰儿微偏着小脑袋，把玩着卷轴，柔声道："萧炎哥哥，刚开始修炼斗气的时候，功法等级越高，对日后的好处也越大，黄阶高级功法……是有些低了。"

萧炎淡淡一笑，微微点头。

望着脸色平静的萧炎，薰儿浅浅柳眉轻轻一蹙，纤指轻弹，一卷通体呈火玉之色的古朴卷轴出现在手中。"这是火属性的玄阶高级功法，弄炎诀！"薰儿抚摸着卷轴，轻声道，"萧炎哥哥不用觉得不好意思，薰儿知道你不是那种迂腐的人，高级功法对你日后大有好处，所以……"

望着一手抓着一个卷轴的薰儿，萧炎苦笑了一声，伸出手掌亲昵地摸了摸她的脑袋，然后在薰儿有些受伤的水灵眸子注视下取回了那卷黄阶高级的功法。

"萧炎哥哥……"薰儿委屈地翘着小嘴，眸子中水波流转，看上去楚楚动人。

"哈哈，谢谢薰儿了，我并不是因为不好意思。"萧炎温柔一笑，低头在薰儿娇嫩的耳边轻声道，"而是，萧炎哥哥能弄到更好的功法。"

望着拿着功法走出小房间的萧炎，薰儿摇了摇头，只得无奈地轻声道："姑且相信你吧。"

走出房间，萧炎瞧着附近那些依旧还沉浸在震撼中的族人，轻轻耸了耸肩，待薰儿出来之后，两人这才闲庭信步地走出小道。

因为距离两个小时还有不少时间，所以萧炎与薰儿并不急着出去，斗气阁平日属于禁地，今日难得有机会进来，四处看看，也好满足一下好奇心。

在即将走出火道之时，薰儿随便进入了一个小房间，取了一卷黄阶低级的斗气功法，然后陪着萧炎，走进另外几条通道。

今天，无疑是斗气阁几年来最热闹的日子。每条通道之中，都是人头攒动，一个个脸色激动得通红的族人奋力攻击着光幕，少年的欢呼声，伴随着光幕的破碎声，不断响起。

再次走出一条小道之后，萧炎算了算时间，伸了一个懒腰，对身旁的薰儿笑道："走吧，时间快到了。"

点了点头，薰儿跟着萧炎转过一条小道的角落，然后径直对着斗气阁外行去。

萧炎眉尖忽然一挑，在两人不远处，身着红裙的萧媚正急得俏脸涨红地在一道光幕面前不断转悠。看她的模样，似乎是想得到里面的功法，却又没能力打破光幕。

萧媚现在的心情很糟糕，简直可以用心急火燎来形容。在今天进入斗气阁之前，她的父亲暗地里偷偷告诉了她一个房间号码，特别叮嘱一定要得到其中的功法。要知道，这可是他费尽心机与口舌，才从斗气阁布置人员那里得到的消息，他相信，只要萧媚能得到这黄阶高级的风属性功法，就一定能够在斗气修炼的起跑线上领先别人。

然而，萧媚的父亲虽然得到了确切的房间号码，却忽略了房间光幕的强度。萧媚找到此处，已经努力了将近一个小时，可依旧未能打破光幕。虽然也有别的族人因为垂涎她的美貌而想要帮忙，但是这种光幕只能由一人单独击破，如果攻击人数超过一人，光幕也会随之变强，到头来，依旧是竹篮打水一场空。

两个小时就要到了，如果再不能将光幕打破，那萧媚就真的什么都得不到了。一想到没有斗气功法的后果，萧媚那大眼睛中就忍不住水波流转，楚楚动人的模样惹人爱怜。

目光在周围的少年身上扫过，萧媚苦笑了一声，摇了摇头，美眸却是骤然一顿。不远处，双手抱着后脑勺的黑衫少年，正淡然地行来。

萧媚抽了抽挺翘的玉鼻，刚刚绝望的心又悄悄地活络了起来。她抹去即将掉落的泪珠，贝齿轻咬着红唇，可怜巴巴地望着走过来的萧炎，希望他能够帮自己一把。

周围少年顺着萧媚的视线望去，看见了缓缓走来的萧炎，窃窃私语声逐渐弱了下来，视线中略微掺杂着敬畏。一时间，原本喧闹的小路，顿时鸦雀无声。

在小路上几十道目光的注视下，萧炎一脸平淡地径直走来，然后目不斜视地与欲言又止的萧媚擦肩而过。

微微张着红唇，萧媚望着没有理会自己的萧炎，愣了一会儿，美丽的小脸上浮起一抹自嘲，想起自己这几年对待萧炎的态度，刚刚升起的那一抹怨气逐渐消散。

"哈哈，这也算是报应吧，我还真是个令人讨厌的人，自作自受。"缓缓地蹲下身子，萧媚双肩轻轻抽动着，有些压抑的轻泣声，在安静的小路中响起。

正在轻泣中的萧媚，忽然察觉到周围的气氛有些不对，缓缓地抬起哭得梨花带雨的脸，却是一怔——那本来已经远去的少年，慢吞吞地走了回来，站在她面前。

"让开。"瞥了一眼楚楚动人的萧媚，萧炎淡淡地道。

"啊？哦……"又是一怔，萧媚旋即回过神来，脸上浮现出喜悦之色，乖乖地让开了。

在众人好奇的目光中，萧炎走到光幕前，伸出手掌，轻吐了一口气。身子略微停顿，萧炎犹如奔雷一般乍然而动，身子一个急旋，右脚猛地甩出，裤腿在此刻发出呼呼的破风声响。一脚狠踢在光幕之上，涟漪急速扩散，最后在众人震撼的目光中，护罩砰的一声爆裂。

保持着甩踢的姿势，萧炎缓缓地收回脚掌，扭了扭脖子，平淡地转身，走向远处的薰儿。

"表哥……谢谢你……对不起。"看着萧炎从身旁走过，萧媚怯怯地说。

"嗯。"瞥了一眼这个终于失去了傲气的少女，萧炎淡淡地点了点头，然后在一众少年崇拜的目光中，消失在小路的尽头。

大门之旁，十几名面目冷漠的护卫牢牢地堵在门口，一名面无表情的老者端坐在椅子上，手中拿着笔与厚厚的簿子。此时，老者面前正排着不少族人，而所有的族人都从身上掏出寻到的斗气功法，让老者登记之后，这才在十几名护卫冰冷的审视目光中，从那小小的缝隙中挤出去。

这是出斗气阁的一道程序。在进入斗气阁之前，萧炎等人就被详细地告知过，所以当下并不觉得意外。

斗气阁中的功法是家族十几代人辛苦收集所得，这些功法是萧家在乌坦城立足的根基，所以家族对功法有着极为严格的保护措施。

萧炎等人手中记录功法的材料，是一种特殊的墨竹。这种墨竹分为子母两份，母体只有巴掌大小，子体却能够活动于母体周围数十米。用这种材料所制的功法卷轴，只要族长手中握有母体，那么任何私自走出母体监测范围的子体功法，都将会被感应到。

族中那块母体墨竹的监测范围，刚好将整个萧家囊括其中，所以这些功法卷轴只要一离开萧家，就会被发现。当然，事无绝对，一些实力强大的人能够强行截断这种感应，不过，这种等级的强者，会来抢一些黄阶功法？

终于轮到萧炎，他走上前去，从怀中掏出功法卷轴，递给了老者。

一手接过萧炎递过来的暗红色卷轴，老者微微一愣，用目光打量了一下萧炎，心头嘀咕道："这炼火焚的防御罩似乎有九段斗之气的强度吧？这小家伙竟然能够得到炼火焚，果然有些底子呀。"

将功法登记了之后，老者将其还给了萧炎，淡淡地提醒道："想必你也知道规矩吧，不能将功法带出家族，否则会受重罚！一年之后，将斗气功法交回，不得有所损坏！"

随意地点了点头，萧炎侧身斜靠着大门，等待着薰儿登记。对着萧炎轻笑了笑，薰儿伸出皓腕，将自己的功法递了出去。

见到站在面前的薰儿，本来面无表情的老者竟然罕见地露出一抹恭敬的笑意。他双手接过功法卷轴，快速地进行登记。

望着态度变化颇大的老者，萧炎眼睛微眯，手指习惯性地轻轻曲拢。这位老者能够管理斗气阁，他在家族中的地位，绝对不会低于三位长老。萧炎也听说过老者在家族中的名头——冷面人萧旱，这老家伙，就算面对自己的父亲，也从不给半点儿脸面，一张冷冰冰的老脸，犹如肌肉已经僵化一般。然而这位连族长都不放在眼中的冷面人，却在薰儿面前如此恭谨，这实在是让萧炎心中对薰儿的身份，再次多了几分好奇。

摸了摸鼻子，萧炎抬头望着带着笑意走过来的薰儿，耸了耸肩，两人一起挤出了大门。出了拥挤的大门，萧炎重重地呼吸了几口新鲜空气。斗气阁中的空气，实在太沉闷了。

"怎么样，炎儿？"瞧得萧炎两人出来，一道人影缓缓地踱了过来，目光望着大门内，笑着低声问道。

偏头望着微笑的父亲，萧炎笑着点了点头，袍袖下露出一截暗红色的卷轴，轻笑道："搞定了。"

见到那抹暗红色，萧战这才松了一口气，笑眯着眼睛，低声道："到手就好啊。"

与萧炎对视了一眼，父子俩同时发出得意的笑声。

伸出宽大的手掌拍了拍萧炎的肩膀，萧战笑道："如今功法已到手，等你成为斗者之后，就能真正地修炼斗气了。"

萧炎含笑点头，袍袖中的手掌摸着卷轴，眼睛微眯，心头却呢喃道："欸，老师所说的那功法，究竟有何特异之处？能够进化的功法，真的存在吗？"

"比天阶功法还诡异……"想起那日药老所说的狂妄之话，萧炎苦笑着摇了摇头。他现在所见过的顶尖功法，便是先前薰儿拿出来的那玄阶高级的弄炎诀了。说实在的，在他拒绝的那一刻，心中还真是挣扎了片刻，毕竟，这种等级的功法可遇而不可求啊。

揉了揉额头，他忽然有点儿后悔拒绝薰儿的好意了，不过话已经说出口了，现在他可没脸再开口讨要，也只得在心中祈祷药老不是耍自己，不然，这脸可就丢大了。

"哼哼，玄阶高级而已，有什么舍不得的？虽然那小丫头的身份不一般，但是想和我比功法的收藏，她还嫩了许多。"就在萧炎祈祷之时，药老的冷哼声突兀地从心头冒了出来。

"终于出来了。"听着心中的声音，萧炎摸了摸鼻子，嘴角却缓缓地挑起一抹得意的弧度，在心中说了这么多，不就是为了逼这老家伙能说句让人心安的话吗？

"哎，你这小狐狸，竟然算计我！"药老这时也有所察觉，哭笑不得地叹了一口气，"小家伙，安心修炼吧，功法的问题，不用你操心，不会委屈你的。日后你的成就，不会比你身边那小丫头低，她家也就是……嘛。"

药老的最后一句话有些含糊，萧炎微笑着点了点头，既然有了药老的保证，那么接下来就该安心向斗者冲击了。只有成为一名斗者，才有资格去闯荡那广阔的天地，以及去寻那让他"日思夜想"的纳兰嫣然……

第十四章
突破九段

之后,整个家族忽然间空荡了许多。那些斗之气在七段以下的年轻族人,都开始被陆续调出家族,分配到家族的各处产业之中;而得到功法的优秀族人,也开始埋头苦修,以期能够以最快的速度,修炼到手的斗气功法。

这平静的两个月时间,犹如流水一般,从指缝间悄悄溜过,让人难以察觉。

烈日高升,炽热的阳光将大地烘烤得有如火炉一般,丝丝热气从地面渗出,缓缓升空,让人的视线有些扭曲。

萧家后山山顶,茂密的小树林之中。阳光透过重重树叶的遮掩,将细小的亮点投射在布满枯叶的土地上,星星点点,犹如繁星。

小树林之中,两道人影交错而动,双掌交轰间,一波波风浪将附近的枯叶卷得四处飞扬。

萧炎双臂在身前猛地交叉,在一声闷响中,挡下了薰儿白皙小手的轻轻贴靠。薰儿的攻击看似温柔,然而当其手掌贴近萧炎双臂时,那股柔和的劲力却骤然变得充满攻击性。

　　嘴角一抽，手臂上的强大劲力使萧炎退后了两步。手臂上，薰儿小手的贴靠处，已经多出了一道略微铁青的瘀痕。望着退后的萧炎，薰儿微微一笑，白皙的小手在身前缓缓游动，略微泛着淡金色的斗气，将那修长的指尖附上了淡淡的流光。

　　"啧啧，好强。"稳下身子，萧炎惊叹地摇了摇头，抬眼望着那小嘴噙着淡淡笑意的薰儿，舔了舔唇，战意大浓。

　　萧炎脚掌猛地一踏地面，身形急冲，顿时泥土飞扬。瞧着再次攻来的萧炎，薰儿小嘴一扬，小手上的淡金光芒越加浓郁。脚掌狠狠地踏在泥土地面上，踩出一个小小的凹坑。萧炎猛冲的身形，在距离薰儿尚有一米左右时猛地顿住，极动与极静之间完美转换，丝毫未让人觉得有半分突兀。看到萧炎对自身速度控制得如此巧妙，薰儿秋水眸子中忍不住流露出一抹赞赏。

　　"八极崩！"奔跑的身形骤然静止，萧炎右脚点地，身子旋转加力，左腿在半空画出一个充满力量感的弧度之后，带着一股略微刺耳的破风声，对着薰儿甩去。

　　望着萧炎这记凶猛的攻击，薰儿轻轻点了点头，白皙小手在身前画出小小的半圆，掌心中，淡金光芒骤然大放，小手曲握成一个诡异的半圆弧，旋即毫不犹豫地重轰在萧炎左腿之上。

　　嘭！腿掌交接，一声闷响凭空炸响，满地的枯叶在此刻被席卷一空，漫天飞扬。一腿一掌，在半空僵持瞬间后，两人身形皆是急退。身体被腿上传来的劲气直接轰上了四五米的高空，萧炎惊叹地摇了摇头，在身体即将落下之时，右掌对着一旁的巨树一挥，一股吸力将他急速落下的劲气化解，脚掌在树干上一踏，旋即稳稳地落回了地面。

　　抬起头，望着同样退后了好几步的薰儿，萧炎咂了咂嘴，笑道："刚才你那斗技是什么？"

　　"玄阶高级斗技，燕反击。练到高层次，能够将对方的攻击反击回去，我现在还是初级境界,只能反击一成左右的力量。"薰儿笑吟吟地说道。

挠了挠头,萧炎心头忽然冒出几个字来:"借力打力。"

"萧炎哥哥刚才那斗技也很不错,要不是薰儿是一星斗者,本身实力高于你,恐怕还真接不下那股劲气。"薰儿美眸弯成漂亮的月牙儿,轻笑道。

萧炎不置可否地耸了耸肩,懒懒地扭了扭脖子。高强度的战斗,使得他在肌肉发酸之余,连带着精神也有些疲惫。抹了一把脸上如同流水一般的汗液,萧炎暗自骂了一声鬼天气,一把扯开上衣,脱了下来,露出少年那略微有些黝黑的健壮身材。虽然并不算壮硕,但是小小的身躯中却隐藏着爆炸般的力量。

望着萧炎,薰儿俏脸有些绯红。

抓着衣衫,萧炎疲惫地靠在一块青石下面,冲着薰儿苦笑道:"唉,两个月了,还停留在八段斗之气……"

望着有些无奈的萧炎,薰儿抿着小嘴轻笑了笑,莲步微移,也靠着青石坐了下来,从萧炎手中取过有些汗味的衣裳,然后温柔地替他将身上的汗渍擦去,柔声安慰道:"八段到九段是初阶斗之气的瓶颈阶段,萧炎哥哥不要心急,等时机到了,自然水到渠成。"说到这里,薰儿抬起眼来,却见到萧炎正愣愣地望着自己,小脸一红,娇嗔道:"萧炎哥哥……"

被薰儿惊醒,萧炎的脸也有些发红,尴尬地笑了笑,斜靠着冰凉的青石,缓缓闭目。轻翘着红润的小嘴,薰儿在帮萧炎擦身体之时,眼睛偷偷地扫过,愕然发现,这家伙不知何时竟然睡着了。

无奈地摇了摇头,薰儿也知道今天的高强度战斗,实在让他太过疲惫。她轻轻皱了皱小鼻子,放下手中衣衫,修长的指尖上缓缓地跳动着淡金色光芒。悄悄地瞥了一眼没有反应的萧炎,薰儿指尖点上了萧炎的皮肤,一点点金色光芒顺着手指的点动,缓缓钻进萧炎的身体之内。随着金色光芒的输入,薰儿微咬着小嘴,光洁的额头浮现出细密的汗珠,此时她微微一怔。青石旁,沉睡中的萧炎体内突兀地产生一股莫名的吸力,周围天地间,一丝丝斗之气开始迅速

地涌入。"呃……要突破了?"张大着小嘴望着毫无意识地吸收着斗之气的萧炎,有过这种经验的薰儿,惊愕地轻声道。

茂密的小树林之中,一丝丝淡白的能量气流从空气中渗出,然后不断地涌进沉睡中的萧炎体内。

薰儿有些惊喜,悄悄地退后了一些距离,警惕地守在周围。此时若是将萧炎从这种修炼状态中惊醒,恐怕他又会失去一次晋级的好机会。

萧炎此次晋级异常顺利。随着斗之气的不断涌入,萧炎脸上的疲惫也在缓缓地消失,清秀的小脸散发着淡淡的白光,看上去犹如玉一般。

小树林中,斗之气的波动持续了一个多小时才结束。当最后一缕斗之气钻进萧炎体内之时,小树林再次恢复了平静。炽热的阳光,继续照射着。

望着眼睛虽然紧闭、呼吸却极为平稳的萧炎,薰儿松了一口气,低声笑道:"终于九段了。或许再有半年时间,萧炎哥哥就能凝聚斗之气旋,成为一名真正的斗者了。"轻笑了笑,薰儿跃上一处青石,盘腿而坐,小手托着香腮,静待着萧炎醒来。

当萧炎从沉睡中醒来时,天色已经逐渐昏暗。萧炎眨了眨眼睛,呆愣了一会儿之后,才缓缓回过神来。他抬起头,望着坐在青石上、被金色的夕阳披上薄纱的薰儿,目光对上那双亮晶晶的水灵眸子,不由得微微一笑。

"萧炎哥哥,醒了啊?"望着醒来的萧炎,薰儿娇笑道。

笑着点了点头,萧炎爬起身来,扭了扭酸麻的脖子,伸了个懒腰,一阵骨头舒展的噼里啪啦声,从刚刚睡醒的身体中接连传了出来。萧炎握了握拳头,旋即微张着嘴,抬起脸,有些迟疑与不确定地说:"那个……我好像到九段了?"

望着萧炎那一头雾水的有趣模样,薰儿笑着点了点头。见到薰儿点头,萧炎嘴角一扯,在惊喜之余,又有些哭笑不得。上次是梦游的时候突破,这次竟然直接在睡觉中突破,简直是太滑稽了。

虎虎生风地快速打出几拳,感受到那较几小时前雄厚好几倍的斗之气,萧

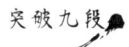

炎不由得嘿嘿一笑。在发泄完之后，萧炎这才察觉到昏沉的天色，冲着薰儿歉意一笑。

随手抓起衣衫快速穿好，萧炎对着薰儿笑道："还不走？今天算是喜庆的日子，哥请你去乌坦城吃一顿好的。"

"嘻嘻，我要最贵的。"闻言，薰儿嫣然轻笑，脚尖在青石上轻轻一点，轻灵地落在萧炎身旁。少女清脆的笑声，洒满了翠绿的树林。

为了感谢薰儿一下午的守候，萧炎带着薰儿在乌坦城中逛了许久之后，这才在家族中分别。

回到自己的房间，萧炎重重地躺倒在床榻上，抱着柔软的被子，依旧有些兴奋，笑眯着眼睛轻声呢喃："终于快要再次成为一名斗者了。"

"嘿，这次晋级，你还是沾了那小丫头不少光。"房间之中，苍老的笑声忽然传了出来。

抬了抬眼皮，望着那不知何时出现的药老，萧炎皱眉问道："和薰儿有关？"

"嗯，的确有些关系。不然，你恐怕至少得一周后才能突破。"药老透明的身体悬浮在座椅之上，淡淡地说。

萧炎将头埋在被窝中，闷声道："现在已经九段了，想要突破到斗者级别，恐怕得半年左右才行。"说到这里，话音忽然一顿，萧炎掀开被子，小脸突然变得阴沉，轻声中有着一抹冷意："时间已经过去一年多了，可我还没成为一名斗者。如果按这种进度，两年之后……恐怕还是赶不上纳兰嫣然。"

闻言，药老不置可否地抬了抬眼皮。

"纳兰嫣然能够被云岚宗当成下代宗主培养，天赋绝对不弱。而且，云岚宗实力雄厚，宗门中，还有丹王古河这种强大的炼药师……如果他帮助纳兰嫣然，恐怕她晋级的速度，不会比我慢。"萧炎自言自语道。

药老斜瞥了一眼萧炎，却见到这家伙正双眼亮晶晶地紧盯着自己，不由得

嘿嘿一笑,却是不肯说话。瞧见药老没有表示,萧炎只得无奈地翻了翻白眼,这通话,算是白表达了。

沉默了好一会儿之后,药老这才慢吞吞地咳了一声,站起身来,踱着步子,不屑地笑道:"那古河不过是个六品炼药师,也配称作丹王?说起炼药,他算什么东西?"

听见药老如此说,萧炎脸上顿时多了几分笑意,他知道,自己这神秘的老师,终于又要出手了。

"明天去买材料,不就是聚气散嘛,我炼给你,让你当豆子吃……我还不信,那纳兰嫣然能有这般待遇?"双手负于身后,药老傲然冷笑道。

当然,说将聚气散当成豆子吃是有些夸张,不过以药老的本事,只要材料足够,给萧炎捣鼓出几十颗聚气散来,不是什么难事。

然而听着药老放出的狂言,萧炎还来不及高兴,就被接下来从药老口中一个个蹦出来的材料名字打击得萎靡了下来:"你明日去准备四株五十年的墨叶莲,两粒成熟的蛇涎果,一棵二十年左右的聚灵草,还有一颗水属性的二级魔核。"药老偏过头,却见萧炎一脸呆滞,不由得一愣,愕然道:"怎么了?"

"五十年的墨叶莲?这种年份的药材,似乎是三千多金币一株吧?成熟的蛇涎果?这已经算是低级药材中的极品了,普通的药材店都买不到,就算运气好遇见了,起码要八千金币啊。二十年的聚灵草?天哪,我只在拍卖会上见过一次,最终拍卖价格,是整整一万五啊。还有二级的水属性魔核,那也需要两千金币以上啊。"萧炎手掌拍着额头,痛苦地呻吟道,"光是这些材料钱,加起来就要将近五万金币,我哪有这么多钱?"

"呃,"闻言,药老翻了翻白眼,摊着手戏谑道,"这些都是你的事,与我无关,我只负责炼药。"

"天哪,造价太昂贵了,真把这东西当豆子吃,就算以萧家的财力,也根本消耗不起。"心头苦笑着骂了一声,萧炎从枕头下摸出一张绿色的卡片,心疼地

摸了摸，无奈地道，"上次拍卖筑基灵液所得的钱，只剩下一万多了，根本不够买你所说的那些药材。"

药老嘿嘿一笑，悠闲地坐在椅子上，一副事不关己的模样。

揉了揉额头，萧炎龇牙咧嘴地道："先用这些钱买筑基灵液的材料吧，再炼制一点儿灵液去拍卖会拍卖，不然，钱肯定不够。"

药老无所谓地点了点头，炼制筑基灵液那种低级灵药，对他来说易如反掌。

瞧见药老点头，萧炎松了一口气，再次重重地躺倒在床榻之上，苦笑着轻声道："没钱真是烦恼啊！"

第二日清早，萧炎悄悄地溜出了家族，在乌坦城的一些药材店中将筑基灵液所需的材料购买齐全之后，寻了间偏僻的客栈，钻了进去。

因为是卖给别人使用，所以萧炎没让药老精心调配，依旧如同上次一般，买了一些最差、最便宜的药材。

此次急需钱财，萧炎足足买了七份材料，将卡中的存款花得干干净净。在等待药老炼药时，萧炎抛了抛手中的绿色卡片，现在又回到以前那种身无分文的赤贫状态了。

此次炼药，药老足足花了一个小时。望着整整齐齐摆在桌上的七个白玉瓶，萧炎咧嘴一笑，小心翼翼地用布套装好，然后放在怀中。拍了拍怀中的灵液，萧炎将那漆黑的大黑斗篷裹在身上，将身体遮得严严实实之后，这才嘿嘿笑着走出了客栈。

米特尔拍卖场，鉴宝室内。

米特尔拍卖场的首席拍卖师雅妃，惊讶地微张着嘴，双眼直愣愣地望着摆在面前的七瓶筑基灵液。坐在雅妃不远处的黑袍人，干咳了一声，将她惊醒过来。玉手轻轻地抚摸着温凉的白玉瓶，雅妃端起来嗅了嗅，然后递给身旁的谷尼。

接过白玉瓶，谷尼细细地检查了一番，有些吃惊地说："真的全是筑基灵液！"

雅妃黛眉轻轻挑了挑，笑意盈盈的俏脸上，充满了诱人的妩媚："没想到一年不见，老先生竟然给我们拍卖会带来这么一单大生意。"

"什么时候能够拍卖？"黑袍下，传出药老苍老的声音。

"老先生是急着用钱吗？如果不是太急，雅妃建议稍等一两天，很难见到七瓶筑基灵液同时拍卖，如果让我们拍卖会宣传一下，那么您所得到的利润，将会更多。"雅妃嫣然轻笑。

闻言，黑袍下略微沉默，片刻后，才传出轻轻的嗯声。雅妃俏脸上的笑容顿时更浓了几分，玉手端过身旁的茶杯，亲自递了过去。她现在基本能够确定，面前的这位黑袍人绝对是一名二品炼药师，甚至三品！

端着茶杯抿了一口，黑袍忽然动了动，苍老的声音传出："你们的拍卖会，能帮我弄到一些药材吗？"

美眸微微一亮，雅妃坐在一旁的椅子上，笑盈盈地问："老先生需要什么药材？"

"四株五十年的墨叶莲，两粒成熟的蛇涎果，一棵二十年左右的聚灵草，一颗水属性的二级魔核。"

一旁的谷尼听到这几种药材，脸色顿时一变，惊疑地打量着黑袍人。

"哈哈，雅妃会帮老先生留意这几种药材，一有消息，会及时通知老先生，请问老先生所住何处？如何联系？"雅妃瞟见脸色有些变化的谷尼，心头也是一跳，不着痕迹地笑着问道。

"不用联系我，如果有这几种材料，就直接从筑基灵液的拍卖所得中扣除吧。"黑袍下，苍老的声音淡淡地说道，"我还有事，便不久待了，两天后我会再过来。"黑袍人站起身来，离开了这间鉴宝室。

望着那背影消失在转角处，雅妃狭长的美眸微眯，轻声道："刚才那些药材,有什么不对吗,谷尼叔叔?"

谷尼微微点头,叹了一口气,苦笑道:"如果我没记错的话,这应该是炼制聚气散的材料。"

闻言,雅妃俏脸也是一变,失声道:"聚气散不是至少需要四品炼药师才能炼制吗?"

点了点头,谷尼叹道:"这次似乎还真看走眼了啊。加玛帝国四品炼药师不过区区二十几位,这黑袍人,以前怎么从未听说过?"

雅妃轻轻摇了摇头,美眸中流动着异彩,喃喃道:"四品炼药师……若有机会,一定要拉拢他!"

不得不说,米特尔拍卖场的宣传能力的确非常强大,在萧炎将筑基灵液交给拍卖会仅仅一天之后,乌坦城大大小小的势力都知晓了这一消息。顿时,所有人都热血沸腾起来。

与上次拍卖会拍卖的玄阶高级功法不同,那种天价物品,只有屈指可数的几大势力够资格参加拍卖,其他实力较弱的势力都只得望洋兴叹。而筑基灵液,对很多人来说要显得现实一些,为了能够让自己的子孙尽快成为一名斗者,很多长辈都愿意花钱购买这种有效却又不是特别昂贵的东西。

当拍卖七瓶筑基灵液的消息在乌坦城中被传得沸沸扬扬之时,深居家族中的萧炎也逐渐听到一些风声。看着区区七瓶并不纯净的筑基灵液被炒得这般火热,他在惊愕的同时,也再次感受到丹药在这块大陆上的独特魅力。

萧家也收到了米特尔拍卖场的邀请函。或许是上次萧战给萧炎购买了筑基灵液的缘故,对于这再次出现的筑基灵液,家族中的几位长老也颇感兴趣,特别是几位还有子孙未能达到斗者级别的长老,更是热切至极。

拍卖会当天下午,本来打算独自溜出去的萧炎,却被萧战派人通知,让他参加拍卖会,无奈,他只得跟在报信人身后,向着家族大门处走去。来到大门

处，不仅萧战在此处，就连几位长老也聚在这里，看上去极为热闹。抬头望见慢吞吞过来的萧炎，萧战咧嘴一笑，扬手催促了一声。

萧炎叹了一口气，走得近了，瞟见了萧战身旁的两人，眉头不由得微皱。

"磨磨蹭蹭的，跟个女人一样。"望着皱眉的萧炎，等了半天的萧玉心头也有些火气，冷冷地出言嘲讽。

"你忙着奔丧啊。"萧炎斜瞥了萧玉一眼，淡淡的声音让后者差点儿将一口牙齿咬碎。

扑哧，人群中，少女的轻笑声宛如银铃般传来。萧炎微偏过头，望着人群中的薰儿，冲着她耸了耸肩，笑道："你也去拍卖会？"

"待在家族中很无聊，去看看也好。"薰儿挤出人群，与萧炎并排站着，嫣然笑道。

"有什么好看的？一些筑基灵液而已，对你可没什么作用了。"萧炎笑道。

"哼，有什么好看的？要不是你靠着那东西，能这么快就与我平级？"那被萧炎打得休养了两个月才康复的萧宁，望着萧炎与薰儿的亲昵模样，又好了伤疤忘了疼，出言讥讽。

"骨头又痒了？"抬了抬眼皮，萧炎似笑非笑地道。

"你……"萧宁一怒，握了握拳头，冷笑道，"你别得意，上次你把我打伤，我还真得感谢你，要不是这段时间的静养，我恐怕也触碰不到九段斗之气，顶多再有七天时间，我便能晋升九段斗之气！到时，是谁骨头痒，那还不一定！"

听到萧宁此话，围拢在周围的长辈，不由得有些惊讶地看了他一眼，一旁的大长老也有些得意之色，想必是认为这孙子给自己长了不少脸。

萧战眉头微皱，有些不悦地瞪了大长老一眼，刚欲挥手让众人动身，却瞟见萧炎小脸上的一抹戏谑笑意，不由得一愣，到嘴边的话也咽了下去。

望着一脸冷笑与得意的萧宁，萧炎抿了抿嘴，沉默了一会儿，才挠了挠头，无奈地轻声道："那个……不好意思，前几天我一不小心……到九段了。看来，

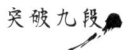

你又比我慢了。"

萧炎此话出口,周围的族人顿时一静,惊愕的目光瞬间转移到表情有些无奈的萧炎身上,一不小心……突破了?哭笑不得地摇了摇头,众人心头暗道:"这小家伙真是存心打击人哪,可怜的萧宁!"

萧宁脸上得意的神情骤然僵硬,嘴角一阵抽搐,喉结动了动,死死地瞪着萧炎,片刻之后,终于颓丧地退了下去。本以为此次自己能挣回一些脸面,没想到,却迎来了更大的打击。

拉着颇受打击的萧宁,萧玉狠狠地瞪了萧炎一眼,却没有出言讽刺,只在心头嘀咕道:"这小子到底是怎么修炼的?这才两个多月时间啊,怎么就到九段了?"

望着周围惊诧的族人,萧战皱起的眉头顿时舒展开来,开怀地大笑了几声,瞟了一眼一脸无奈的大长老:"走吧,走吧,拍卖会快开始了,大家别再拖延了,不然去晚了,被人家抢了就不好了。"

目送着几位长老走出大门,萧战忍不住回头开心地揉了揉萧炎的脑袋,畅快地笑道:"不错,不错,又给父亲我长脸面了。那老家伙今天在我面前说了不下十遍他孙子如何如何了,听得我都快烦死了,不就是拐弯抹角地想让家族出钱,给他孙子买一瓶筑基灵液吗?真烦人,老吝啬鬼。"

被揉乱了头发,萧炎苦笑了一声,无辜地摊了摊手,抬腿走出大门:"本不想说的,可那家伙偏偏哪壶不开提哪壶。"

刚刚出门的萧宁,听了萧炎此话,嘴角一抽,心中实在有些郁闷。

第十五章
拍卖风云

今日无疑是米特尔拍卖场半年来最热闹的一天。宽敞的大厅之中,人流涌动,喧哗声让刚刚进来的萧炎等人脑袋一蒙,耳边犹如大群苍蝇在飞动一般,顿感心烦意乱。

望着水泄不通的大厅,萧战皱着眉无奈地摇了摇头,只好让拍卖场的人带他们从贵宾通道进入,这才安稳地进了拍卖场。

拍卖场内,虽然人数也不少,但是比外面安静了许多。萧战扫了扫场内,然后轻车熟路地带着萧炎等人行到距离拍卖台不远的位置,坐了下来。坐在稍稍靠后的位置,萧炎无聊地四处望了望,慵懒地靠着椅背,等待着拍卖会的开始。

"姐,再有半年,好像就到今年迦南学院的招生时间了吧?"萧炎悠闲地跷着腿,微眯着眼,耳边忽然传来萧宁那有些热切的询问声,他眉头不由得微微一挑。

迦南学院,闻名斗气大陆的斗气学府,其实力之雄厚,远超常人想象。据说，在迦南学院中，想成为一名导师，实力至少需要在大斗师级别。若要比底蕴实力，恐怕就连云岚宗，也要弱上好几分。

在斗气大陆，学院与宗派有些不同：加入了宗派，就会受到宗门的一些限制，日后行事，也代表着背后的宗门；而学院则不同，在毕业之后，学院和学生之间没有任何强制性的关系！

不过话虽如此，人毕竟不是没有感情的生物，在学院这种单纯的象牙塔中，学员很容易培养出对学院的一种情感，在毕业之后，这种情感，将会让很多人愿意在力所能及的范围内，给学院一些帮助。一人帮助，或许并没什么，可若是千人万人的话，那这种人脉所产生的威慑力，就相当可怕了。

进入学院，是得到功法与斗技的最佳捷径。在迦南学院这种等级的学院之中，若是表现杰出，或者被某些导师看中的话，说不定还能得到一些高阶的功法和斗技。

功法、斗技、丹药，斗气大陆上最富有吸引力的三种东西，迦南学院就占据了两项，因此只要踏进了迦南学院，基本上可以说前途无忧。每一个从迦南学院顺利毕业的学员，都会被各方势力当成人才争先抢夺。因此，每年加玛帝国都有无数年轻人争破了头，想尽一切办法进入迦南学院。

迦南学院的确是一处镀金的好地方，不过，它的录取要求极为严格：十八岁之前，必须达到八段斗之气！严格的录取底线，将所有天赋不够之人拒之门外。能够进入迦南学院的人，无一不是天赋不错的年轻人。

听到萧宁的询问，萧玉微微点了点头，瞟了一眼萧炎，语气不无得意地说："放心吧，你已经具备了录取资格。而且此次负责乌坦城这片区域招生的人，正好是我的导师，她可是五星大斗师。有姐姐我帮你说话，肯定没什么问题啦。"

"嘿嘿，那就好。"闻言，萧宁心中顿时涌出几分喜意，兴奋地点了点头。

听着旁边两人的对话，萧炎轻轻撇了撇嘴。若是以前，他也想进入迦南学院，以期得到更高级的功法和斗技，不过现在，有了药老这位来历神秘的老师，

迦南学院已经没有那么大的吸引力了。

"萧炎哥哥半年后不打算考迦南学院吗?"瞧着萧炎那兴致索然的模样,薰儿轻声问道。

听到薰儿的问题,一旁的萧玉黛眉一扬,也将目光投射过来。她心中打定主意,如果这小子也想去迦南学院,定要私下让自己的导师给他一些苦头。

萧炎摸了摸鼻子,懒懒地道:"没什么兴趣,和一群小屁孩在一起,有什么好学的?想要斗气功法,那我干脆去跳悬崖找宝藏,这样更刺激一些。"

"哼,口气倒很狂,你还以为学院会求着你加入不成?有点儿天赋就自傲,像你这种天赋,在迦南学院中并不少见。你不进去还好,去了,依你这令人讨厌的性子,多半还是自找打击。"听到萧炎将心中引以为傲的学院贬低得如此不堪,萧玉俏脸一寒,冷冷地叱道。

萧炎抬眼扫了扫义愤填膺的萧玉,撇了撇嘴,懒得理会。他与纳兰嫣然的约定只剩下不到两年的时间了,他现在唯一的目的,就是超越那个女人。时间所剩不多,可两者间的差距依旧不小,萧炎不认为在那迦南学院中,有人能让自己在仅剩的一年多里,超越纳兰嫣然。既然办不到,还去那破学院做什么?难道他们还能如药老这般,教自己炼药术不成?而且就算他们能教,有药老那本事吗?

摇了摇头,萧炎不再和她争论学院的问题,向旁边不远处看去,发现另外两大家族的人也进了拍卖场。在一个人群之中,萧炎忽然察觉到一道有些阴冷的目光,微偏过头,发现竟然是那日在坊市中与自己有过冲突的加列奥——这位加列家族的少爷正不怀好意地盯着萧炎,垂涎的目光偶尔扫过薰儿,发现萧炎望过来,顿时阴声一笑,嘴巴微动。

淡淡地望着嘴巴一开一合的加列奥,萧炎勉强能够分辨出他的意思:"萧家的小废物,成年仪式终于完成了吧?以后别让少爷在乌坦城碰见你,不然……嘿嘿!"

微眯着眼睛望着加列奥，萧炎微微一笑，眼瞳中凶光闪现。收回略带寒意的目光，萧炎没有再理会这家伙，十指习惯性地略微曲拢，诡异的吸吐之力，在掌心中犹如呼吸一般，极有节奏地吞吐着。经过一年多的锤炼，萧炎对吸掌与吹火掌的转换即便不敢说到了炉火纯青的地步，也算得上熟练至极。

"萧炎哥哥，那家伙似乎比以前强了不少啊。"身旁，薰儿瞥了一眼不远处的加列奥，轻笑道。

萧炎微微点了点头，淡淡地道："上次他父亲在拍卖会上买下了一卷风属性的玄阶高级功法，加列奥本身也是风属性。一年时间，也够他将以前的斗之气转换成新功法的斗之气了，实力较以前自然要强上不少。"

"哈哈，难怪如此嚣张。玄阶高级功法很稀罕吗？"薰儿笑盈盈地说道，秋水眸间，掠过淡金火焰。

萧炎笑着摇了摇头，戏谑地道："对你这位随便拿本功法出来都是玄阶高级的小富婆来说，自然是不稀罕。"

薰儿翻了翻白眼，皱了皱挺翘的玉鼻，有些幽怨地道："再稀罕，萧炎哥哥不也看不上吗？"

闻言，萧炎讪讪地笑了笑，赶紧对着高台上扬了扬下巴，说道："拍卖会开始了。"

在无数道目光的注视下，身穿一件红色长裙的雅妃莲步微移，上了拍卖台，在红色长裙的包裹下，身材显得凹凸有致，衬出典雅的气质。俏脸上带着妩媚的笑意，雅妃掩嘴对着台下娇笑着说了几句话，惹得不少人目光炽热地看着她，轻易就将场内的气氛调动得火热了起来。

萧炎忍不住咂了咂嘴："不愧是米特尔拍卖场的首席拍卖师啊，雅妃随便拿件地摊上的便宜货拍卖，恐怕也能让一些人当成宝贝一样买回去吧？"

望着火热的场内气氛，雅妃心头有些得意，几年的历练，使她明白了自己的美貌对男人究竟有多强的吸引力。红唇扬起淡淡的笑意，眼波在台前转了转，

当目光扫过那坐在萧战身后的少年之时,她却不由得微微一愣——少年目光看似盯着台上,不过那双游离不定的漆黑眸子,却让雅妃知道,这小家伙,并未对她的容貌表现出很大的兴趣,当下不由得有些诧异地轻轻扬了扬黛眉。

将目光从萧炎身上不着痕迹地移开,雅妃红唇微启,轻笑了一声,拍了拍玉手道:"各位,雅妃也知道你们此次的目的,所以拍卖会前面的一些开胃小菜,就被省略了,压箱底的东西,直接出场。"

说着,雅妃玉手轻扬,台上的灯光顿时暗淡了许多。她微微弯下身子,从台中取出一个玉盘,盘中放着一个小小的白玉瓶。望着那小小的白玉瓶,场下众人的目光立刻炽热了许多,一个个摩拳擦掌,准备将之收入囊中。

"此次的筑基灵液与上次所拍卖的灵液同出一人之手,药力相同,品阶也相同,而且经过本拍卖场的谷尼大师亲自鉴定,所以各位大可放心。"雅妃轻笑了笑,目光忽然转向台下的萧炎,"上次的筑基灵液被萧族长购买,萧炎少爷便在一年时间内,从三段斗之气跳到了八段斗之气,其中是否有筑基灵液的缘故……哈哈,雅妃也不知道。"话到最后,雅妃美眸中闪过一丝狡黠。

场中的目光顿时转移到前排还有些愕然的萧炎身上,惊叹的声音不绝于耳。虽然萧炎那恐怖的修炼速度早已经再次传遍乌坦城,不过如今有机会亲眼见到萧炎本人,自然少不了一番感叹。当然,与此同时,他们对筑基灵液更加志在必得。

不远处,望着成为焦点的萧炎,加列奥阴冷地扯了扯嘴,脸上充斥着不屑的冷笑。

被众人注视,萧炎有些不自在地扭了扭身子,心头实在是哭笑不得。这女人实在是太精明了,竟然拿自己做免费广告,现在有了自己这个活招牌,恐怕台上那些筑基灵液的价格会涨不少。

"唉,这女人……不做商人简直就是浪费。"再次感叹了一声,萧炎狠狠地瞪了一眼台上巧笑嫣然的雅妃。

被萧炎瞪了一眼，雅妃反而大胆地回了他一个妩媚的微笑，让坐在萧炎身后的几名男子暗暗地咽了一口唾沫。

"第一瓶筑基灵液，拍卖价格，一万五！"台上笑意盈盈的雅妃直接狮子大开口，将筑基灵液的起拍价翻了一番左右。

"好狠！"台下，听完这价格，萧炎咧了咧嘴，暗自摇头，这个女人果然够狠啊。

雅妃所报出的价格虽然使场内静了静，但是没多久，一个被雅妃一颦一笑勾得魂不守舍的年轻人便急匆匆地高声喊道："一万六！"

在喊完价格之后，这名脸色有些苍白的年轻人还故作优雅地对着台上的雅妃微微鞠躬，全然忘记了自己的家底。

心中对年轻人报以冷冷的鄙视，雅妃面上却保持着完美的笑容，对着台下轻笑道："还有出价的吗？"

"一万七！"

"一万九！"

场下在略微沉寂之后，又骤然喧闹起来，一次次不断提价的喊声，让那名年轻人满脸尴尬，最后当价格被提到两万三的时候，他只得讪讪地坐了回去。

听着那不断递增的价格，萧炎在惊愕之余，也只得发出惊叹的啧啧声。在场的人对筑基灵液的热切程度，远远超出了他的意料。看来，让米特尔拍卖场事先宣传的决定，还是颇为明智的。

对于第一瓶筑基灵液，三大家族都采取了旁观的姿态，并未开口喊价，而那些实力较弱的势力看准了这个机会，拼了命提价，想将之收入囊中。毕竟，这种能够提升斗之气修炼速度的灵药，在整个加玛帝国中并不多见。

在喊价持续了接近半个小时之后，第一瓶筑基灵液的价格，终于在四万七千停了下来。望着因为买下第一瓶灵液而满脸喜悦的买家，萧炎着实无语。没想到，这比上次父亲出的价还要疯狂……造价仅仅在一千金币左右的筑基灵液，却硬生生被炒到几十倍，这种恐怖的暴利，让萧炎不免使劲地咂了咂嘴。

摸着下巴，萧炎眨了眨眼睛，心中却忽然想道："如果自己没有遇到药老，哪里有资格过上每天用极品筑基灵液浸泡身子的奢侈生活？"

见到第一瓶筑基灵液拍卖出高价，雅妃也松了一口气，心头暗道："这种价格，应该能够让那位神秘人满意了吧？只要能让他对米特尔拍卖场多一分好感，那就足够了！"

轻轻摇了摇头，雅妃望着场中那些因为拍卖失败而满脸遗憾的人，笑了笑，在众目睽睽之下，端出盛有两只白玉瓶的玉盘，微笑道："后面的六瓶筑基灵液，将会分为三批拍卖，每批两瓶，拍卖底价，三万金币！"

场内诡异地平静了许多，一道道目光开始扫向最前排的三大家族，大家都知道，这三方势力应该要出手了。

"三万一。"加列家族的族长加列毕在沉默了片刻之后，慢吞吞地喊出价格。

"嘿嘿，加列毕，上次买功法，把家族的钱都用光了吧？现在怎么如此吝啬？一千你都加得出来？"听完加列毕的喊价，与他很不对路的奥巴帕顿时嘲笑出声。

脸皮略微抽了抽，加列毕阴冷地瞪了奥巴帕一眼，却并未出口对轰，只是脸色阴沉地盯着台上的白玉瓶。

"三万五。"瞧着他没反应，奥巴帕也有些无趣，抬了抬手，淡淡地喊道。

"三万八。"加列毕冷冷地紧跟。

"四万五。"奥巴帕满脸挑衅。

"五万。"喊价的时候，加列毕手掌有些发抖。奥巴帕先前所说虽然难听，但是不假。上次为了抢到那玄阶高级功法，几乎用光了加列家族好几年的积累，最近加列家族的产业，已经缩水了两三成之多。

"五万五。"

"五万六。"

……

望着这几乎是在赌气的两人,场内其他人都遗憾地叹了一口气。即使他们资金足够,也没实力与三大家族相争,毕竟,乌坦城三大家族,每个家族内,起码有三位大斗师级别的强者!资产虽然也是家族强大的根源,但若是没有守护这些资产的力量,即使拥有再多的钱,腰杆子也硬不起来。因此,在场的人都很识相地没有参与两个家族的竞争,只是偶尔会将目光投向那一直保持着冷眼旁观态度的萧家。

当筑基灵液提升到七万三的价位时,加列毕终于满脸铁青地坐了回去,现在的家族已经容不得继续挥霍了。望着加列毕,奥巴帕得意扬扬地挺了挺身子,脸上笑意灿烂。

在两方的竞争中,台上的雅妃一直保持着迷人的微笑,看待两人的眼光,就如同看待那光溜溜的肥羊一般,当最后拍定之时,这才意犹未尽地砸下了手中的小槌子。

当雅妃再次端出两瓶灵液时,一直保持沉默的萧战终于出手了,将那还未喊出声的加列毕打击得有些萎靡:"七万五!"平淡的声音,夹杂着志在必得的口吻,响彻场内。

台上的雅妃也有些震撼于萧战的魄力,愣了愣后,方才笑问道:"还有人加价吗?"

加列毕坐在椅上,目光阴狠地盯着萧战,心中怨毒地怒骂道:"浑蛋,要不是上次被这家伙摆了一道,我加列家族怎会落到如此尴尬的地步?!"

眼神略微闪烁,加列毕咬了咬牙,忽然冷喝道:"八万五!"

"九万五!"不屑地瞟了一眼加列毕,萧战大手一挥,颇有一副你出多少老子跟多少的豪迈姿态。

加列毕嘴角略微跳了跳,眼瞳深处却闪过一抹得意的冷笑,似是有些犹豫

地咬了咬牙:"十万!"

听着加列毕所报的价格,场内顿时一片沸腾,惊呼声不绝于耳。用十万金币购买两瓶筑基灵液,明显是亏大了。

微眯着眼睛望着那看上去似乎准备死拼的加列毕,萧炎轻轻一笑,摇了摇头,低声对薰儿道:"我敢打赌,如果父亲再加一次价,那家伙就会立刻把这赔本的买卖脱手。"

薰儿眨了一下眼睛,她并未关注两方的争夺,有些愕然地道:"看那家伙的模样,似乎很想得到啊。"

萧炎嘿嘿一笑,却不再说话。

萧战沉默了一会儿,猛地站起身子,目光有些诡异地望着加列毕,片刻之后微微一笑,说出的话让加列毕目瞪口呆:"你赢了!"

萧战此话出口,全场略微有些寂静,半晌后,一道道幸灾乐祸的目光便移向了满脸铁青的加列毕。

"啧啧,十万金币购买两瓶筑基灵液……这家伙,真是够豪爽啊。"望着脸抽筋的加列毕,萧炎低下头,忍不住轻声笑道。

看着幸灾乐祸的萧炎,薰儿莞尔:"一般的二品灵药,市面上顶多值三万金币。筑基灵液这种能够提升斗之气修炼速度的奇药,颇为罕见,所以价格也要高上不少。不过……用十万金币购买两瓶,那加列毕,也的确很'豪爽'。"

萧炎笑着点了点头,咂了咂嘴:"一瓶二品的筑基灵液便能卖几万金币,我想,那些强大的炼药师,恐怕个个都肥得流油吧?"

"炼药师是斗气大陆上最富有的职业,每一位炼药师,财产都极为丰厚。"薰儿笑盈盈地点了点头,目光扫过台上的筑基灵液,"不过炼药师的品阶越高,他们就越少拍卖所炼的灵药。那时候的他们,将会选择以物易物,金钱,已经很难再打动他们。"

"以物易物?"眉尖悄悄一挑,萧炎有些明白药老的私藏为什么那么丰富了。

"嗯,用功法、斗技,或者罕见的药材、高阶的魔核等,从炼药师手中换得灵药。"翘了翘红润的小嘴,薰儿轻声道,"所以说,炼药师是大陆上最让人羡慕的职业,所有人都想成为炼药师,可那种近乎苛刻的条件,却断了无数人的念头。"

望着有些遗憾的薰儿,萧炎摸了摸鼻子,心中为自己的灵魂变异而庆幸不已。两人说完话,萧炎将目光转到脸色铁青的加列毕身上。

加列毕傻傻地望着丝毫没有拖泥带水就放弃的萧战,半晌后,方才用有些嘶哑的声音说道:"浑蛋,你又给我下套!"

"哈哈,你不也一样吗?只是最近你头脑不太清醒,演得有些假而已。"萧战淡淡地笑道,语气中不无讥讽。

"好,好,萧战,这口恶气,我加列毕记住了!"深深地喘了几口气,加列毕的眼瞳阴冷而怨毒。

对于这种威胁,萧战直接无视,冷笑了一声,转头对台上的雅妃笑道:"雅妃小姐,进行最后的拍卖吧。"

雅妃点了点头,面上保持着含蓄的笑容,心中却笑开了花。这次的拍卖价格远远超出了她的意料,而拍卖的价格越高,她就越能让那位神秘的炼药师对米特尔拍卖场产生好感。

冲着脸色铁青的加列毕送去安慰的笑容,雅妃俯身取出最后两瓶筑基灵液,嫣然一笑,红唇微启:"各位,这是最后一批灵液了,拍卖底价,依旧是三万金币。"

见到最后一批灵液,坐在萧战身旁的几位长老神情紧张,赶忙对萧战使眼色。淡然地坐在椅子上,萧战没有理会几位长老的眼色,目光环视了一圈平静的场内后,才淡淡地喊道:"五万。"

听完萧战出价,加列毕脸皮再次一抽,嘴巴动了动,可一想到资金的短缺,

他只得恨恨地闭上了嘴。

一旁的奥巴帕,望着那脸色淡然的萧战,眉头皱了皱,手指在手背上轻轻敲了敲,眼睛微微闪烁,旋即笑道:"五万五。"

乌坦城三大家族的关系很诡异,明明都想吞掉其他两个家族在乌坦城的产业,却又怕独自动手,某方会坐收渔人之利;若是联手,却又避免不了互相猜忌。所以,在没有把握将对方一举歼灭的情况下,三方都只得维持着这种脆弱而诡异的平衡。三大家族,彼此都各有芥蒂,互相都看不顺眼,现在轮到萧战出价了,他虽不会像对待加列毕那般,但小小地提一下价,给萧家制造一些小麻烦,他还是非常乐意的。

奥巴帕的提价,并未让萧战脸色有什么变化,萧战随意地瞥了一眼,淡淡地说:"六万五。"六万五的价格,也有些超出筑基灵液的市场价了,不过萧战心中清楚,在三大家族的竞拍中,想以低价成功购买到灵液,明显不可能。

"哈哈,萧族长真是豪气。不过我也怕被你牵扯进去,这筑基灵液我已经买了两瓶,这一次,就让给你们吧。"听见萧战加价,奥巴帕略微迟疑了一下,看来,先前加列毕吃了大亏,让他也警惕了许多。

瞧着皮笑肉不笑的奥巴帕,萧战笑了笑,靠在椅背上,低声说道:"又让老子多出了一万,这王八蛋也不是好人。"

闻言,萧炎有些好笑,在这种竞争形势下,哪还有什么好人?若不是对方怕重蹈加列毕的覆辙,恐怕还会加上几次价才肯罢休。

手指曲弹,萧炎望着台上将小槌子敲下来的雅妃,心中轻轻地松了一口气。这笔钱又能支持自己使用一段时间了,现在只要药材到手,就能让药老炼制聚气散了。

"离斗者终于不远了啊!"舔了舔嘴唇,萧炎长舒了一口气,这修炼途上的第一道坎,终于要被自己跨过去了!

第十六章
异火榜

看到拍卖会即将结束,萧炎找了个借口从拍卖会中溜了出去。小心谨慎地走出拍卖场,再沿着附近的街道逛了几圈之后,萧炎方才躲到某个偏僻的角落,将顺手买来的大黑斗篷披上,将身形包裹得极为臃肿之后,这才慢吞吞地回到拍卖场之中。

自辨别出神秘黑斗篷是四品炼药师之后,雅妃便在拍卖场中安排了眼线,所以这次他刚刚来到拍卖场,便被一名在此处等待许久的清秀侍女恭敬地引到候客厅,小心地伺候着。

沉默不语地坐在椅子上,萧炎端起桌上的茶杯浅浅地抿了一口,斜瞥了一眼身旁怯怯的少女,微微点头,嘴巴未动,苍老的声音却淡淡地传出:"拍卖会还有多久结束?"

少女偷偷地看了一眼全身笼罩在大黑斗篷中的萧炎,小手紧紧地捏在一起,小声道:"大人,拍卖会已经结束,现在雅妃小姐正在与他们办理交接手续。"

等了十多分钟后,门外终于响起了急促的脚步声。

"哈哈，老先生，您来得可真早，雪梨应该没什么招待不周的地方吧？"缓缓行进候客厅，雅妃柔声笑问。

"拍卖结束了吗？"

"嗯。"笑意盈盈地点了点头，雅妃素手一扬，一张淡蓝色的玉卡出现在手中，微笑道，"老先生，七瓶筑基灵液，总拍卖价格是二十八万五千金币，扣除手续费之后，所余金额，全在卡中。"

萧炎伸手接过淡蓝色玉卡，入手处，温凉舒适，显然造价不菲。他轻抚了抚玉卡，点了点头。望着那双少年般白皙有力的手掌，雅妃心头再次涌起一抹古怪的感觉。

"这价格，已经出乎我的意料，我很满意……"

雅妃俏脸微喜，明眸顾盼间，甚是迷人。抿着红润的嘴唇轻笑了笑，雅妃说道："以后老先生若是还需要拍卖丹药，请尽管来米特尔拍卖场，我们一定会为您争取最好的价格。"

"我需要的那些药材，你们找到没有？"萧炎点了点头，收好玉卡，略微迟疑了一下，出声询问道。

狭长的美眸弯起一个漂亮的弧度，雅妃笑了笑："哈哈，老先生的要求，我们拍卖场自然会全力办到。"

雅妃轻拍了拍手，谷尼亲自端着玉盘快步来到萧炎身边，略微躬身，将玉盘小心翼翼地放在桌上，笑道："大人，您所需要的药材，全都在此。"

萧炎望着身旁玉盘上的药材，目光中有些欣喜。米特尔拍卖场的能耐果然不小，这些药材若是自己去购买的话，恐怕会耗费不少的精力与时间，而这拍卖场却用仅仅两天时间，便将所有东西备好，这实在让萧炎喜出望外。

"嗯，麻烦了。"见到炼制聚气散的药材全部到手，药老那淡淡的声音，也柔和了一点儿。

雅妃心头顿时泛起惊喜："这买卖，没做错！"

"我也不想占你们的便宜,这些药材的钱,你们从卡中扣去吧。"

见到萧炎想掏出玉卡,雅妃急忙笑道:"老先生,这些药材是我们从内部所得,价格较外面便宜许多。您这两次的拍卖给我们拍卖场带来了不少名声,这点东西,我们又怎敢收钱?!"

"也罢,随你吧,日后若是还需要别的药材,我会用灵药与你们换取。"萧炎点了点头,自然明白她是想拉关系,当下也懒得做作,在雅妃惊喜的目光中,将玉盘中的药材谨慎地拿出,然后小心地收进怀中。

"好了,我还有事,便不多留了。"所有事情都已经搞定,萧炎站起身,摆了摆手,径直向着外面走去。

"老先生,雅妃送送您。"雅妃向谷尼使了个眼色,两人快步上前,殷勤地在前引路。

在米特尔拍卖场两个管事人一前一后的恭敬引路下,萧炎行出了候客厅,刚刚出门,抬起头,脚步却是一缓。对面,三伙人彼此冷眼相对地拥出了会场。目光扫过人群,萧炎不由得有些心虚地扯了扯身上那大黑斗篷。他发现,中央的一堆人中,竟然有刚刚参加完拍卖会的父亲萧战。

"千万别被认出来啊……"萧炎在心中祈祷。

三个族长在对视时,都发出皮笑肉不笑的难听笑声,而当移开目光后,冷笑与敌意皆浮现脸上。三伙人大摇大摆地行走在大厅之中,路过之处,其余人赶紧退让。在这乌坦城中,基本上没别的势力会招惹三大家族。

再次与旁边的奥巴帕敷衍地说了几句话,萧战的目光骤然一凝,脚步一顿。瞧着萧战的举动,众人都顺着其目光望去,身体皆微不可察地一震,加列毕与奥巴帕脸色也有些变化。

在大厅的另外一道大门中,三道人影缓缓行出,在前面引路的竟然是米特尔拍卖场的首席拍卖师雅妃。作为拍卖场的常客,萧战等人非常清楚,别看这女人平日总是笑盈盈的,可谁都知道,这女人心中高傲得很。奥巴帕曾经想请

雅妃吃顿饭，结果却直接被雅妃非常"客气"地拒绝。由此可见，这女人并不像表面上那般容易接近。然而这个高傲的女人，今日却反常地以这种恭敬的姿态引路，这实在让萧战等人惊异。

眨了眨眼睛，萧战等人将目光再次后移，脸色继续变化。在三人的最后，拍卖场的谷尼大师，正在那位神秘黑斗篷人耳边说着什么，笑意满布的脸上，甚至有着一抹讨好的意味。

如果说雅妃的恭敬让萧战等人感到惊异的话，那么谷尼大师的这种姿态，就让他们感到震撼了。谷尼是乌坦城品阶最高的炼药师，就算三个族长，也得对他恭敬三分，不敢有丝毫怠慢。而身为二品炼药师的谷尼，也经常保持着炼药师那种独有的高傲，与人说话时语气淡然，更让众人对他多了一分敬畏。可如此人物，竟然会这般恭敬甚至讨好，那这个黑斗篷人又是何人？

扫了扫黑袍人臃肿的身材，萧战心中念头急转："这究竟是何人？竟然能够让米特尔拍卖场的两位主事人恭送？这等人物，来乌坦城做什么？"

舔了舔有些干涩的嘴唇，萧战左右望了望，却见到加列毕与奥巴帕也是一脸的好奇与震惊。

抬眼望着越来越近的三人，萧战脸上挤出一些笑容，快步上前两步，笑道："雅妃小姐，谷尼大师，哈哈，真是难得见到你们二位同时出现啊。"

雅妃与谷尼瞧见萧战上前说话，都脚步微缓，却将目光移向中间的黑袍人，见到黑袍人也停下步子之后，这才松了一口气。

"送下贵客而已。"雅妃微笑道。

"哦，"一旁的加列毕笑眯眯地凑了上来，将目光投向雅妃身后的黑袍人，客气问道，"哈哈，不知道这位先生……也是乌坦城人吗？哈哈，有些面生啊。"

"加列族长，老先生是米特尔拍卖场的贵客。"谷尼大师眉头微皱，干咳了一声，提醒加列毕不要多嘴。

加列毕脸色微微一变，心头嘀咕道："竟然连谷尼这老家伙都如此忌惮，这人到底是什么身份？"

瞧着加列毕碰了个钉子，一旁的萧战也咽下了到嘴边的话，看谷尼那架势，这人明显和他们不是一个等级的，当下只得附和地笑了笑，准备识相地带人退开。

"你……是萧家的萧战吧？"就在萧战想要退开之时，那一直保持着沉默的黑斗篷人，忽然淡淡地出声询问。

听见这苍老的声音，萧战略微一怔，旋即迟疑地点点头。

"听说贵公子依靠筑基灵液一年内连跳了几段斗之气，哈哈，这实在让人惊讶啊。"黑袍人淡淡地笑道。

萧战心头略喜，笑道："小儿只是好运罢了。"

随意地摆了摆手，黑袍人笑道："好运也是本事，以后如果有机会，我很想见见他，说不定他还能成为一名炼药师呢。"

有些愕然，萧战一时间没反应过来。

"嗯……以后如果有机会，我找你们萧家合作合作。"笑了笑，黑袍人转身对雅妃两人道，"不用送了，我还有事，先走了。"说完，不待两人有所回应，黑袍人便大踏步地行出了拍卖场。

萧战莫名其妙地摸了摸脸，转过头，却瞧见雅妃与谷尼正满脸羡慕地盯着自己，愕然道："两位这是干什么？"

"萧族长，你认识那位老先生？"雅妃试探性地问道。

"第一次见。"萧战苦笑着摇了摇头，望着雅妃两人脸上的神色，不由得有些忐忑，"他是什么身份？"

"萧家有福了。"谷尼轻轻地摇了摇头，瞥了一眼被加列毕当成宝贝一样抱在怀中的筑基灵液，淡淡地说，"这些东西，就是他炼制出来的。"

闻言，萧战三人脸色骤变。片刻之后，回过神的萧战喜形于色，没想到那位老人竟然是炼药师！看谷尼先前的态度，明显是一位品阶比他还高上不少的

炼药师！一名二品炼药师就能让他们几人客气有加，那一名三品或者四品的炼药师呢？天哪，那种等级的人物，他们这种家族，可没资格与之结识啊。

"这次大发了！"回想起先前那位老人所说的话，萧战失声喃喃道。

一旁，震惊过后，加列毕与奥巴帕眼红得犹如兔子的眼睛。

行出拍卖场，萧炎在附近乱转了许久，才在人少处，悄悄地溜进了一条巷子。

手脚麻利地将大黑斗篷取下，萧炎低声抱怨道："老师，你差点儿让我暴露了。"

"嘿嘿，我做的，不就是你心里想的吗？"古朴的漆黑戒指中，响起药老戏谑的笑声。

无奈地摇了摇头，不过萧炎心中还真有点儿对不住父亲，两次出来拍卖丹药，都间接地敲了自己父亲一笔。他将手中的斗篷踢进水沟中，轻声嘀咕道："以后找个时间和萧家合作一下，就当是给父亲的一点儿补偿吧。"

萧炎将药材塞进怀中，然后小心谨慎地出了巷子，一路飞奔回萧家。因为萧战等人还未回来，所以家族显得有些空荡。门口的护卫见到这位在萧家再次名声大震的小少爷，也不敢有丝毫阻拦，讨好地冲他一笑后，便任由他急匆匆地冲了进去。

风风火火地冲回自己的房间，萧炎将怀中的材料小心翼翼地捧出，轻轻地放在桌子上。

通体枯黄，五片叶子宛如黑墨一般，这就是墨叶莲，五片叶子代表着它的年份，十年才能长成一片。

蛇涎果是一种碧绿色的圆形果子，足有半个拳头大小，拿在鼻下嗅嗅，能够闻到一种甜腻的酸味。这种果实只生长在五阶蛇形魔兽的巢穴之旁，颇为难得。因为蛇性属阴，所以这种果实偏阴寒，是炼药时用来中和烈性药材的常用药物。

聚灵草和普通草没什么区别，只不过在草茎的顶端有着淡淡的荧光，荧光越浓，代表其中所蕴含的纯净能量越雄厚。

二级水属性魔核通体呈蔚蓝色，放在桌上，散发的水汽将桌面都浸湿了，可见其中所蕴含的水属性能量有多丰沛。

目光细细地从这几种材料之上扫过，萧炎有些迫不及待地低声道："老师，材料都已经齐全了，可以炼制了吧？"

"急什么？药材又不会跑了。炼药期间我不能被打扰，现在天色尚早，万一被人不小心打断，浪费材料事小，把我暴露了怎么办？"戒指中，药老没好气地道，"等晚点再炼制。"

闻言，萧炎郁闷地叹了一口气，只得快快地将材料小心地收进墙角的柜子中，然后闷头躺在床上，等待着夜晚的降临。

萧炎躺在床上半个多小时之后，房间大门哐的一声被人粗暴地踢开了。萧玉迈着修长的腿走进房间，目光在房间中扫视了一圈，然后望着被惊醒的萧炎冷哼道："小少爷，你吃饭还得人请啊？"

萧炎从床上坐起了身子，愣愣地望着那抱着双臂站在房间中央的萧玉，半晌后，后背猛地一凉："还好刚才没让老师炼药，这白痴女人。"

饭桌上，萧炎吃着饭，目光扫过其他人，最终停在萧玉旁边的萧宁身上，这家伙满脸喜悦，嘴巴都快咧到耳朵根上了。手指轻弹了弹桌边，萧炎心头幸灾乐祸地想："这家伙应该已经拿到筑基灵液了吧？可他并不知道，灵液对于八段以上的斗之气，没有多少效果。"

偷笑着摇了摇头，萧炎望着桌旁笑容满面的父亲等人，心中满是纳闷："家族聚餐，不是只有在一些节日才会举行吗？今天有什么好庆祝的？难不成花了高价买到筑基灵液，还值得庆祝一下？"

胡思乱想的萧炎自然不知道，这次的家族聚餐，正是因为今日他伪装的黑

斗篷神秘人随意说的那句有机会合作的话。

与一个二品以上的炼药师合作，萧家将会获得让人眼红的利润，说不定，还可以借此一跃而上，凌驾另外两大家族。因此，也无怪乎连平日沉着镇定的萧战也会如此喜悦，而那几位长老更是笑得合不拢嘴。

聚餐在喜庆的气氛中结束，见到父亲挥手，萧炎立刻跳下椅子，抢先跑出大厅，然后头也不回地直奔自己的房间。

在萧炎走后不久，萧玉咬着牙追了出来，却未见到半个人影，无奈之下，只得恨恨地跺了跺脚，带着满腔的怒火离开。

回到自己的房间，萧炎吃一堑、长一智，并未再次请求药老立刻炼药，只是将门窗关好，懒散地滚上床榻，昏沉睡去。

待到深夜降临，万物沉睡之后，躺在床上的萧炎猛地睁开双眼，矫健地从床上跃下，将藏在柜中的药材取出，小心翼翼地放在桌上，然后回过头，望着那犹如幽灵一般悬浮在离地面一尺处的药老，轻声问道："老师，此时可以了吧？"

"你总算学会小心一些了。炼药需要极静的环境，若是被打扰，后果很严重。我现在倒不会受什么反噬，不过等你学会了炼药术，若还是如此粗心大意，迟早丢掉小命。"药老行至桌旁，虚幻的手掌轻轻触摸了一下各种材料，微微点头，口气有些严厉。

萧炎认真地点了点头。瞧着萧炎乖巧的模样，药老松了一口气，手掌平探而出，略微沉寂，白色的火焰缓缓地腾空而起。依靠灵魂感知力不断地控制着火焰的温度，药老趁此空闲，瞟了一眼满脸好奇地望着其掌心中火焰的萧炎，略微迟疑后，轻声道："一般能够从炼药师火焰的颜色，来分辨出他的品阶。低阶的炼药师，火焰是淡黄色，品阶越高，颜色越深，威力也越强。"

闻言，萧炎眨了眨眼睛，指着药老手中的火焰，愕然地问道："那老师的火焰，怎么会是白色？"

"哈哈，炼药师除了依靠雄厚的斗气来催化火焰之外，还有另外一种……"药老的笑容中带着傲气，"那就是，借火！"

"借火？"萧炎满脸迷茫，炼药的火也能借？

"没错，就是借火。"重重地点头，药老笑道，"在这片茫茫天地间，存在着一些天地异火，或许是天降陨石中所携带的那簇火苗，又或许是火山深处被煅烧了千百年的熔岩地火……这些异火，威力比由斗气催化而出的火焰更强横几分，炼起药来，还能提升丹药的药力。不过，这些天地异火都极为狂暴，平日难得有缘相见，而且就算见到了，也极难将之纳为己用。

"很多炼药师寻找了一辈子的异火，到头来都未曾得偿所愿，毕竟，想要控制异火，就需要将火焰引进自己的身体，而异火又无一不是狂暴毁灭之物，就算是魔金钻这种以坚固著称的金属材料，也抵不住异火的煅烧，更别提人类脆弱的肉体了。如此行为，无异于引火自焚。只有极少数的幸运儿，在机缘巧合之下，能够炼化一小簇异火，将之培养成自身的火种，而这些人，无一例外都是炼药界中的翘楚！"

半晌后，萧炎舔了舔嘴唇，紧紧地盯着药老手中的白色火焰，细细感知，似乎白色火焰有些冰冷。

"老师的这种火焰，肯定也是一种异火吧？"萧炎问道。

"哈哈。"提起自己的火焰，药老老脸放光、眼神炽热地说道，"斗气大陆的炼药界，将已为人知的异火编写成一个异火榜，榜上共有二十三种异火。我这火种，便是排名第十一位的骨灵冷火。这种异火，只有在每百年日月交替之时，方才能够在极寒与极阴之地遇见。"

"骨灵冷火？"眼睛眨也不眨地望着那团不断翻腾的苍白色火焰，萧炎轻声喃喃道。

"当年为了成功获得这骨灵冷火，我可是在那暗无天日的鬼地方待了八年。而且在最后吸收的那一刻，饶是我准备周全，也差点儿被这鬼东西烧成灰烬！"

药老感叹地摇了摇头,平静的老脸上罕见地露出一抹后怕。看来那次的遭遇,还真是让他记忆犹新啊。

"嘿嘿,虽然危险性极高,但是只要能够得到这骨灵冷火,一切都值了。"药老得意地扬了扬掌心中的白色火焰,笑道,"只要拥有了异火,不仅炼出的丹药药力更强,而且与人敌对时,同等级的强者,根本不敢与我硬碰。"

闻言,萧炎望着那团不断翻腾的苍白火焰,满脸的羡慕。瞧见萧炎那副模样,药老嘿嘿一笑,脸上闪过一抹狡猾的笑意:"异火对你来说还颇为遥远。你当下的目标,还是早日成为一名斗者吧。"

有些遗憾地点了点头,萧炎只得暂时放下自己对异火的垂涎。

见萧炎回过神来,药老微微一笑,掌心中的苍白火焰不断涌动,一簇簇的火苗腾上半空,旋即消散,干枯的手掌抓起一株墨叶莲,然后轻轻地丢进火焰之中。墨叶莲刚刚沾上骨灵冷火,就在瞬间被煅烧成一团墨黑的液体,液体在火焰之中缓缓滚动,反射出幽幽光泽。

苍白火焰翻腾得越来越猛烈,然而一旁的萧炎却诡异地发现,苍白火焰周围的温度,反而越来越冷。

药老全神贯注地控制着掌心中火焰的温度,这种时刻,只要温度稍稍高上一丁点儿,这团墨黑液体,就将会被煅烧成一团无用的废气。

在火焰温度维持在某个界限之后,那团墨黑的液体中,忽然出现了一点点黄色的杂质。望着那团出现在液体中的黄色杂质,药老这才微微点头,屈指轻弹,一小团包裹着黄色杂质的墨黑液体,被他从主体中分离出来。

在清理了这团黄色杂质之后,后面又陆陆续续地出现了一些更小的淡黄色杂质,而这些杂质,也无一例外地被药老清理干净。在苍白火焰的不断煅烧中,本来足有小半个拳头大小的墨黑液体,已经缩小到只有拇指大小。墨黑液体在苍白火焰中缓缓地翻滚,犹如一粒黑珍珠一般,幽深而神秘。

将第一株墨叶莲煅烧得只有拇指大小后,药老停止煅烧,将另外三株也投入其中，将它们炼制成三滴犹如黑珍珠的纯净液体。经过骨灵冷火的长久煅烧，四滴液体逐渐融合，体积也膨胀了许多，不过只持续了片刻，便再次缩到原先那般大小。

墨黑的液体在火焰中滚动了许久，液体内似乎能看见一簇白色火苗在跳动。见到这一幕，药老快速抓起桌上的蛇涎果，一把将其投进火焰之中。

蛇涎果一进入火焰之中，就化成一团冒着丝丝寒气的碧绿液体。将这团碧绿液体中的杂质飞速剔除，药老将其缓缓覆盖上通体冒火的墨黑液体。

吱吱……两种属性不同的液体相碰触，顿时发出一阵阵异响，淡淡的白气从火焰中翻腾而起。

白气逐渐减弱，一颗表面粗糙的丹药雏形，悄悄地在火焰中显现出来。平静地望着那颗已具雏形的丹药，药老微微点头，将聚灵草与那颗水属性的二级魔核投入其中。

煅成液体，剔除杂质，互相融合……烦琐而精细的步骤，药老一气呵成，没有丝毫停滞。见到药老这利索的动作，就连萧炎这还不懂炼药的门外汉，也忍不住在心中轻赞了一声。

用聚灵草将魔核中的狂暴能量中和之后，一股淡蓝色的纯净能量缓缓地灌注进丹药的雏形之中。当最后一点蓝色能量进入丹药内部之后，表面有些坑坑洼洼的丹药雏形，顿时被修复得圆润光溜，淡淡的蓝色光泽浮现在丹药表面，将之渲染得无比美丽。

做完了这些步骤，药老并未立刻收手，而是将丹药在火焰中又温养了十多分钟，掌心中的白色火焰才缓缓熄灭。当火焰消失时，药老左手猛地吸来桌上的一只玉瓶，然后将那枚碧绿中略微带着一抹淡蓝的丹药装入其中。

长长地舒了一口气，药老随手将玉瓶丢给萧炎，淡淡地说道："看看吧。"

小心谨慎地接过玉瓶，萧炎激动地放在鼻下轻轻嗅了嗅，一股熟悉的异香从中散发而出，让他精神为之一振。萧炎依靠出色的灵魂感知力模糊地感觉到，

这一枚聚气散,在品阶与药力方面,绝对比上次纳兰嫣然拿出的聚气散更强一些!

想起当日那女人拿着丹药藐视自己的模样与口气,萧炎的笑容中有着一抹淡淡的讥讽。他紧紧地握着温凉的玉瓶,重重地吐了一口气。时隔四年,他终于能够再次踏足斗者了!

第十七章
神奇的焚诀

得到聚气散之后,萧炎却并未立刻服用,而是深呼吸了一口气,强行压下迫不及待的心情,逼迫自己上床休息。萧炎心中非常清楚,以他现在的状态冲击斗者,失败的概率,恐怕会在七成以上。虽然炼制聚气散对于药老来说并不困难,但萧炎不想冒这种无谓的风险。

见到萧炎竟然能够抵挡住立刻成为斗者的诱惑,药老满意地点了点头,老脸上浮现一抹欣慰,身躯微晃,化为一抹毫光,钻进了戒指之中。

在聚气散炼制成功后,萧炎开始不急不躁地修炼起来,每天准时修炼一小时斗之气,然后便去后山苦练斗技。一有空闲,他就陪着薰儿闲逛乌坦城,生活过得惬意至极。

在这般轻松地过了五日之后,萧炎终于将自己的身体状态调整到巅峰,此时,才是他冲击斗者的最好时机。

萧家后山一处隐蔽的峭壁下,萧炎盘腿坐在一个仅有一米多宽的山洞之中。这里,是他精心挑选的修炼之地。峭壁对面,云雾缭绕,掩藏着凶险万分的魔

兽山脉；峭壁之下，是望不见底的山谷；唯一能够进入此处的小路，已经被他事先用树枝与碎石遮掩住。因此，萧炎心中很有把握，此次的突破不会被人中途干扰。

缓缓地吸了一口气，萧炎从怀中掏出玉瓶，瓶口微斜，一颗绿中带蓝的丹药滚了出来。望着表面光泽圆润的聚气散，萧炎微微一笑，再次嗅了嗅那股令人心旷神怡的异香，舔了舔嘴唇，不再迟疑，将它一口吞进嘴中。

聚气散一入口，淡淡的冰凉之意就在嘴中扩散开来。片刻之后，一股温热的精纯能量，直接从嘴中冲进了体内，萧炎身体猛地一颤。萧炎双手快速地结出吸收斗之气的手印，呼吸逐渐变得平稳，体内淡淡的斗之气随心而动，飞快地纠缠上那股强大的精纯药力，然后开始了疯狂的炼化。

小小的山洞中，平静的空气猛地波动起来，一丝丝淡白的斗之气从空气中渗出，然后源源不断地钻进萧炎身体之中。萧炎牙齿紧咬着嘴唇，体内两股能量的对碰，令他的经脉阵阵刺痛，不过好在他的脉络较常人要坚韧许多，暂时还未造成太大的伤害。

在他体内，斗之气包裹着一团团的绿色精纯能量疯狂炼化，不断有绿色能量被炼化成淡白色的斗之气。而有了这些斗之气的支援，萧炎体内斗之气的规模，正在以肉眼可见的速度不断地壮大着。

精纯的药力虽然不断被炼化，但是它们仿佛源源不断一般，每当斗之气炼化完一团绿色能量，就会有更大的一团绿色能量冲过来。在体内的炼化与体外斗之气的不断注入下，萧炎体内的斗之气逐渐塞满了大部分脉络。

当精纯药力的冲击力开始减弱时，沉醉在力量飞速增长中的萧炎忽然发现，体内的斗之气已经膨胀到一个临界点。萧炎的经脉轻微地抽搐，一阵阵剧烈的疼痛，让萧炎直咧嘴角。

"快，凝聚斗之气旋！不然就要爆了！"药老的喝声犹如惊雷一般，在萧炎心中猛然炸响。

深呼吸了一口凉气，萧炎手印突然变动，食指拇指交接，中指互点，十根手指结出一个奇异的手印。当年的萧炎，曾经走到过这一步，所以现在再次经历，是得心应手，并无半点生涩感。随着手印的变动，萧炎体内澎湃的斗之气受到牵引，向小腹处急速收缩。当所有斗之气都缩到小腹位置时，淡白的斗之气已经开始变成乳白色。

"快，压缩斗之气！用灵魂感知力压缩它们，如果凝聚斗之气旋失败，你将再次跌回八段斗之气！"药老的喝声，及时在萧炎心中响起。

微微点头，萧炎聚精会神，出色的灵魂感知力瞬间便取得了体内斗之气的控制权，然后开始疯狂地压缩。在灵魂感知力的驱使之下，那团乳白色的斗之气却开始反抗，不断剧烈翻腾着。反抗的力量虽然不弱，但是萧炎的灵魂感知力，连药老都惊叹不已，所以，斗之气的反抗无疑是螳臂当车，在僵持了一会儿之后，便开始了收缩。当斗之气被收缩到仅有巴掌大小时，再次凝固不动了。

"再压！"药老喝道。

咬了咬牙，萧炎眼睛紧闭，环绕在那团乳白色斗之气之外的灵魂感知力，狠狠地压了下来！

嘭！萧炎体内发出一声闷响。随着这声闷响，那股让萧炎精疲力竭的反抗之力散去了。

重重地松了一口气，萧炎全身脱力地倒了下去，胸膛剧烈地起伏着。躺在冰凉的山洞中，萧炎感应着体内那股阔别四年的充沛能量，嘴角扬起一丝笑意，片刻之后，笑意逐渐扩大，最后化为轻笑、大笑、狂笑……

躺在冰凉的石头地面上许久后，萧炎方才慢慢地回过神来，动了动有些酸麻的双腿，再次盘腿摆出修炼的姿势。轻吐了一口气，萧炎微闭着眼睛，心神逐渐沉入体内。

内视是斗者方能掌握的一项辅助技能，实力越高，对体内的情况探寻得越透彻。

　　心神沉入小腹位置，巴掌大小的乳白色气旋正在缓缓旋转，有一层星云状的乳白色能量气体包裹着气旋。心神注视着这团细小的气旋，萧炎满意地点了点头。虽然现在的气旋体积很小，但是其中蕴含的能量，绝对比以前的九段斗之气强十倍以上！

　　斗者与九段斗之气，有本质上的不同：斗者之前所吸收的能量，叫斗之气；而斗者之后所吸收的能量，才叫真正的斗气！两者只有一字之差，其中的差距却犹如天壤之别，毫无可比性。

　　心神控制着气旋，萧炎心头微微一动，一缕乳白色的斗气迅速地从气旋中分离而出，然后顺着心神所指奔涌而去。心神不断地控制着气旋的吞吐，待越来越熟练之后，萧炎这才满意地停下，心神缓缓地退出体内。

　　萧炎紧闭的双眼乍然睁开，漆黑的眼瞳中，乳白色的光芒停留了十来秒，然后逐渐消散。嘴巴微张，一口有些混浊的气息，被萧炎喷了出来。吐出这口浊气后，萧炎的脸色明显光润了许多。

　　扭了扭脖子，发出咔嚓声，萧炎抬起头，望着那犹如幽灵一般悬浮在洞口处的药老，灿烂地笑道："成功了。"

　　"嗯，运气还不错，第一次凝聚气旋就成功了。"药老点了点头，淡淡地说道。

　　"我这靠的是实力吧？"耸了耸肩，萧炎脸上忽现一抹讨好之意，伸出手来，有些腼腆地说道，"老师，您看，我已经到斗者级别了，是不是该给我斗气功法了？"

　　闻言，药老翻了翻白眼，身子飘进山洞中，在萧炎面前缓缓坐下，沉思了一会儿，郑重地开口道："你想要什么功法？"

　　"咳，就是……就是那个比天阶功法还诡异的东西啊，能……能进化的那个。"萧炎挠了挠头，讪讪地说道。

　　听完萧炎此话，药老脸上闪过一抹莫名的意味，出乎意料地沉默了下来。

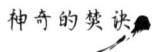

"老师,怎么了?难不成那功法是您忽悠我的?"萧炎不由得有些忐忑地问道。

"这功法,的确能够进化,这我倒是没骗你。"药老轻声道。

萧炎不由得一喜,搓了搓手,小心地道:"那能让我修炼吗?"

"这功法极其诡异,能进化不假,不过,危险性极高!"再次沉默了半晌,药老叹道。

萧炎缓缓地收回手,怯弱地问道:"多高?"

苦笑了一声,药老摇了摇头,无奈地道:"我从没见过,也从没听过谁修炼过这种功法,所以,我也不知道真实答案。不过,以我的经验来看,将这诡异功法练至巅峰的成功率,并不会超过两成。"

"两成?"脸一僵,萧炎干笑道,"不会……不会这么低吧?"

叹息着点了点头,药老道:"恐怕还真就只有这么低。"

苦笑着揉了揉额头,萧炎依旧有些不愿放弃,能够进化成天阶功法的诱惑对他来说,实在是太大了:"老师能说说这功法的大致修炼法门吗?"

药老搓动着干枯的手掌,迟疑了片刻,轻声道:"这功法的进化条件,与我前几天和你说的异火有关。"

萧炎眼睛微眯,保持着安静,洗耳恭听。

"这功法我也是无意间得来的,功法本来无名,我给它起了个名,叫'焚诀'。"说到这里,药老脸上闪过一抹复杂的神色。

"焚诀的确能进化。不过,它的进化前提,是需要以异火为原料,每一次进化,都必须吞噬一种异火!"药老的声音有些沙哑,"要知道,异火本就是毁灭狂暴之物,不仅百年难得一见,而且就算见到了,谁又能保证成功将之吞噬?当初这骨灵冷火,差点儿把我活生生地烧成虚无。老天,光是一种异火就能把一名斗皇强者折腾得死去活来,我真不敢想象,如果一个人体内拥有两种,甚至两种以上的异火,那将会是何种场面!"

望着满脸不可思议的药老，萧炎身子僵硬。靠吞噬异火来进化？天哪，究竟谁吞噬谁还不一定呢！创造这功法的家伙，多半是个疯子。

"虽然这功法的危险性高得出奇，但是我并不怀疑它的潜力。如果真的修炼成功，斗气大陆上，除了那屈指可数的几人之外，没人能是对手。"药老感叹道。

萧炎感同身受地点了点头。如果真有人能得心应手地控制几种异火，到时候，就算是斗圣级别的强者，也不敢轻捋虎须吧？

望着萧炎，药老迟疑了一下，问道："现在，你……还想学吗？"

身子微颤，萧炎沉默起来。对于焚诀，说真的，萧炎很不想放弃，毕竟它能够进化成天阶功法。在这片庞大的斗气大陆之上，谁拥有了天阶功法，谁就拥有了成为巅峰强者的通行证。然而功法虽强，可那不到两成的成功率，却让人望而却步。

十指紧紧地交叉在一起，萧炎的脸色显得阴晴不定，迟疑与苦恼不断地纠缠着他。

静静地望着沉默中的萧炎，药老脸上闪过一抹复杂的神色，良久之后，轻声叹道："这种事，只能你自己选择，我也不想过多干预。不过，我想问一句……你对那个叫萧薰儿的丫头有没有感觉？"

"呃？"被药老这天马行空般的问题搞得一怔，萧炎的脸有些涨红，张了张嘴，半晌后才苦笑道，"老师怎么忽然问这种问题？薰儿是我妹妹，我对她……能有什么感觉？"最后一句话，萧炎觉得有些气短。

"哈哈，妹妹吗？你也清楚，你与她并没有丝毫的血缘关系。那丫头现在不过十五六岁，便让萧家的年轻一辈对她爱慕不已，等日后长大了，那还得了？"说到这里，药老瞥了一眼萧炎，淡淡地笑道，"你想想，以后的某一天，她和其他男人相爱，你是什么感受？"

苦笑的脸微微一僵，萧炎眉头缓缓皱起，轻吐了一口气，低声道："似乎……有点儿难以接受。"

"嘿嘿，既然你觉得有些难以接受，那在你心中，可不是单纯地只把她当作妹妹！"药老似笑非笑地说道。

脸再次一红，萧炎支支吾吾地说不出话来，苦笑道："老师您究竟想说什么？"

"既然你对她有一些想法，那么你也该衡量一下自身的实力与发展潜力。"药老脸色凝重，咂了咂嘴，有些疑惑地道，"那丫头的背景有点儿恐怖，以她那种背景，怎么会和你们这小小的家族有瓜葛？你与她身份的差距，实在太大，就算那丫头喜欢你，可她背后的那些人绝不会答应！"

眼睛微眯，萧炎那交叉在一起的手掌不由自主地紧握了起来。

"这片大陆，是实力为尊的世界，有实力，就有尊严。当初纳兰嫣然是何种态度你也清楚地瞧见了，她之所以能够居高临下地嘲讽你，便是因为她的背景与实力比你强！"望着萧炎的模样，药老语重心长地叹道，"萧薰儿背后的势力，比云岚宗更恐怖，你在他们的眼中犹如蝼蚁。即使你有杰出的修炼天赋，他们也不会太过重视。传承了这么多年，他们见过太多绝世天才。只有你拿出真正让他们忌惮的实力，才有可能如愿以偿。"

萧炎摸了摸鼻子，耸耸肩轻声道："修炼这焚诀，就能让我得到那种力量？"

"应该说只有你成功修炼焚诀，才有可能！"药老摇了摇头，凝重地说道。

轻叹了一口气，萧炎手掌撑着下巴，清雅少女往日的一颦一笑，莫名地在眼前缓缓浮现，银铃般的娇笑声盘旋耳际。萧炎苦笑道："老师说了这么多，还叫不干预我的选择吗？"

"嘿嘿……"药老摸了摸干枯的老脸，讪讪地笑了笑，有些尴尬地说道，"好吧，我承认我是有些怂恿的意思，我确实很希望你修炼这焚诀。"

"你应该知道，我现在仅仅是灵魂状态吧？"药老摊了摊手，问道。

萧炎点头。

"按照常理来说，我应该是已经死了。然而因为我灵魂力量较常人要强上许多，所以，我又这样怪模怪样地生存了下来……"药老自嘲地笑了笑，笑容中有着一抹苦涩，"我并不喜欢这种状态，我还有一些必须亲自完成的事，因此，我需要脱离这种灵魂状态。"

"老师想复活？"眨了眨眼睛，萧炎愕然道，"这世界上，似乎并没有能够将死人复活的东西吧？"

"正常情况下，的确如此。"点了点头，药老眼神炽热了起来，"不过根据焚诀的一些隐晦介绍，若是修炼成功，似乎能够用几种互相配合的异火，煅造出一副能容纳灵魂的躯体。而那时，拥有了新躯体的我，也算是另外一种重生了。我在戒指内暗无天日的黑暗中坚持了这么多年，就是希望有朝一日能够遇到灵魂力量达到要求的人，我很幸运，最终遇到了你。"药老干枯的老脸上，隐藏着一抹难以察觉的悲凉。

药老望着紧盯着自己的萧炎，苦涩地笑道："哈哈，这些话，你就当是我这老头子的牢骚吧。唉，明明说了不干预的，可还是忍不住话多，看来我还真是……"

自嘲地摇了摇头，药老伸出干枯的手掌，双手微晃，一黑一红两个有些虚幻的卷轴分别出现在左右手掌上。"红色卷轴，是火属性地阶低级的功法；黑色卷轴，就是那卷焚诀。"药老轻声道，"你自己选择吧。你记着，不管你如何选择，都是我的弟子，我并不会因此而怪罪你什么。"

愣愣地望着面前两卷虚幻的卷轴，萧炎手掌撑着下巴，许久之后，舔了舔嘴唇，笑道："我虽然有些怕死，但是，没有实力，就没有尊严，纳兰嫣然那种羞辱，我并不想再受第二次。再说，万一实在不行，到时候转修其他的功法不也一样吗？"

摇了摇头，萧炎清秀的脸上扬起灿烂的笑容，他伸出手，在药老那略微湿润的老眼注视下，一把抓住了那个黑色的卷轴。手掌刚触到卷轴，后者就化为一股信息流，径直灌进了萧炎脑袋之中。

狭窄的山洞中，药老望着闭目转化斗气的萧炎，揉了揉泛红的老眼，他心中清楚，萧炎会选择这种危险的功法，也有几分是因为他。心中涌起点点暖意，药老仰天低叹了一声，呢喃道："放心吧，我一定会把你培养成最杰出的炼药师。"

在突破至斗者之后，所有人都具有了修炼功法的资格，而在修炼了功法之后，体内那无属性的乳白色斗气，就会转化为相应属性的斗气。

第一次的斗气转化并不需要太久时间，仅仅两个小时之后，盘腿而坐的萧炎便缓缓地睁开了眼睛。萧炎看上去比之前更精神了一些，清秀的脸上泛着点点温玉般的光泽。眨了眨眼，萧炎望着这似乎明亮了许多的山洞，微微一笑，他知道，这是修炼功法带来的一些感官增强反应。

"成功了吧？"一旁的药老含笑问道。

"嗯。"点了点头，萧炎伸出白皙的手掌，体内那已经整体化为淡黄色的气旋迅速流转出一道浅黄色的斗气，最后停留在手掌处的穴位之中。

斗气外放，至少需要大斗师才有可能办到。现在的萧炎，明显不具备这种实力，所以体内的斗气并未突破穴位的阻碍，只是在那白皙的手掌上，逐渐泛起点点淡黄色光芒，看上去犹如残烛的余火一般，微小而略显暗淡。淡黄色，黄阶低级火属性功法的标志性颜色，斗气功法等级越高，颜色越深。

望着手上这暗淡的黄光，萧炎抬起脸苦笑道："在这焚诀未能进化之前，我的斗气功法，比大多数人都要低级，别说越级挑战了，就是遇到一个修炼了玄阶功法的同等级对手，我能不能胜还是问题。"

"这焚诀虽然现在只是黄阶低级，但是论威力，不会弱于黄阶中级功法。况且，虽然功法弱，但你不是还有斗技吗？三种玄阶斗技，足以弥补功法所造成的差距了。"药老笑着安慰了一声，旋即告诫道，"你的斗气功法不如别人，也

就是说在斗气持久力与雄厚程度上比不上别人，所以以后与人战斗，必须干脆利落，不动则已，动则必尽全力，速战速决！"

萧炎点了点头，皱起眉头，似乎依旧有点儿郁闷。

瞧着萧炎这副模样，对他性子极为清楚的药老无奈地摇了摇头，看来只得大出血了："等你将手中的三种斗技彻底消化之后，我再给你新的斗技。贪多嚼不烂，这道理你难道还不知道？"

"啥级别的？"萧炎眼睛一亮，小心翼翼地问道。

药老吹着胡子，冷哼道："不会比八极崩级别低就是。"

听了此话，萧炎小脸顿时乐开了花。八极崩可是玄阶高级的斗技，比它还高，那是什么级别？地阶！

地阶虽然与玄阶高级仅有一级之差，但是两者间的差距宛如鸿沟。玄阶高级的功法，只要财力雄厚，加上一些运气，偶尔也能从高级拍卖会中得到；至于地阶功法，那可是真正的有市无价。听说在加玛帝国的帝都黑市中，地阶功法已经被炒到接近一千万金币的天价，这相当于加玛帝国整整一年的税收。仅仅是一级之差，两者的价格却相差几十倍。

"老师，啥时候教我炼药术啊？"萧炎涎着脸问道。

"炼药术可不是在这小小的家族中就能学习的。"药老摇了摇头，笑道，"而且你和纳兰嫣然还有三年的赌约，现在时间已经快要过去一半。一直待在这乌坦城，修炼进度太慢，我的一些手段也不能施展，所以，我想带你出去修行历练。此次修行，时间有些长，或许要一年多。"

"一年多啊！"闻言，萧炎有些迟疑，不过想起那趾高气扬的女人，他狠狠地点了点头，"好，一年多就一年多，什么时候动身？"

"再等两个月。"药老笑道。

"还等那么久做什么？"萧炎纳闷地道。

"因为一个月后是迦南学院招生的时间，你需要去报名。"药老微笑道。

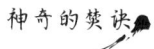

翻了翻白眼,萧炎苦笑道:"我去那里做什么?我功法、斗技都不缺,他们还能教什么?"

"又不是让你去学东西。"药老翻了翻白眼,皱了皱眉头,沉声道,"你去迦南学院,是要去寻找一种异火。我以前得到过情报,迦南学院中,应该有一种名为'陨落心炎'的异火,在异火榜上排名第十四!如果你能得到这种异火,那焚诀或许就能进化了。"

"陨落心炎?"嘴中呢喃着这古怪的名字,萧炎的眼睛缓缓地亮了起来。

第十八章
成为炼药师

一切都处理妥当之后,萧炎这才慢吞吞地从山洞中走出,沿着那陡峭的小路鬼鬼祟祟地爬上了山顶,看到四周没有人影后,这才松了一口气,迈开大步,径直往家族中行去。

悠闲地回到家族中,萧炎行至前院,却见到三个长老脚步匆匆地与他擦肩而过。停下脚步,萧炎有些疑惑,刚才他分明看见了三人脸上的阴沉与怒火。

"谁招惹他们了?"愕然地摇了摇头,萧炎转过身,身着青衣的少女正好从一旁的小路中蹿出,然后亭亭玉立地站在了他面前。

望着面前笑意盈盈、甚是可爱的薰儿,萧炎心头略微一跳,回想起山洞中药老所问的问题,脸不由得一烫,有些心虚地将目光转移到天上,佯装沉思。

被萧炎的举动弄得愣了愣,薰儿莫名其妙地摇了摇头,上前一步,打量了一下萧炎,精致的小脸上悄悄浮现出一抹惊诧。双手负于身后,身子略微前倾,两人的面孔近在咫尺,薰儿似笑非笑地说道:"萧炎哥哥,晋升斗者了?"

迎面而来的温热香风吹在脸上,萧炎瞬间失神。狠狠地甩了甩头,将心中的念头压下，手掌拍了拍面前几乎和自己同样身高的少女的小脑袋，他无奈地说道："你就不能让我说出来，也好满足一下我的虚荣心吗？"

闻言，薰儿眸子微弯，犹如一对美丽的月牙儿，伸出白皙娇嫩的小手，如同往常那般，替萧炎将那略微皱起的衣衫认真地抚平。以往被薰儿如此对待，萧炎倒没什么心思，可自从被药老一言揭穿心底念头之后，他的心头却忽然有点儿骚动。

小路附近，偶尔有族人路过此处，瞧见那犹如小媳妇一般替萧炎理着衣衫的薰儿，都不由得满脸羡慕嫉妒。萧炎低头望着那张精致得没有丝毫瑕疵的小脸蛋儿，一缕青丝飘落在她光洁的额前，偶尔被轻风拂起，露出一双水灵大眼睛，眼波流转间，极为动人。愣愣地看着薰儿，萧炎的心跳越来越快，目光中也泛起了一抹炽热。

"萧炎哥哥……你，你看什么呢？"理顺了萧炎的衣衫，薰儿终于察觉到他那炽热的眸子，小脸蛋儿一红，轻声嗔道。

"啊？呃……"惊醒过来，萧炎的脸同样变得有些红润，不过好在他的脸皮要比薰儿厚上许多，他在干咳了两声后，便若无其事地道，"没什么，只是觉得薰儿越来越漂亮了。"听着萧炎此话，薰儿不置可否地轻哼了一声，红润的小嘴却弯起了一个愉悦的弧度。

"哦，对了，"似是想起了什么，薰儿忽然再次将目光投注到萧炎身上，柔声道，"萧炎哥哥既然已经晋级斗者，那么斗气功法，也应该学习了吧？"

脸一僵，萧炎讪讪地点了点头。

纤细的手指抵着雪白的下巴，薰儿笑吟吟地道："能让薰儿看看，是什么级别的功法吗？"

"咳，功法嘛……都是身外之物，那个……只要勤奋修炼，啥级别不是一样吗？"萧炎干笑道。

薰儿眯起眼，轻轻的声音依旧温柔动人："萧炎哥哥还是让薰儿看看吧！"

望着坚持不懈的薰儿，萧炎也只得伸出手来，片刻后，手心涌上淡黄光芒。

"萧炎哥哥，这就是你所说的能找到的更好的功法？"望着那似乎随时都会熄灭的淡黄色光芒，薰儿的小脸有些难看，紧抿着红润小嘴。

萧炎尴尬地笑了笑，不知如何解释。

"你明明知道斗者初期如果拥有高级功法，对日后修炼大有裨益，却还是拒绝了我。薰儿又不是施舍给你，大不了以后你找更高级的功法还给我就是了。可你现在却修炼最低级的功法，成心气我是不是啊？"薰儿睁大着眼睛，愤愤地瞪着萧炎，修长的睫毛上竟然还沾有几滴泪珠，楚楚动人的模样，极惹人怜爱。能够让性子温婉柔和的薰儿用这种态度说话，可以想象，她心中对萧炎的这种举动有多不解与气愤。

望着咬着嘴唇，一脸倔强地要自己给她一个说法的薰儿，萧炎低声苦笑道："我们在一起生活了十多年，难道你还不了解我吗？你难道真的以为我是那种放着高阶功法不练，反而去练最低级功法的白痴？"

"可你这功法……明明是黄阶低级的，我能感受到。"闻言，薰儿小脸上的气愤减轻了一些。

"凡事不能光看表面，现在我还不方便与你细说其中的原因，日后你就能知道，我现在绝对不是在意气用事。"萧炎笑道。

"真的？"望着萧炎那副信誓旦旦的模样，薰儿略微沉默，再次问道。

"真的，真的，绝对真的。"急忙点了点头，萧炎生怕她继续在这个问题上纠缠，赶忙转移话题道，"最近家族是不是出什么事了？为什么几位长老脸色都不太好？"

"嗯，最近加列家族不知道从哪儿请来了一名一品炼药师，现在他们的坊市中，多出了一种名为'回春散'的疗伤药。这种疗伤药便宜而且产量很高，极受乌坦城附近佣兵的喜爱。"薰儿点了点头，蹙着柳眉，轻声道，"受回春散的影响，现在萧家的所有坊市，客流量减少了将近一半，而且那些坊市的中间商，也直接跑去了加列家族的坊市。才几天时间，萧家就受到了不小的打击，萧叔叔已经被这事搞得焦头烂额了。"

闻言，萧炎恍然大悟地点了点头，难怪三位长老脸色如此阴沉。摸了摸鼻子，萧炎眼睛微眯，心中冷笑道："一个一品炼药师而已，难道他加列家族还逆天了不成？"

找了个借口和薰儿分开之后，萧炎悄悄地溜出了家族，略微沉吟，便向附近最近的一个加列家族的小型坊市行去。

虽然他没兴趣帮几位长老排忧解难，但他希望在力所能及的范围内，给自己的父亲一些帮助。而想要帮助，自然需要知道从何处下手，所以萧炎先去加列家族的坊市探探底。

加列家族的这个小型坊市位置略有些偏僻，平日里人极少。然而当萧炎走进坊市之时，那街道上拥挤不堪的人群，以及震耳欲聋的喧哗声，却让他愣了愣。

宽敞的街道上，人潮涌动，一些光着膀子的大汉一边大声地吆喝着，一边拼命地朝人群里挤去。从这些大汉身上隐隐散发的血腥味来看，应该大多是刀头舐血的佣兵。经常出生入死的他们，对疗伤的药物几乎有种偏执的热爱，毕竟在深入一些危险之地时，一点点疗伤药说不定就能救回自己或同伴的命。

站在坊市门口，萧炎看到一些佣兵抱着木头小盒子从人群中挤出来，然后满脸喜悦地飞奔出坊市。"那盒子里装的应该就是回春散了吧？"轻声嘀咕了一句后，萧炎费尽全力挤进人群之中，在一个柜台前花了一百金币，购买了一盒回春散。

抱着盒子再次辛苦地挤出人群，萧炎重重地松了一口气。他回想起刚刚卖药之人那满脸的得意与不耐烦，心头不由得冷笑了一声："狗仗人势的东西！"

抱着盒子走出坊市，萧炎将盒盖掀开，露出里面的十只小瓶子。瓶子材料

粗糙,显然是用最低级的玉石所造,用这种容器来装药物,药力极难被完全保存。打开瓶盖,露出里面的淡青液体,一股极淡的药味散发而出。

"老师,这也算是疗伤药吗?"有些愕然于药水中所含药力的稀薄程度,萧炎忍不住在心中问道。

"嗯,算是最低级的疗伤药吧,能起到一些疗伤的作用。这种简易的疗伤药并不难炼制,而且卖价也很便宜,只有一些一品炼药师,才会有闲心炼制。"

"的确很便宜,一百金币十瓶,算下来一瓶才十金币,这对一名炼药师来说,的确有些寒碜。"微微点了点头,萧炎踌躇了一会儿,问道,"老师,您那里有稍好一点儿的疗伤药的药方吗?"

"很多,不过那些丹药太低级,我一般很少炼制。"药老顿了顿,随口道,"你想炼制出来给萧家?也好,反正你已经成为斗者,也该炼些药练练手了。"

"呃?我来炼?"闻言,萧炎有些错愕。

"难道这种东西还要我动手啊?"没好气地回了一句,药老吩咐道,"先去拍卖会找找有没有稍好点的药鼎吧。另外,你还需要购买大批的初级药材,炼药师初期,就是靠大量炼药来获得经验的。"

萧炎舔了舔嘴唇,有些跃跃欲试,随手将手中的盒子丢进一旁的水沟中,然后向城市中央的米特尔拍卖场飞奔而去。在即将到达拍卖场前,萧炎又在偏僻处换上了臃肿的黑色斗篷,这才慢吞吞地走进拍卖场。

萧炎的这副打扮,已经被米特尔拍卖场的所有内部人员所熟悉,所以,远远见到那缓缓而来的黑色斗篷人影时,便有人快步进入拍卖场内,通知雅妃与谷尼。听到手下的通报,雅妃与谷尼同时丢下手中的事情,飞快地出现在拍卖场门口,笑盈盈地将萧炎引进了候客厅。

"我此次来,是想请你们帮忙找一个稍好的药鼎。"端起身旁的茶杯浅浅地抿了一口,苍老的声音从黑色斗篷下传出。

雅妃笑着点了点头,招手叫来一名侍女,在其耳边轻声吩咐了几句,然后挥手让其退下。

"哈哈，老先生来得还真是巧，今天早上拍卖会刚刚收到一件由炎火精铸造的药鼎。此鼎是由加玛帝国著名的荷尔大师所铸，不仅对斗气火焰有着一定的增幅作用，而且其中掺杂的一些稀有金属，还能提高炼药的成功率。最近这种药鼎，很受加玛帝国炼药师的喜爱。"雅妃笑吟吟地道。

"嗯。"苍老的声音中透着几分满意，略微迟疑后，再次道，"再替我准备一枚低级的纳戒吧。另外，我还要凝血草五百株、生骨花五百朵、活气果五百粒……"

听着这种种要求，一旁的谷尼眼皮微微一跳。即使是最低级的纳戒，也需要七八万一枚；后面那些药材虽然不算稀奇，但是这么大量，也需要十万金币才能搞定；先前雅妃所说的炎火精药鼎，如果拿去拍卖，至少能拍卖出十五万金币的价格。这几种东西加起来，没有三十万金币，定然难以办到。

雅妃同样被这些要求震得愣了愣，现在的拍卖场毕竟不是她一人所有，大多数利润都需要上缴给总部，私自调动三十万金币，虽然并不是不可能，但是肯定会被上面发觉。

贝齿轻咬着红唇，在衡量了一下一名四品炼药师所能带来的好处之后，雅妃轻笑道："老先生，一个小时，所有东西都能备好。"

"哈哈，好！"药老第一次在雅妃面前发出满意的笑声，黑袍下，白皙的手掌从怀中掏出淡蓝色玉卡，放在桌上，"这里面的钱，我知道不够购买那些东西。待会儿的药材中，你们再加一份聚气散的材料吧。"

闻言，一旁的谷尼脸色微微一变，再加一份聚气散的材料？那岂不是又得多费五万多金币？微微张开红润的小嘴，雅妃心头也有些薄怒，虽说对方是四品炼药师，也未免有些得寸进尺了吧？雅妃那张妩媚动人的俏脸，却依旧是笑意盈盈，沉吟了片刻，心中苦笑了一声，念叨了一遍"舍不得孩子套不到狼"之后，点了点头。

"哈哈，看来两位是误会了。这份材料，并非我自己需要，我只是想帮你们炼制一枚聚气散而已。两位只出材料钱，这不算过分吧？"苍老的声音，淡淡地笑道。

雅妃微微一愣，被这突如其来的惊喜震得有些回不过神来。片刻后，雅妃红润的俏脸方才平静下来，与同样满脸喜悦的谷尼对视了一眼，有些紧张地轻声道："那就多谢老先生了。"

静坐了接近一个小时，一名俏丽的侍女终于从门外走进来，双手端着一个银质小盘，小盘中放有一枚淡红色的戒指。

接过银盘，挥退侍女，雅妃亲自将银盘递给萧炎，含笑道："老先生，您所需要的药鼎与药材，全在纳戒之中。"

伸出手从银盘中将纳戒拿起，在掌心中转了转，萧炎微微点头，药老的声音传出："嗯，聚气散炼制成功后，我会给你们带过来。"

美眸中蕴含着一抹喜意，雅妃连忙点头。

"好了，你们就不用送了，我自己出去。"

挥了挥手，萧炎将纳戒套在手指上，然后头也不回地向着候客厅外行去。因为不想欠过多的人情，所以桌上的淡蓝色玉卡被他一并留了下来。

望着那背影消失在门后，雅妃轻咬了咬红唇，上前一步，将淡蓝色玉卡收入手中，略微沉吟，轻声问道："谷尼叔叔，炼制聚气散，似乎成功率并不太高吧？"

"嗯，据说连丹王古河大师炼制聚气散的成功率也不过在七成左右，一般的四品炼药师，或许只有不到五成的成功率。"谷尼沉声道。

"可这位老先生言语中的意思，一次就能炼制成功。"雅妃微蹙着黛眉说道。

"谁知道呢？或许是他运气好吧。"谷尼摇了摇头，并没有对此太过在意。

"他会不会……不只是四品炼药师啊？"略微踌躇后，雅妃迟疑地说道。

"哈哈，怎么可能？加玛帝国五品炼药师就那么屈指可数的几人。到了那种级别，就算是帝国以及云岚宗那些强大势力，也会将其视为上宾，又怎会来我们这里拍卖丹药？"谷尼笑道。

闻言，雅妃微微点头，轻叹了一口气，苦笑道："看来我还是历练不够，先前的那番迟疑，恐怕让这位神秘炼药师对我们的好感打消了不少。"

"这也怪不了你，那么大的金额，连我也不敢一口就送出去，你能做到这一步，已经很好了。至于关系嘛，以后再慢慢处就是，只要他没对我们产生恶意就好。"谷尼安慰道。

苦笑着点了点头，雅妃慵懒地坐在椅上，眨了眨狭长的眸子，有些疑惑地轻声道："他拿这么多低级的药材，想做什么？"

"那些药材都有止血生骨的效果，想来他是打算炼制疗伤药吧。"略微沉吟，谷尼皱起眉头，同样有些疑惑地道，"以他的身份，怎么还会去炼制这些廉价的疗伤药呢？"

闻言，雅妃美眸微眯，修长的玉指轻点在桌上，片刻后，猛地一顿，轻声道："看来这位老先生，似乎对萧家很是照顾啊。"

谷尼眉头紧皱，满脸惊异："你是说，他想给萧家炼制疗伤药？"

"听说最近加列家族请来了一个一品炼药师，廉价的回春散已经抢去了城中大半坊市的人气，如果萧家再不采取措施，恐怕就得落个坊中无人的尴尬局面了。"雅妃眼波流转，淡淡地笑道，"上次那位老先生就说过，如果有机会，会和萧家合作，而他又在这时购买如此多的疗伤药材，其目的不言而喻。"

"嘿，看来萧家这次还真的是抱上了一条粗大腿。加列家族，有麻烦了。"听着雅妃的分析，谷尼咧嘴一笑，能得到一名四品炼药师的帮助，那可是别的家族想都不敢想的啊。

微微点了点头，雅妃轻笑道："最近我们也多和萧家接触一下吧，锦上添花固然可喜，不过雪中送炭，更容易巩固双方的关系。"

谷尼赞同地点了点头，背后有四品炼药师撑腰的萧家，已经值得他们重视。

出了拍卖场，萧炎如同以往那般，谨慎地转了半天后，才拐进偏僻的巷子，将黑色斗篷换了下来。

抛了抛手中的淡红色纳戒，萧炎有些欣喜。这种纳戒是由一种名为"纳石"的稀有材料所铸，其中有一片特殊的小空间，可以存放任何没有生命气息的东西，极为方便。因为纳石稀少，所以纳戒十分珍贵。像萧炎手中这枚最低级的纳戒，里面的空间也就仅仅三四立方米的样子，其价格也要七八万金币。在萧家，萧炎只见过自己的父亲以及大长老有这种纳戒。

把玩了一下纳戒，萧炎迟疑了一下，却并未套在手指上，而是小心地揣在怀中。这种纳戒价格不菲，万一被父亲他们看见，自己还真难以解释其从何而来。将脚下的黑色斗篷踢进水沟，萧炎这才小心地走出偏僻的巷子，然后一路飞奔回家族。

沿着小路经过议事厅时，里面传出父亲的怒骂声。眼皮跳了跳，萧炎凑上去，悄悄地透过门缝向里望去。

"加列毕那个老家伙太嚣张了，竟然敢如此明目张胆地抢生意！"大厅中，萧战正满脸铁青地怒砸着桌子，茶杯中的茶水溅了一桌。

"现在萧家的几所坊市，亏损很严重，坊市中剩余的商户，也被闹得人心惶惶，已经有不少人偷偷地跑到加列家族的坊市去了。照这样下去，再有半个月，恐怕……我们的坊市就得倒闭了。"坐在下首的二长老，满脸阴沉，咬牙切齿地道。

"要不……我带点家族精锐，去把那一品炼药师偷偷给宰了？"三长老眼露凶光。

"现在那炼药师身边起码有两个大斗师守卫，杀他哪有这么容易？"萧战摆了摆手，无奈地说道。

"可这样拖下去，我们的损失太大了啊，坊市的利润，可占了我们家族收入的大头啊。"三长老不甘地说道。

萧战嘴角抽了抽，此时的他，也想不出别的法子。

"那天在拍卖场遇见的那位神秘炼药师，不是说要与我们合作吗？看谷尼对他的恭敬态度，想必他品阶绝对不低啊。如果有他相助，加列家族，肯定翻不起多大的浪。"一直沉默的大长老忽然轻声道。

"唉，谁知道人家是不是随口说说而已？那种级别的人物，和我们合作，他能得到些什么？那点利润，他会在乎？"萧战苦笑着摇了摇头，一屁股坐在椅子上，叹息道。

三位长老都沉默下来。的确，那种等级的人物，萧家确实有些难以高攀。

"再熬几天吧，如果加列家族再不知收敛，那就别怪我们拼个鱼死网破！"舔了舔嘴唇，萧战紧握着椅背，眼瞳中，凶光闪过。

门外，萧炎微微耸了耸肩，手掌摸了摸怀中的纳戒，嘴角浮现一抹阴冷，缓缓退开。

离开议事厅，萧炎回到自己的房间，将炼制疗伤药所需要的一些东西准备好之后，再次悄悄地溜到后山那个偏僻山洞。药老曾经说过，炼药之时，切忌被打扰，家族中人多手杂，万一谁又像上次萧玉那般直接冲撞进来，萧炎可承受不起后果。

鬼鬼祟祟地蹿进山洞，萧炎迫不及待地从怀中掏出纳戒，将一道斗气输入其中，淡红色纳戒之上光芒略微闪动，然后一尊接近半米高的红色药鼎，凭空出现在山洞之中。

药鼎通体呈暗红色，略带着点点光亮，在药鼎的下方，雕刻着两个狰狞的蛇头，两个蛇口形成彼此相连的通火空洞，空洞弯曲连绵，越深入里面，则直径越小，似乎内藏玄机。药鼎顶盖之上，巨蛇盘踞，此外还有一个特殊的孔洞，这是专门投入药材的地方。

鼎盖上散布着一些用冰银打造的细密孔洞，有着散热的功效，以防高温导

致爆炉。药鼎的中间部分放置了一块由寒冰精打造而成的透明镜面,从这里,炼药师能够在炼药时,清楚地看见里面的一切动静。药鼎的表面有精雕细刻的魔兽花纹,栩栩如生。望着这尊外表华丽的药鼎,萧炎满意地点了点头,摸了摸手指上的古朴黑色戒指,药老闪现了出来。

"嗯,两口之鼎,对于你这种新手来说,还算不错吧。"瞟了一眼暗红药鼎上面的两个蛇口,药老淡淡地说道。

"两口之鼎?"听着这陌生的称呼,萧炎疑惑地眨了眨眼。

"药鼎也有级别之分,火口越多,说明药鼎越高级,也越稀有。你别以为这种火口是随便打几个洞就成,里面的奥妙,外行人根本难以发觉。火口,是药鼎的关键所在,需要高精度的打磨。打造期间,稍有一点儿差错,整个药鼎都将沦为废品。火口越多的药鼎,炼药的效果也越好。当然,想要控制多个火口,那就需要强大的灵魂感知力,你现在控制两个火口,已经是极限了。"药老笑了笑,解释道。

"一个好的药鼎对于炼药师来说,就如同武士手中的宝剑一般重要。"

点了点头,萧炎望着面前的这个大家伙,问道:"接下来该怎么办?"

"你还是先熟悉一下药鼎吧,把你的一只手按在火口之上,然后将体内的斗气输入其中。"药老盘坐在山洞中,指挥道。

点了点头,萧炎触摸着火口,眼睛微闭,体内那淡黄色的气旋微微波动,一股股淡黄色斗气喷涌而出。淡黄色斗气在到达掌心之后,略微沉寂,然后犹如受到狂猛吸力一般,竟然从掌心中喷出,通过火口,钻进了药鼎之中。

噗,淡黄气流在经过火口之后,被突兀地转化成淡黄色的火焰,在药鼎之内不断翻腾燃烧。

看到手掌突然喷火,萧炎心头一惊,差点儿下意识抽回手,好在感到手心中依旧冰凉,这才压下惊慌。

"嗯,还不错,第一次就能转化出火焰了。"望着药鼎内翻腾的火焰,药老点了点头，沉声道，"你此时所召唤出来的火焰，并非炼药之火。现在你凝神控制体内的那一丝木属性，然后将之灌注进药鼎之内！"

萧炎依言闭上双眼，心神缓缓凝定，出色的灵魂感知力，不断在体内来回扫描着那一丝稀薄的木之力。第一次寻找体内的木之力，萧炎用了十多分钟，然后才松了一口气，睁开眼睛。

"找到了？"见到萧炎睁开眼睛，药老有些诧异地道，见萧炎点头，心中忍不住赞叹了一声。当初他第一次寻找体内的木之力，可是用去了接近半小时的时间。

萧炎伸出一根手指，轻点在另外一只火口之上，一道极为稀薄的绿色气流，缓缓地灌注而进。绿色气流刚刚进入药鼎，里面那淡黄色火焰，便犹如产生了化学反应一般，骤然安静下来。萧炎察觉到，淡黄色火焰中的狂暴因子，已经被木之力中和，而且由于木生火的原理，此时的火焰明显比先前的更具持久性，也更易掌握。

"好！"满意地点了点头，药老伸出手指触碰萧炎的额头，一股信息传进了后者脑袋之中。

"这是我自研的疗伤药药方，你就试着炼制吧，我会随时提醒你掌控火焰的温度与提炼药材的成分。"

在脑海中回忆了一下药材的数量之后，萧炎的灵魂感知力逐渐地侵入药鼎之中，努力地控制着那股较为温和的火焰。手指在纳戒上弹了弹，一株有些暗红的凝血草出现在掌心中，萧炎略微迟疑后，将之从药鼎顶部的蛇头中丢了进去。凝血草一进入药鼎，萧炎还来不及控制，火焰就扑腾而上，转瞬间，一株凝血草便化成漆黑的灰烬，最后被药鼎中的特殊装置清除出去。望着自己的第一次失误，萧炎尴尬地笑了笑。

"继续。"药老淡淡地说道。

咽了一口唾沫，萧炎再次投入了一株凝血草，凝血草在火焰中多坚持了一

会儿,依旧化成漆黑灰烬。

"温度高了。"

萧炎抹了一把冷汗,轮到自己动手炼制丹药,才知道这活果然不是任何人都能轻松应付的啊。

在连续烧毁了二十多株凝血草之后,萧炎终于勉强摸索到凝血草的煅烧温度。再次投进一株凝血草,萧炎脸色凝重,灵魂感知力牢牢地控制着火焰的温度,眼睛透过寒冰镜面,死死地盯着那株悬浮在火焰上的凝血草。在火焰中翻腾了片刻,凝血草终于开始逐渐脱去草皮,草叶中所蕴含的汁液被熏烤成一点淡白色粉末。凝血草中的精华药力,终于被萧炎这菜鸟,成功提炼出来。

狭窄的山洞内,药鼎中的火焰映射在山壁之上,张牙舞爪地不断跳动。萧炎全神贯注地注视着药鼎中那翻腾的火焰,有些苍白的脸上密布着汗珠。长时间炼药,是极其消耗斗气的,而且萧炎此时的功法,只是最低阶的黄阶低级,在雄厚程度以及持久性上,很难有什么优势。他能在药鼎前坚持炼药接近两个小时,已经很不容易了。

微眯着眼睛,望着萧炎再次成功地将凝血草提炼成白色粉末,知道他已经到了极限,药老微微点头,轻声道:"好了,先休息一会儿吧。"

闻言,萧炎的肩膀顿时塌了下来,身子脱力,软软地躺倒在冰冷的地面上。萧炎大口大口地喘着气,胸膛不断地起伏着,全身酸麻的他,现在连一根手指头都懒得动弹。

"这种时候修炼,效果最好。"瞟了一眼犹如烂泥一般躺在地上的萧炎,药老淡淡地说道。

懒惰与勤奋两种念头在心中交战片刻之后,萧炎万分不情愿地哀号着坐起身子,颤抖的双手摆出修炼的手印,然后缓缓地闭目。

见到萧炎这般模样,药老笑了笑,目光转移到摆放在药鼎前面的十几个玉盒上。玉盒中盛满了从凝血草中提炼出的淡白色粉末，这些都是刚才萧炎努力的成果。

从左向右看，玉盒中的淡白色粉末颜色越来越纯净，最后一个玉盒中的粉末几乎达到了纯白的质地。望着这极为明显的进步，药老有些惊叹地点了点头，再次为萧炎那出色的灵魂感知力赞叹不已。

瞥了一眼正在恢复斗气的萧炎，药老盘腿斜靠着石壁，悠闲地闭目养神。现在，萧炎才提炼出第一种材料，后面还有两种等着他继续努力。

在闭目修炼了近一个小时之后，萧炎体内因为斗气耗尽而显得黯淡的气旋，终于再次散发出明亮的光泽。而且此次的光晕，较几个小时前，似乎还更亮了一点儿。缓缓地睁开眼睛，全身上下那股酸麻的无力感退散了大半，扭了扭脖子，萧炎舒畅地吐了一口气。

"休息好了？那就继续吧。"睁开眼，望着再次变得生龙活虎的萧炎，药老微笑道。

苦笑着摇了摇头，萧炎终于明白，炼药真是一件苦差事。以前药老炼药，只是伸出手掌随便烧几下，让无数人为之疯狂的丹药便火热出炉，这般简单的过程，给萧炎留下了炼药极为轻松的印象。可如今自己动手炼制，他才知道，这简直比做苦力搬矿石还要累。萧炎郁闷地叹息了一声，再次端坐在药鼎之前，开始提炼其他药材的精粹。

有了先前提炼凝血草的经验，萧炎这次明显轻松了许多。在烧毁了八颗活气果以及十朵生骨花之后，他终于成功地从中提炼出一种偏黑的细小颗粒和一种淡红色的液体。这些细小颗粒有着活血化瘀的功效。在野外，一些经验丰富的佣兵，经常将活气果捻碎敷于伤口处，用来减轻伤势。而淡红色液体有麻痹神经的效果，可以用来止痛。

望着整齐地摆放在萧炎面前的三种药物，药老微微点头，轻声道："所需的材料已经提炼出来，现在，就将它们的药力融合在一起吧。这是炼药中最重要

的步骤。"

深呼吸了一口气,萧炎脸色肃然地点了点头,熟练地将纯白粉末丢进药鼎之中,再用温火熏烤了十来分钟,等纯白粉末有些泛红之后,他迅速地将生骨花的液体倒入其中。液体刚刚进入药鼎,就将纯白粉末包裹起来,在火焰之中略微翻滚了一阵,两者逐渐融合成一种淡红色的黏稠液体。萧炎用灵魂感知力努力地控制着火焰的温度,缓缓地熏烤着淡红色的黏稠液体,黏稠液体逐渐变成暗红色的糨糊形状。

从透明镜面处死死地盯着药鼎中那团暗红色的糨糊,萧炎略微迟疑,将活气果的黑色小颗粒也投进其中。黑色小颗粒进入药鼎后,却并未有什么变化,大团的细小颗粒在火焰中来回蹦跶,就是不肯融合进暗红色糨糊之中。

"各种材料对温度的适性都不一样,你必须学会随心所欲地控制鼎中任何一处的火焰温度,需要低温的地方,你要压制火焰;需要高温的地方,你则要放开压制提升火焰温度。"望着急得满头大汗的萧炎,药老淡淡地说道。

舔了舔干枯的嘴唇,萧炎点了点头,连忙分出一缕灵魂感知力,努力地控制着细小颗粒下的火焰,缓缓地提升温度。

嘭,随着灵魂感知力放开对温度的压制,一簇不受控制的火焰猛地腾了上来,只是片刻,便将一小半黑色颗粒焚烧成灰烬,冷汗直流的萧炎赶忙拼命压制。

一方面要保持这一边的火焰温度,另一方面又要提升另外一边的火焰温度,这种一心两用的感觉,实在让萧炎头疼不已。不过好在经过好几次的险情之后,萧炎终于从手忙脚乱中定下神来,抹去额头上的冷汗,深吐了一口气,将体内所剩无几的斗气全部灌注进火口之中。

药鼎之内,细小的黑色颗粒在不断增高的温度下,终于承受不住,爆裂开来。一撮撮乌黑色的粉末,缓缓地飘进那团暗红色糨糊之中,将后者的颜色染得更加深沉。当最后一撮乌黑粉末飘进糨糊之中后,萧炎长长地松了一口气,手掌缓缓脱离了火口。而随着萧炎抽回手掌，药鼎中的火焰逐渐熄灭。

望着气喘不停的萧炎，药老微微一笑，手掌一挥，药鼎的鼎盖就被掀飞到一边，右手一招，鼎中大团的深红糨糊凭空飞跃而出，最后悬浮在山洞半空。瞟了瞟那团散发着浓郁药味的深红色糨糊，药老手掌凭空切下，将那团不断流动的深红色糨糊，分割成上百块细小的糨糊。

从萧炎手中拿过纳戒，药老手指一弹，上百个小玉瓶顿时摆满了狭窄的山洞。药老随意地一摆手，半空中那些糨糊便准确地各自落进了玉瓶之中。

随手取过一只玉瓶，药老笑着递给萧炎，笑道："恭喜你，第一次炼药成功！"

迫不及待地接过玉瓶，萧炎望着里面那成色并不太纯净的深红色药液，心头忍不住地涌上一股兴奋而又自豪的感觉："嘿嘿，从此以后，我也算是一名炼药师了！"

第十九章
大手笔

在后面的几天里，萧炎几乎整天守在药鼎边，虽然日子过得极为辛苦，但是那满满一纳戒的疗伤药，却令他颇为欣慰。值得一提的是，在接近五天持续不断的炼药过程中，萧炎体内的斗气竟然在不知不觉间雄浑了许多，他恐怕已经达到了斗者一星。

在这双重鼓舞之下，萧炎终于咬牙熬了过来。

在萧炎躲在山洞中咬牙炼药时，乌坦城中，萧家与加列家族间的气氛也越来越紧张。两天前，加列家族更是瞧准时机，开出了对商户极为有利的种种条件，本来还在观望的那些商户，大半转投加列家族的坊市。对于加列家族这动摇萧家根基的措施，萧家的高层在暴怒之余，都动起了杀心。

"不能再忍下去了！短短五天，我们萧家的利润起码损失了五六成，再这样下去，我们的坊市都将倒闭！"议事厅内，三长老满脸凶光，怒声道。

大厅之中，家族中地位不低的族人全部在此，阴沉的脸色表现出他们心头的怒火。

"的确不能再拖下去了。"大长老缓缓地吐了一口气,"虽然米特尔拍卖场的谷尼大师替我们家族炼制了上百瓶疗伤药,但是数量太少,根本不能与加列家族那庞大的数量相比。短时间内,倒还可以和加列家族僵持,可一旦这批疗伤药销售一空,我们又得回到以前的尴尬境地。"

叹了一口气,大长老苦笑道:"如果谷尼全力相助,一定能耗死加列家族的那名一品炼药师,但他毕竟是米特尔拍卖场的人,一向很少介入家族间的争斗,如今能做到这一步,已经很让人意外了。"

坐于首位的萧战脸色阴沉地点了点头。加列家族所售的疗伤药品阶虽然极低,但是胜在量大,价格也便宜,最合那些刀头舔血的佣兵的胃口。

"如果我们也能请到一位一品炼药师,那就能和他们相抗衡了。"大厅中,不知谁低声说了一句。

闻言,萧战无奈地摇了摇头,乌坦城的炼药师极少,想请到那些自视甚高的家伙,谈何容易?这次加列家族也不知道走了什么狗屎运。

大厅的角落,萧玉与萧宁等年轻一辈族人坐在一边,望着自家长辈那阴沉的脸色,他们也不敢胡乱插嘴,气氛沉默而压抑。

"姐,那一品炼药师真这么强?竟然把我们萧家搞成这样?"萧宁轻声询问身旁的萧玉。

萧玉低叹了一口气,苦笑着低声道:"炼药师的确是一种得天独厚的职业。一名一品的炼药师,实力顶多在斗者级别,若是正面拼杀,家族中随便一位长辈都能轻松杀了他。可炼药师的可怕之处,并不是正面战斗,而是他们能够炼制出让人为之疯狂的神奇丹药,而有了这些丹药,他们就拥有无与伦比的号召力。为了得到这些丹药,很多强者都愿意为炼药师充当马前卒。

"在斗气大陆上,很多人都把炼药师比喻成马蜂窝,只要一捅,他立马就能找来无数打手。想想被上百强者群殴的场面吧,就算打不死你,恐怕也得活生生地累死你。"

想起那种群殴的场面，萧宁先是打了个寒战，旋即满脸羡慕与嫉妒。

"别妄想了，成为炼药师的条件是如何苛刻，你又不是不知道，那种概率，简直比天上掉馅饼还小。"萧玉毫不客气地泼了萧宁一盆冷水。

萧宁撇嘴道："恐怕我们整个萧家，还真没那福气出一个炼药师。"

闻言，萧玉刚欲点头，脑海中却极其突兀地出现了一个黑衫少年，正是萧炎。狠狠地甩了甩头，萧玉心头嘀咕道："怎么会想起那个小浑蛋？哼，如果那家伙都能成为炼药师，这世界上的炼药师就不值钱了。"

在心中将萧炎诅咒了一番之后，萧玉将目光投向靠窗的角落。青衣少女正安静地捧着一本厚厚的古书，纤指偶尔翻开书页，眼波流转，平静淡雅的模样，引来附近不少同龄人的偷偷注视。

"多好的女孩，可怎么偏偏对那小浑蛋青睐有加啊？！"无奈地摇了摇头，萧玉再次陷入沉默。

薰儿静坐在窗边，她也能察觉到大厅中的压抑气氛。她微蹙柳眉，不管怎么说，她也在萧家待了十多年，不看僧面看佛面，就算是因为萧炎，她也不会真的任由萧家被加列家族打击得永无翻身之日。

"唉，希望那些家伙不要太过分。"心中轻叹了一口气，薰儿再次将目光投向书页。没有萧炎在身旁，她都不想开口说话。

就在众人议论对策之时，一名家族护卫匆匆地跑进来，恭声说道："族长，外面有一位黑袍人，说是有些合作事宜想找族长详谈。"

闻言，萧战以及几位长老都是一愣，互相对视了一眼，阴沉的脸色猛然变成狂喜，几人同时猛地站起身来，急喝道："快请！"

见到萧战以及三位长老这般模样，大厅中的所有人都有些惊愕，随即面面相觑。

"哈哈，不用请了，萧族长近来可好？老头儿我可是不请自来了。"萧战的声音刚刚落下，苍老的笑声就从门外传来，一道笼罩在黑色大斗篷之下的人影，在众目睽睽之下，不急不缓地踱进大厅。

在黑斗篷人进门的一刹那，一直沉浸在书本中的薰儿忽然一挑柳眉，缓缓地抬起小脸，秋水眸子紧紧地盯着进门的黑斗篷人。

萧战以及三位长老连忙从桌旁走出，快步上前，恭声笑道："老先生，族中事务繁忙，萧战未曾出来迎接，还望多多包涵哪。"

"哈哈，就不用客套了。"黑斗篷下，苍老的声音淡淡地笑了笑。

萧战热切地点了点头，对三位长老使了个眼色，赶忙让开道路，笑道："老先生请上坐。"

黑斗篷人笑着点了点头，也不客气，径直走上前，在萧战旁边的位置坐了下来。

望着萧战几人如此恭敬地对待这位黑斗篷人，年轻一辈的族人不由得窃窃私语，一道道好奇的目光不断地在黑斗篷人身上扫过。当听身旁的长辈说出黑斗篷人炼药师的身份之后，他们的眼神顿时变得炽热与崇拜起来。不管在何处，炼药师始终是最让人感到敬畏的职业。

"姐，那人不是那天在拍卖场见到的神秘炼药师吗？"双眼放光地紧盯着黑斗篷人，萧宁拉着萧玉的袖子，急切地说道。

"嗯。"萧玉微微点了点头，目光停留在黑袍人身上，俏脸满是惊喜，"没想到这位老先生真的来我们萧家了，看来他上次所说的合作，并不是随口说说啊。如果有他帮忙，萧家这次的困境，应该能顺利解除了。"

听着身旁族人的窃窃私语，薰儿浅眉微皱，秋水眸子紧紧地盯着那体形臃肿的黑斗篷人。不知为何，她隐隐地感觉到，面前的黑斗篷人在行动和语言上，总有点儿不协调。蹙着眉头苦苦地思考了半晌，薰儿也只得有些无奈地放弃了。

"哈哈，老先生，不知今日来萧家，所为何事？"亲自端上一杯温茶，萧战笑问道。

"刚好路过这里，就想过来看看贵家族那个靠我一点儿筑基灵液就连跳好几

段的天才少年。"黑袍下，苍老的声音淡淡地笑道。

闻言，萧战赶忙在大厅内环顾了一圈，却未曾见到萧炎的影子，不由得苦笑了一声。

"哈哈，萧族长不用喊了，我已经见过萧少爷了，很不错的少年，非常对老头儿我的胃口。"黑斗篷人笑道，摆了摆手，阻止了萧战想要派人去叫萧炎的举动，语气中的那抹赞赏，丝毫未加掩饰，这倒是让某个躲在黑斗篷下的少年脸上有些发窘。

"什么好东西都被那家伙占了。"不甘地撇了撇嘴，萧宁语气中不无嫉妒。

萧玉也无奈地叹了一口气，玉手托着香腮，轻声嘀咕道："那家伙真有这么好吗？我怎么没发现啊？"

听了黑斗篷人此话，萧战脸上的笑容更盛了几分，眼瞳中略微有着几分得意。

"哈哈，萧族长，萧家最近似乎情况并不好啊。"萧战脸上的笑意还未完全扩散，便被那苍老的声音打击得沮丧起来。

郁闷地点了点头，萧战苦笑道："想必老先生也知道萧家现在的局面了吧？"

"嗯，知晓几分。"点了点头，黑斗篷人微笑道。

"唉，现在的萧家，产业已经缩水了将近五成，若长此以往，恐怕我们就得沦为乌坦城的二流势力了。"萧战叹道，眉头皱起，显得苍老了几分。

"虽然我和萧家并无深交，但是我与萧少爷颇谈得来。如果萧族长不怕老头儿我打什么坏主意，我们不妨合作合作？"黑斗篷人轻笑道。

闻言，萧战兴奋地与三位长老对视了一眼后，毫不犹豫地点头："老先生，能与您合作，萧家求之不得！"

一位起码二品以上的炼药师，他们这种家族平日请都请不到，萧战并不认为自己家族能有什么东西可以打动一名二品炼药师，听这位老先生的意思，他与萧家合作，似乎多半是因为萧炎。这等机遇，作为一族之长的萧战，又怎会轻易放弃？

见到萧战表态，黑斗篷人笑着点了点头，一只白皙的手掌从黑斗篷中探出，手指上有一枚淡红色的戒指，指尖在戒指上轻弹了弹，顿时光芒闪动。

望着那只犹如少年般的白皙手掌，萧战瞬间有些失神，这只手掌，给他一种熟悉的感觉。萧战还来不及思索这股感觉从何而来，便被那突然出现在桌上的大堆玉瓶镇住了。巨大的会议桌面，眨眼间，便被整齐的小玉瓶覆盖得没有丝毫缝隙。大厅内，除了窗边的青衣少女之外，其他人都被这庞大的数量震撼得倒吸了一口凉气。

"这里是一千二百八十三瓶疗伤药，名为'凝血散'，虽然不敢说是疗伤药中的极品，但是比起加列家族的回春散，疗伤效果更加显著。"黑斗篷人若无其事地轻声介绍道。

萧战嘴角一抽："这才是真正的大手笔啊！"

寂静的大厅中，一道道炽热的目光死死地盯着桌上的上千只小玉瓶，这么多丹药，在场的人从未亲眼见过。

萧玉下意识地用粉红舌头舔了舔红唇，俏脸上布满了震撼，片刻后，她惊叹地摇了摇头，望向黑斗篷人的眸子中，有星星在闪现。

坐于窗边的青衣少女微偏着小脑袋，瞥了瞥桌上堆满的小玉瓶，秋水美眸中掠过一抹诧异，目光再次在黑斗篷人身上扫了扫，在未发现疑点之后，才继续将视线投注于书中。

黑斗篷人轻咳了一声，将身旁的萧战惊醒。"呃……"脸略微发红，萧战尴尬地笑了笑，望向黑斗篷人的眼中，更多了一丝敬畏。随手拿出上千瓶疗伤药，这种手笔，可不是寻常炼药师能够办到的。

"老先生，您也知道萧家现在的局势，我们需要疗伤药来拉回失去的人气，而老先生的举动对我们萧家来说，无疑是雪中送炭。"萧战感激地叹了一声，略微沉吟，试探道，"这样吧，我们萧家负责销售这些疗伤药，所得金钱，老先生

一人占九成，剩余一成，哈哈，虽然脸皮有些厚，但是我们毕竟还需要这些钱来打点。老先生，您认为如何？"

说完，萧战有些忐忑地望着面前的黑斗篷人，生怕自己的条件会让他有所不满，现在的萧家，可全靠这位神秘炼药师了。

"哈哈。"黑斗篷人轻笑了笑，缓缓摇了摇头。

萧战脸色微变，刚欲开口，黑斗篷人的话却让他不知所措地愣在了原地："萧族长太客气了，虽说丹药是我所炼，但销售也不是一件轻松的活，怎么能这般占你们的便宜？公平点吧，五五分，哈哈。"

听到黑斗篷人此话，本来还在一旁着急的三位长老以及满厅族人，顿时张大了嘴，半晌后，方才不由自主地摸了摸自己的脸，都有些怀疑这番话的真实性："五五分？这……这位老先生，也实在太照顾萧家了吧？现在的这种情形，就算他一人要占十成的利润，估计萧家也没人敢不答应。"

"天上真掉馅饼了。"对视了一眼，所有人心头都冒出这句话来。

在原地愣了好半响，萧战方才缓缓回过神来，苦笑道："老先生，您这样做，实在是让萧家感到受宠若惊。您能在这种时候帮助萧家，我们已是感激不尽，又如何能再占您的便宜？"

随意地摆了摆手，黑斗篷人淡淡地笑道："这点利润对我并没什么吸引力，要不是怕你心里不踏实，那五成我其实也懒得收。"

听得这般口气，萧战也只得苦笑着点了点头。

"这些丹药，就随你销售吧，以后有时间，我会过来看看。"黑斗篷人站起身，笑道，"我还有其他事，便不在此处久留了，萧族长也不用送，安排族中事务吧，哈哈。"说罢，他便径直向着大厅外行去。

行至房门时，黑斗篷人脚步忽然一顿："走前多说一句，萧炎的确很不错，哈哈，老头儿多谢了。"

听完这句话，萧战有些摸不着头脑，刚想开口，黑斗篷人却已走出了大厅，消失在众人视线之中。

望着黑袍人消失的地方，良久之后，萧战方才轻叹一口气，苦笑道："看来炎儿和这位老先生关系有点儿不一般啊，不然，人家和咱们又不认识，怎会如此帮忙？"

三位长老对视了一眼，也叹息着点了点头。这位老先生明显是对萧炎青睐有加，老先生如此善待萧家，恐怕真和萧炎有些关系。

大厅内，听到黑斗篷人临走前的话，众多与萧炎年龄相仿的族人都不由得满脸羡慕。窗边的青衣少女微偏着小脑袋，透过窗缝望着黑袍人消失之处，柳眉微蹙，精致的小脸上闪过一抹疑惑。

出了萧家，黑斗篷人依旧缓缓前行，待周围无人，黑斗篷中传出少年低低的抱怨声："老师，你没事把我扯出来做什么啊？万一被发现了，我可不能保证不会把你供出去。"

"嘿嘿，有感而发而已，要不是萧战一直对你不错，我又去哪儿找这么好的弟子？谢他是应当的。"苍老的声音戏谑地笑道，"而且不扯点关系，你那谨慎的父亲，说不定会怀疑我是不是在图谋萧家什么东西。"

无奈地摇了摇头，萧炎望了望四周，随口问道："现在去哪儿啊？"

"去一趟拍卖场吧，把炼好的聚气散给他们，免得欠人情，我最讨厌这样了。而且练手的药材已经被你用光了，应该采购点别的药材了。"药老略微沉吟后道。

闻言，萧炎点了点头，有些期待地笑问："老师，我现在也算是一名一品炼药师了吧？"

"你以为炼了几天药，就成炼药师了？疗伤药是丹药中最简单的一种，炼成那东西，没什么值得炫耀的。"药老嗤笑了一声，毫不留情地对着萧炎猛泼冷水。

翻了翻白眼，萧炎有些郁闷："那怎样才算是成为真正的一品炼药师啊？"

"炼药界对一品炼药师的评估底线,是至少能炼出一种有丹形的丹药,而不是那种简单糅合在一起的糨糊。"

"看来的确还有点儿距离。"萧炎无奈地摇了摇头,迈开步子,向城中心的拍卖场行去。

米特尔拍卖场,候客厅。

整洁的桌面之上,摆放着一个小小的玉盒,玉盒之中,安静地躺着一枚龙眼大小的淡青丹药。丹药表面圆润而富有光泽,浓郁的异香从中飘散而出,让人心旷神怡。望着玉盒中的丹药,作为拍卖场的主事人,雅妃与谷尼脸上的欣喜,几乎难以掩饰。

透过黑斗篷瞥了瞥有些失态的两人,萧炎暗暗地摇了摇头,心头暗笑:"如果他们知道这枚聚气散不过是药老偷工减料炼制出来的,会是何种表情?"

萧炎拿出来的这枚聚气散,与他以前所服用的那枚品质明显不在同一个档次,即使如此,这枚聚气散也给雅妃与谷尼带来了不少惊喜。

"老先生的炼药术,真是让人佩服,这枚聚气散的品质,恐怕都能与一些五品炼药师所炼制的聚气散相比了。"谷尼由衷赞叹道。

苍老的声音淡淡地笑了笑,道:"两位把丹药收好吧,帮了这么多忙,不答谢一下,我心里总有些过意不去。"

"哈哈,老先生实在太客气了,您是客人,我们只是做分内之事而已。"玉手小心翼翼地端起玉盒,雅妃明眸中眼波流转,嫣然笑道。

不置可否地笑了笑,别说是药老,就连萧炎也在心中嗤之以鼻,若真照她这般做分内之事,恐怕米特尔拍卖场早就倒闭了。

从怀中取出一张纸,萧炎将之递给雅妃,苍老的声音道:"麻烦帮我准备一下上面的一些药材。"

殷勤地接过纸张,雅妃快速瞟了几眼,笑盈盈地应了下来。经过上次的教训，她现在可不敢再表现出任何迟疑。招手叫来一名侍女，雅妃将纸张交与她，然后吩咐其速速准备。

端过身旁的茶杯，萧炎轻抿了一口，心头忽然一动，略微沉吟，苍老的声音缓缓传出："雅妃小姐，我想问个事。"

雅妃嫣然一笑，轻声道："老先生请说。"

"加列家族，在这里购买了不少药材吧？"药老淡淡地问道。

闻言，雅妃心头微紧，脸色微变，偷偷与一旁的谷尼对视了一眼，沉默了一会儿，迟疑道："上次加列家族的确在拍卖场购买了将近十万金币的药材，而这些药材……都具有一些止血疗伤的效果。"

微微点头，苍老的声音突然沉默了下来。雅妃心头顿时忐忑起来。她早已知晓黑斗篷人准备帮助萧家，而现在拍卖场又卖给加列家族大量药材，难保这位不知脾性的老先生，不会对拍卖场有一些怨气。

大厅中的气氛渐渐地沉闷起来，望着一直不说话的黑斗篷人，雅妃坐立不安，若不是一旁的谷尼不断用眼色制止，恐怕她早已经开口询问了。

"你们应该知道，我上次买那么多药材是想干什么吧？"良久之后，苍老的声音终于打破了沉闷。

贝齿轻咬着红唇，雅妃轻点了点头，低声道："老先生是打算将这些药材炼成疗伤药，以帮助萧家吧？"

"在来这之前，我已经把炼制出来的疗伤药都给了萧家。"微微点头，药老沉声道，"或许再过两日，萧家与加列家族，将会用疗伤药争夺乌坦城坊市的人气。"

这种话题，雅妃也不知如何应对，所以她只能聪明地保持沉默。

"炼制疗伤药，需要大量低级药材。乌坦城中，除了米特尔拍卖场能够提供之外，别的地方都没这能力。这两个家族在疗伤药上的比拼，除去疗伤药的价格与品阶之外，充足的炼药材料也是关键。所以我希望，米特尔拍卖场，以后

拒绝向加列家族提供药材！"

药老的话音刚落，萧炎的视线便透过黑色斗篷，紧紧地盯着身旁这妩媚女子。他在乌坦城停留的时间不会超过两个月，所以，两个月之内，他必须帮助父亲搞垮加列家族，只有这样，他才能安心地随药老外出修行。

听了药老此话，雅妃俏脸微变，有些为难地道："老先生，我们米特尔拍卖场有规定，不能参与任何家族间的争斗。如果我们答应了老先生的要求，就等于是在帮助萧家啊。"

"我可以再免费为你们炼制两枚聚气散。"药老平静地道。

"老先生，这不是丹药的问题，真的……"两枚聚气散的诱惑，令雅妃玉手不由自主地颤了颤。

"三枚！"

"老先生……"雅妃苦笑，一旁的谷尼也猛吸凉气。三枚聚气散？这起码得值五十万金币吧？

"五枚！"淡淡的苍老声音，毫不留情地狠砸着雅妃心中的底线。

狭长的美眸缓缓紧闭，雅妃轻吸了一口冰凉的空气，半响后，猛然睁眼，苦笑道："老先生，您赢了。以后米特尔拍卖场，不会再向加列家族提供一株药材！"

"雅妃小姐的定力实在让我意外，一个月之后，我会把东西带过来，当然，前提是米特尔拍卖场没有让我失望。"药老笑道。

"老先生请放心，孰重孰轻，雅妃心中非常清楚。"好歹也在拍卖场中历练了几年时间，雅妃迅速地平复心情。加列家族的价值与一名四品以上炼药师的价值，毫无可比性。做这种选择题，其实并不难，难的是如何争取最大的利益，而现在雅妃已经很满意了。

望着那拿着药材满意地走出大厅的黑斗篷人，雅妃终于松了一口气，娇躯无力地缩在椅子之中，看上去犹如一头蜷缩的狐狸。

"这老先生……实在是太有魄力了。"脑袋贴着冰凉的椅背，雅妃苦笑着摇了摇头。

谷尼揉了揉额头，叹道："五枚聚气散……这手笔，就算他是四品炼药师，也有些大了啊。"

雅妃点了点头，抿了抿红润的小嘴，自嘲地说："我还以为我能坚持原则来着，没想到……"

谷尼笑了笑，道："如果换作是我的话，当他出到三枚的时候，我就会忍不住答应下来。你能坚持到五枚，已经很出乎我的意料了。"

"我哪是坚持啊，我是被他的话吓愣神了，没想到，他竟然这么有魄力，直接出到五枚。"雅妃翻了翻白眼，忍不住笑道。

"你这一愣神，直接为拍卖场增加了接近四十万的纯收入。"闻言，谷尼笑道。

玉手掩着红唇娇笑了几声，雅妃缓缓地从椅子中站起身，叹道："加列家族这次算是踢到铁板了。"

谷尼赞同地点点头。

"不过让我有些疑惑的是，这位老先生似乎和萧家并不熟悉吧？怎会如此热心帮他们，甚至不惜用五枚聚气散来砸断加列家族的药路？"明眸中闪过一抹疑惑，雅妃轻声道。

"谁知道呢？这位大人来路极为神秘，加玛帝国中，我从没听过炼药师中有这号人物。"谷尼摇了摇头道。

雅妃微微点头，眼波流转，略微沉吟后，笑道："看来以后我们和萧家的关系，可得打牢了。有这位老先生的丹药，我有信心将乌坦城的拍卖利润提升至少两倍，等下次家族业绩评估，我看谁还能压过我！"

雅妃得意地翘了翘红唇，双手负于身后，轻哼着小曲，向候客厅外悠闲走去。

走出拍卖场,萧炎长长地吐了一口气,低声道:"老师,多谢了。"

"有什么好谢的?若不把加列家族弄垮了,你会专心随我去修行吗?"药老无奈地说道。

"嘿嘿。"咧嘴一笑,萧炎也不再多说,按照以往那般在附近转了许久后,方才在偏僻处脱下黑斗篷,然后小心地出了街道,向萧家走去。

回到家族,偶尔遇到族人,萧炎能够察觉到,这些人看向自己的目光中又多出了一分羡慕。显然,今天大厅中的那件事,已经在家族中传开了。

对这些目光视而不见,萧炎径直向自己的房间慢慢踱去。在经过一个转角时,一个红衣少女迎面撞了过来,好在萧炎停步及时。

"萧炎表哥?终于找到你了。"红衣少女退后了一步,抬起头来,略显青涩的清纯小脸,却蕴含着一抹淡淡的妩媚。这个小脸布满喜悦的少女,正是萧媚。

目光在萧媚漂亮的脸蛋儿上扫了扫,萧炎摸了摸鼻子,淡淡地道:"有事?"

萧媚俏脸微微一黯,低声道:"族长让萧炎表哥去一趟书房。"

"呃?"略微一怔,萧炎点了点头,笑道,"知道了,谢谢。"他随意地摆了摆手,便转身向前院的书房走去。

"萧炎表哥,上次谢谢你了。"望着走得干脆利落的萧炎,萧媚眸子中掠过一抹失望,咬了咬嘴唇,轻声道。

脚步微顿,萧炎向后潇洒地挥了挥手,淡淡地说道:"顺手而已。"

盯着萧炎的背影,萧媚忽然鼓足勇气问道:"萧炎表哥,你会参加迦南学院的招生吗?"

"应该会吧。"少年抱着后脑勺,慢吞吞地逐渐远去,留下轻飘飘的话语。

听着萧炎这话,萧媚那黯淡的漂亮小脸明亮了几分。她握了握小拳头,站在原地望着萧炎消失在视线之中,这才有些幽怨地轻叹了一口气,转身离去。

在家族中逛了几圈,萧炎终于来到一个宽敞的房间门前,轻敲了敲门,然

后缓缓地推门而入。房间内，萧战以及三位长老正在交谈着什么，瞧见萧炎进来，几人停下讨论。

"父亲，您找我啊？"含笑走上前，萧炎笑问道。

笑着点了点头，萧战望了三位长老一眼，迟疑了一下，低声道："你应该见过那位老先生了吧？"

"嗯。"萧炎点了点头，他自然知道萧战指的是谁。

"你知道他的来历吗？"萧战沉吟道。

"我与他才认识不久，又怎会知道他的来历？"萧炎这话倒是发自内心，他还真不知道药老的确切来历。

"不过我知道他是一名炼药师。"萧炎挠了挠头，笑道。

"废话。"翻了翻白眼，萧战笑骂道。

笑着摇了摇头，萧战显然心情极好，又问了萧炎几个关于药老的问题，都被萧炎糊弄了过去，到最后，竟然是半点有用的信息都没问出来。

"你这小家伙，真不知道是不是装的。"望着一问三不知的萧炎，萧战无奈地摇了摇头，挥手道，"算了，去忙你的吧。你以后若是再遇到那位老先生，千万别惹恼了他，萧家的前程，还得倚仗他啊。"

耸了耸肩，萧炎不置可否。

"萧炎啊，我看你现在的气息，似乎有点儿……强啊。"一旁一直盯着萧炎的大长老，忽然有些迟疑地说道。

听了大长老此话，萧战也是一怔，目光微凝，在萧炎身上缓缓扫过，片刻后，他张大嘴巴，惊愕地道："你……你突破至斗者了？"

闻言，二长老与三长老嘴角一抽，有些不可置信地盯着面前的少年。

"呃……"挠了挠头，萧炎无辜地摊了摊手，"好像是吧，这练啊练啊的，怎么就突破了？"

眼角急促地跳了跳，萧战在惊愕之余，有些哭笑不得，你当是在练什么

呢?！对于这段时间萧炎所创造的奇迹几乎已经麻木,萧战挥了挥手,苦笑道:"突破了就好,有时间去等级测试工会领一枚等级徽章吧。"

萧炎点了点头,嘴角噙着一抹戏谑:"那我可以走了?其实我还真是练啊练啊就直接突破了。"

"你可以滚了!"翻了翻白眼,萧战笑骂道。这小家伙纯粹是在打击人,难道他不知道在座的三位长老,当年在凝聚气旋时,都失败了两次,才成功成为一名斗者吗?

望着脸色有些僵硬的三位长老,萧炎咧嘴大笑了一声,这才溜出了书房。听着那逐渐远去的少年的笑声,三位长老对视了一眼,不由得满脸苦笑。

第二十章
萧家的反击

在得到萧炎炼制的大量疗伤药之后,萧家表面上未有丝毫声张,暗地里已经开始紧锣密鼓地准备对加列家族进行反击。

那日家族大厅内发生的事情,已被萧战以及三位长老下了封口令,有关疗伤药之事,也被列为最高等级的机密,任何族人都不可与外界说起,否则必受族规处置。而随着萧家这两天的沉寂,加列家族的行径也越来越嚣张,他们毫无忌惮地使用种种手段,想要将萧家坊市中剩余的商户全部拉走。

见萧家如此软弱,一些与之同一阵线的小势力都很失望,暗地里悄悄准备另投加列家族。

在这种有些诡异的气氛中,两天时间悄然而过。又是一个艳阳高照的日子,加列家族的坊市依然火爆,大街上,人流涌动,在回春散的销售处,更是人山人海,喊声、骂声、打架声汇聚在一起,震耳欲聋地冲上云霄。

在丹药销售柜台后,售药的加列家族族人正满脸戏谑地望着门外那些为了争夺疗伤药而大打出手的佣兵,脸上的笑容很有几分"人仗药势"的得意。

　　加列库，加列家族内部的核心人员，在家族中地位不低，掌管了加列家族人气最火爆的一个坊市。站在二楼的前台，加列库居高临下地俯视着大街上拥挤的人群，肥胖而油腻的脸上布满得意的笑容。

　　这段时间，回春散的销量远远超出了加列家族的预期，在这股巨大利益的诱惑下，加列家族越来越贪婪，他们将回春散的价格，从原先的一百金币一盒，直接涨到了三百金币一盒。

　　虽然在提升价格之初，不少佣兵很反感，但是售卖回春散的只此一家，所以在闹腾了一阵之后，大多数佣兵也只得无奈地接受了被宰的现实。

　　口中轻声地哼着小曲，加列库细小的眼睛眯成了一条缝，得意地轻声道："你不买，有的是人买。"

　　伸出短小而肥胖的手掌挡了挡天上的烈日，加列库不耐烦地抹了下额头上的汗水，嘀咕道："今天天气太热了，真是要人命啊。"再次擦去汗珠，他忽然一皱眉头，瞟见街道尽头处的人流似乎骚乱起来。

　　"又打起来了？这些佣兵全是被肌肉塞满脑子的白痴，打坏东西难道不用赔钱吗？"加列库有些恼火。

　　"萧家坊市也有疗伤药出售了！"就在加列库准备派遣护卫前去平息骚乱之时，大喝声极其突兀地在大街上响了起来。加列库浑身肥肉顿时一阵剧颤，脸色微变，片刻后，他冷笑道："萧家看来还真是没救了，竟然想出这种办法，简直是自找死路。"

　　喧闹的大街略微静了一静，众人在面面相觑之后，一道道大骂声立马吼了出来："别想用这土得掉渣的办法来抢老子排了半天的位置。"

　　显然，这些人都认为这大喝声是一些想要借机挤到前排来抢购药品的无耻小人所发，毕竟这段时间里，这种伎俩并不少见。在骂完之后，这些人继续哄抢回春散。

　　当然，也并不是所有人都抱有这种想法，一小部分对加列家族的贪婪行为感到厌恶的佣兵，在踌躇了一会儿之后，将信将疑地挤出了街道，向萧家坊市飞奔而去。

站在楼上，加列库望着那人气依然火爆的坊市，忍不住发出得意的笑声，阴声说道："萧家，嘿，看你们还能坚持多久，以后的乌坦城，将会是加列家族一家独大。三大家族并列？嘿嘿，那种日子已经一去不复返喽！"

先前的大喝声，在喧闹的大街上，犹如掉落在大海中的一叶浮萍，没有溅起丝毫的浪花，加列家族坊市的人气，并未受到半点影响。

当然，这只是暂时的。半个小时之后，加列家族的坊市门口，几十名身穿佣兵服装的大汉，极其蛮横地撞翻了门口的护卫，满脸狂喜地冲了进来，高高地举起手中的绿色玉瓶，整齐的呐喊声瞬间盖过了坊市中的喧闹声："萧家也有疗伤药出售了！"

坊市为之一静，所有目光齐刷刷转向喊声发源地。

冲进来的一个大汉，急忙踏上一旁的大石头，锵的一声拔出腰间的大刀，然后咬牙在手臂上划出一道血痕。举起鲜血淋漓的手臂，大汉将手中的绿瓶倾斜，一股深红色的黏稠液体缓缓流出，覆盖在那条刀疤之上。深红色的黏稠液体侵入伤口，不断涌出的鲜血，在众目睽睽之下，缓缓地凝固，片刻之后，血液竟然在刀疤处凝结成一层薄薄的血痂。

亲眼看到这一幕，大街之上，所有的目光顿时火热了起来，这种快速止血的药品，简直就是做任务时的必备之物！

"这就是萧家坊市最新出品的凝血散！不仅药力更好，而且价格还比回春散低了一半！你们还等什么？被当作白痴一样敲诈很好玩吗？还不快撤！"佣兵大汉举起玉瓶，得意地咧嘴大笑。

大街上，一片寂静。一个刚刚进入坊市的佣兵，愣愣地望着大汉手中的绿瓶，片刻之后，猛地掉头就跑。望着拼命冲出坊市的人影，坊市中的众人在略微呆滞之后，轰然而动，潮水般的人流疯狂地拥出坊市。

　　站在石头上，那个手臂被划破的大汉瞧着疯狂的人流，脸上浮现出一抹诡异的笑容。微风吹过大汉的衣领，隐隐地露出下面的萧家族徽。

　　喧闹拥挤的坊市，眨眼间变得空空荡荡。除了那些目瞪口呆的商户之外，大街上，一个人都没有。

　　"萧家开始反击了！"望着空荡的大街，所有的商户脑中飞快地闪过这一个念头。

　　众商户面面相觑，然后抬起头，将目光投向楼阁上的加列库。此刻，这个之前满脸得意的胖子，已经不知何时脸色惨白地瘫了下去。

　　与此同时，加列家族的其他坊市之中，都在重复着这一幕……

　　灯火通明的大厅中，气氛压抑而沉闷。在大厅中央的桌面之上，摆放着一只小小的绿色玉瓶，淡淡的药味从中散发而出。大厅中坐着不少人，看他们的服饰，显然都是加列家族的高层，加列库也在其中。

　　在大厅首位靠左的一个位置上，一个身穿白衣的青年懒懒地靠着椅背。相貌颇为英俊，那双眼瞳中时不时闪过一抹淫邪。这个青年正和站在一旁的俏丽侍女调笑。

　　"这就是萧家忽然搞出来的凝血散，现在我们坊市中的人气，已经开始下降了。"似是没有看见白衣青年的无礼举动，加列毕望着桌上的小绿瓶，脸色阴沉地说道。

　　"萧家怎么可能有疗伤药？难道他们也请到了炼药师？"与萧炎有着不小恩怨的加列奥，瞟了一眼身旁的白衣男子，皱眉道。

　　加列毕老眼微眯，脸色颇为难看："还记得上次在拍卖场遇到的那位神秘炼药师吗？看他当时的态度，似乎对萧家很是青睐。如果这凝血散是他所炼，那我们可就有麻烦了，要知道，那人说不定是三品炼药师啊。"

　　听见三品炼药师的名头，那个白衣青年终于正了正神色，上前一步拿起小绿瓶，放在鼻下轻嗅了嗅，然后倒出少许，在手指间轻擦了擦，冷笑道："什么狗屁三品炼药师?！这凝血散的确比回春散药力要好上一些，不过看这成色，炼制之人的品阶明显比我还差，能有这般药力，多半是因为他的药方有些特殊罢了。"

闻言，在座的所有人都暗暗地松了一口气。如果萧家真有三品炼药师相助，加列家族就永无翻身之日了。

"依我的经验来看，萧家请来的炼药师，或许只是一个刚刚入行的菜鸟，凭借不知从哪儿得来的药方，方才炼制出这凝血散。"白衣青年的脸上浮现出淡淡的不屑。

"哈哈，柳席大哥从一瓶小小的丹药中，就能看出炼药师的水准，眼光还真是毒辣。"加列奥的笑容中有一抹讨好之意。

"这只是炼药师的基本功而已。"被称为柳席的白衣青年，"谦虚"地摇了摇头，不过脸上浮现的得意之色，并未瞒过在座的一群老狐狸。

"虽然回春散的药力的确逊色于凝血散，但是两者相差不多。现在坊市人气骤降，主要是前段时间我们提价太猛的缘故，等我们将价格回调，人气就会慢慢回来。不过想要回到以前那种场面，却是有些困难了。毕竟，这凝血散会拉走不少顾客，以后乌坦城的疗伤药市场，萧家也会插足。"加列毕略微沉吟，缓缓地说道。

"要回调价格？"闻言，柳席眉头一皱。他已经习惯了高价出售，现在忽然降价，他还真有点儿受不了。

见到柳席这般模样，加列毕在心中骂了一声"没脑子"，含笑解释道："柳席先生，之前我们可以垄断乌坦城的疗伤药，可现在却不行了，所以，我们必须降价，以此拉回人气。"

柳席撇嘴道："随便你怎么搞吧，不过你就算降价，也得照三百金币一盒的价格给我分成。"

　　眼角忍不住地抽了抽，加列毕心头冒起丝丝火气，深呼吸了一口气，脸上依然堆起热切的笑容："哈哈，当然，柳席先生的那一份，我们一定会照约定全部付给您的。"

　　"嗯。"柳席满意地点了点头。

　　"柳席先生，现在我们的回春散已所剩不多，我先前已经派人去米特尔拍卖场采购药材了，到时候，恐怕还得请您辛苦一下。"加列毕笑了笑，补充道，"另外，昨天碰巧购买了一对塔戈尔大沙漠的珍稀蛇女，在下已经将她们送到了先生的房间。"

　　听见又要动手炼药，柳席明显有些不耐烦，不过当"蛇女"两字入耳后，立马双眼放光地点了点头，大包大揽地道："只要药材足够，回春散的数量，族长不必担忧。"

　　见柳席点头，加列毕嘴角挑起一抹得意与不屑，心中冷笑道："色欲充斥脑袋的废物，除了会炼药之外，一无是处。"

　　冷笑着摇了摇头，加列毕端起茶杯喝了一口，然后笑容满面地和柳席谈论起一些他最感兴趣的风花雪月之事。正在此时，一名族人急匆匆地闯进了大厅，然后快速行至加列毕身旁，低头在其耳边窃窃低语。

　　含笑地听着族人汇报，片刻之后，加列毕脸上的笑容逐渐僵硬，手中的茶杯咔嚓一声化成粉末。

　　"该死的米特尔拍卖场，竟然和我玩这套！"加列毕站起身子，愤怒地咆哮，狂暴的气势猛地从体内暴冲而出，小小的风卷在半空中传出呜呜的呼啸声。

　　与加列毕相距最近的加列奥，被这股强悍的气势压迫得有些喘不上气，他赶忙退后了几步，喊道："父亲！"

　　加列奥的喝声，使加列毕恢复了些许神态。加列毕的脸略微抽搐，坐了下来，阴森道："米特尔拍卖场现在拒绝向我们加列家族出售药材！"

　　此话一出，大厅一片哗然，所有人面面相觑，满脸惊恐。

"怎么可能？米特尔拍卖场不是一直保持中立的吗？怎么会如此针对我们加列家族？"闻言，加列库脸色一变，颤抖着失声道。

"在足够的利益面前，谁会一直保持着无谓的中立？"冷哼了一声，加列毕缓缓地吐了一口气，瞟了一眼因为他的气势而有些狼狈的柳席，冷声道，"我想，这事恐怕萧家脱不了干系。"

"他们没这么大的能耐让米特尔拍卖场拒绝向我们出售药材吧？"加列奥喃喃道。

"哼，谁知道他们用什么条件打动了米特尔拍卖场?!"加列毕摸了摸苍老的脸，不知为何，心头浮上了一抹不安。

"现在怎么办？没有足够的药材，我们的回春散很快就会销售一空。到时候，坊市无人的场面，就该轮到我们了。"加列库焦急地说道。

咬了咬牙，加列毕阴冷地道："站在我们这边的还有不少药材店，先派人将他们手中的药材收购过来，尽量支撑一段时间。实在不行，就去别的城市高价收购药材，我还就不信了，他萧家能把脚插到其他城市?!"

说完，加列毕端过另外一只茶杯，却发现自己的手掌似乎在轻微地颤抖着。咽了一口唾沫，加列毕有种莫名的感觉："加列家族，似乎招惹到惹不起的人了。"